# a garota do casaco azul

# a garota do casaco azul

## monica hesse

tradução de
rachel agavino

**ROCCO**
JOVENS LEITORES

Título original
GIRL IN THE BLUE COAT

Este livro é uma obra de ficção. Nomes, personagens, lugares, e incidentes são produtos da imaginação da autora, foram usados de forma fictícia. Qualquer semelhança com eventos reais, localidades, ou pessoas, vivas ou não, é mera coincidência.

*Copyright* do texto © 2016 *by* Monica Hesse
O direito moral da autora foi assegurado.

Direitos para a língua portuguesa reservados
com exclusividade para o Brasil à
EDITORA ROCCO LTDA.
Av. Presidente Wilson, 231 – 8º andar
20030-021 – Rio de Janeiro, RJ
Tel.: 3525-2000 – Fax: 3525-2001
rocco@rocco.com.br | www.rocco.com.br

*Printed in Brazil*/Impresso no Brasil

Preparação de originais
LUARA FRANÇA

CIP-Brasil Catalogação na fonte.
Sindicato Nacional dos Editores de Livros, RJ

---

H516g  Hesse, Monica
A garota do casaco azul / Monica Hesse; tradução de Rachel Agavino.
– 1ª ed. – Rio de Janeiro: Rocco Jovens Leitores, 2019.

Tradução de: Girl in the blue coat
ISBN 978-85-7980-442-7
ISBN 978-85-7980-444-1 (e-book)

1. Ficção americana. 2. Segunda Guerra Mundial. 3. Nazismo.
4. Holocausto judeu (1939-1945). I. Agavino, Rachel. II. Título.

| 19-54879 | CDD-813 | CDU-82-3(73) |
|---|---|---|

---

Vanessa Mafra Xavier Salgado – Bibliotecária – CRB-7/6644

O texto deste livro obedece às normas do
Acordo Ortográfico da Língua Portuguesa.

Para minha irmã Paige
e sua irmã Piper

Muito tempo antes de Bas morrer, fingimos discutir sobre quem era o culpado por ele ter se apaixonado por mim. *A culpa é sua*, ele me disse. *Porque você é adorável*. Eu disse que ele estava errado. Que era preguiçoso me culpar por ter se apaixonado por mim. Irresponsável, na verdade.

Lembro de todos os detalhes dessa conversa. Foi na sala de estar dos pais dele, e estávamos ouvindo o novo rádio da família enquanto eu fazia perguntas sobre um teste de geometria que nenhum de nós achava importante. A cantora americana Judy Garland entoava "You Made Me Love You". Foi assim que a conversa começou. Bas disse que eu o fizera me amar. Eu zombei dele porque não queria que soubesse como meu coração estava batendo por ouvi-lo dizer as palavras *amor* e *você* na mesma frase.

Então disse que também era minha culpa que ele quisesse me beijar. E falei que seria culpa dele se eu permitisse. E aí seu irmão mais velho entrou na sala e disse que seria culpa de nós dois se ele vomitasse nos ouvindo.

Só mais tarde naquele dia, quando eu estava caminhando de volta para casa — quando ainda podia caminhar para casa sem me preocupar com ser parada por soldados ou perder o toque de recolher ou ser presa —, percebi que eu não tinha falado que o amava de volta. Era a primeira vez que ele dizia que me amava e eu esqueci de retribuir.

Eu deveria ter dito. Se soubesse o que ia acontecer e o que descobriria sobre amor e guerra, teria me certificado de dizer naquele dia.

Essa culpa é minha.

# JANEIRO DE 1943

# UM
## *Terça-feira*

— *Hallo*, querida. O que você tem aí? Alguma coisa para mim?

Eu paro porque o rosto do soldado é jovem e bonito, porque sua voz tem um tom de galanteio e porque aposto que ele me faria rir durante uma tarde no cinema.

É mentira.

Eu paro porque o soldado pode ser um bom contato, porque pode conseguir coisas que não conseguimos mais, porque as gavetas de sua cômoda provavelmente estão cheias de barras de chocolate e meias sem furos nos dedos.

Isso também não é bem a verdade.

Mas às vezes ignoro a verdade, porque é mais fácil fingir que estou tomando decisões por motivos racionais. É mais fácil fingir que tenho escolha.

Paro porque o uniforme do soldado é verde. Essa é a única razão por que paro. Porque seu uniforme é verde, e isso significa que não tenho escolha nenhuma.

— Isso aí são muitos pacotes para uma menina bonita.

Seu holandês tem um leve sotaque, mas fico surpresa que ele fale a língua tão bem. Alguns integrantes da Polícia Verde não falam nada do idioma e ficam irritados quando não somos fluentes em alemão, como se devêssemos ter nos preparado a vida toda para o dia em que eles invadiriam nosso país.

Paro minha bicicleta, mas não desmonto dela.

— É exatamente o número certo de pacotes, eu acho.

— O que tem neles? — Ele se inclina sobre meu guidão, uma das mãos passando pela cesta presa à frente.

— Você não quer ver? Você não gostaria de abrir *todos* os meus pacotes? — Dou uma risada e abaixo os cílios, para que ele não veja como essa frase é ensaiada.

Na posição em que estou parada de pé, meu vestido subiu acima do joelho, e o soldado percebe. É um vestido azul-marinho, já mais apertado do que deveria, desgastado na bainha e com vários anos de uso, de antes da guerra. Eu me mexo um pouco, para que a bainha suba ainda mais, agora está no meio da minha coxa arrepiada.

Essa interação pareceria pior se ele fosse mais velho, enrugado, se tivesse dentes manchados ou a barriga flácida. Seria pior, mas eu flertaria do mesmo jeito. Fiz isso dezenas de vezes antes.

Ele se inclina para mais perto. O canal Herengracht atrás dele é turvo e cheira a peixe, e eu poderia empurrá-lo para dentro da água e pedalar metade do caminho de casa, na minha vergonhosa bicicleta de segunda mão, antes que ele conseguisse sair de lá. É um jogo que gosto de jogar com todos os Policiais Verdes que me param. *Como eu poderia puni-lo, e até onde eu poderia chegar antes que você me pegasse?*

— Este é um livro que eu estou levando para minha mãe. — Aponto para o primeiro pacote embrulhado em papel. —

E estas são as batatas para o nosso jantar. E este é o suéter que acabei de pegar do conserto.

— *Hoe heet je?* — pergunta ele.

Quer saber o meu nome, e perguntou do modo informal e casual, como um garoto confiante perguntaria o nome de uma garota dentuça em uma festa, e isso é uma boa notícia, porque é preferível que ele esteja mais interessado em mim do que nos pacotes na minha cesta.

— Hanneke Bakker. — Eu mentiria, mas isso não faz mais sentido agora que todos temos que andar com documentos de identificação obrigatórios. — Qual é o *seu* nome, soldado?

Ele estufa o peito quando o chamo de *soldado*. Os jovens ainda estão apaixonados por seus uniformes. Quando ele se move, vejo um brilho dourado ao redor de seu pescoço e pergunto:

— E o que há no seu medalhão?

O sorriso dele some enquanto a mão voa para o pingente agora pendurado logo abaixo do colarinho. O medalhão é de ouro, em formato de um coração, provavelmente contendo a foto de uma menina alemã de rosto redondo que prometeu permanecer fiel em Berlim. Foi uma aposta perguntar sobre ele, mas, se estou certa, é uma aposta que sempre dá bons resultados.

— É uma foto da sua mãe? Ela deve amar muito você para lhe dar um colar tão bonito.

Ele cora enquanto enfia a corrente de volta sob o colarinho engomado.

— É da sua irmã? — pressiono. — Do seu cachorrinho?

— É um equilíbrio difícil, passar a dose certa de ingenuidade.

Minhas palavras precisam conter inocência suficiente para que ele não tenha justificativa para ficar com raiva de mim, mas também precisam ser afiadas o bastante para que ele prefira se livrar de mim a me manter aqui e me interrogar sobre o que estou carregando. — Nunca vi você antes. Está alocado nesta rua todos os dias?

— Não tenho tempo para garotas bobas como você. Vá para casa, Hanneke.

Quando me afasto pedalando, meu guidão treme muito pouco. Eu estava falando quase a verdade sobre os pacotes. Os três primeiros contêm um livro, um suéter e algumas batatas. Mas, embaixo das batatas, há o equivalente a quatro cupons de linguiças, compradas com rações de um homem morto, e embaixo delas há batons e loções, comprados com as rações de outro homem morto, e embaixo deles há cigarros e álcool, comprados com dinheiro que o sr. Kreuk, meu chefe, me deu esta manhã para esse propósito. Nada disso me pertence.

A maioria das pessoas diria que eu opero no mercado ilegal, o intercâmbio ilícito de mercadorias por baixo dos panos. Prefiro pensar em mim como uma descobridora. Encontro coisas. Encontro batatas, carne e banha de porco extras. No começo, eu conseguia encontrar açúcar e chocolate, mas essas coisas se tornaram mais difíceis agora e só às vezes as consigo. Encontro chá. Encontro bacon. As pessoas ricas de Amsterdã ficam gordas por minha causa. Encontro as coisas que fomos obrigados a passar sem, a menos que você saiba onde procurar.

Minha última pergunta ao soldado, se esta rua é seu novo posto — eu queria que ele tivesse respondido. Porque, se ele estiver parado na esquina todos os dias, vou ter que considerar ser amigável com ele ou mudar minha rota.

Minha primeira entrega nesta manhã é para a srta. Akkerman, que mora com os avós em um dos edifícios antigos perto dos museus. As loções e os batons são da srta. Akkerman. Na semana passada, foi perfume. Ela é uma das poucas mulheres que conheço que ainda se importa tanto com essas coisas, mas uma vez me disse que espera que seu namorado a peça em casamento antes de seu próximo aniversário, e as pessoas gastam dinheiro por motivos estranhos.

Ela atende à porta com os cabelos molhados presos em bobes. Deve ter um encontro com Theo hoje à noite.

— Hanneke! Entre enquanto pego minha bolsa. — Ela sempre encontra uma desculpa para me convidar a entrar. Acho que fica entediada aqui durante o dia, sozinha com os avós, que falam muito alto e cheiram a repolho.

Dentro da casa está abafado e escuro. O avô da srta. Akkerman está sentado à mesa do café da manhã, perto da porta da cozinha.

— Quem é? — grita ele.

— É uma entrega, vovô — responde a srta. Akkerman por cima do ombro.

— Quem é?

— É *para mim*. — Ela me olha outra vez e baixa a voz. — Hanneke, você tem que me ajudar. Theo vai vir esta noite para perguntar aos meus avós se posso me mudar para o apartamento dele. Preciso descobrir o que vestir. Espere aqui, vou mostrar minhas opções.

Não consigo pensar em nenhum vestido que faria seus avós aprovarem que ela fosse morar com o namorado antes do casamento, embora eu saiba que esta não seria a primeira vez que essa guerra fez um jovem casal ignorar a tradição.

Quando a srta. Akkerman volta, finjo considerar os dois vestidos que ela trouxe, mas na verdade estou olhando para o relógio na parede. Não tenho tempo para socializar. Depois de dizer a ela para usar o cinza, faço um gesto para que ela pegue os pacotes que estou segurando desde que cheguei.

— Estes são seus. Você gostaria de conferir se está tudo certo?

— Tenho certeza que está tudo certo. Fica para um café?

Não me dou o trabalho de perguntar se é de verdade. A única maneira de ter café de verdade seria se eu tivesse trazido para ela, e não trouxe, então, quando ela diz que tem café, quer dizer que tem frutos ou galhos de carvalho. Café *ersatz*.

A outra razão pela qual não fico é a mesma pela qual não aceito a repetida oferta da srta. Akkerman para que eu a chame de Irene. Porque não quero que ela confunda essa relação com amizade. Porque não quero que pense que, se um dia ela não puder pagar, não haverá problema.

— Não posso. Ainda tenho outra entrega antes do almoço.

— Tem certeza? Você poderia almoçar aqui... eu já vou preparar... e então podemos decidir exatamente o que fazer com meu cabelo para esta noite.

Tenho um relacionamento estranho com meus clientes. Eles pensam que somos camaradas. Eles acham que estamos unidos pelo segredo de estarmos fazendo algo ilegal juntos.

— Eu sempre almoço em casa com meus pais — respondo.

— Claro, Hanneke. — Ela está constrangida por ter pressionado demais. — Vejo você mais tarde, então.

---

Do lado de fora, enquanto pedalo minha bicicleta pelas nossas ruas estreitas e acidentadas, está nublado e escuro; é o inverno de Amsterdã. A cidade foi construída sobre canais. A Holanda é um país baixo, mais baixo até que o oceano, e os agricultores que limparam toda a lama, séculos atrás, criaram um elaborado sistema de vias navegáveis, apenas para evitar que os cidadãos se afogassem no Mar do Norte. Um antigo professor de história que tive costumava acompanhar esse trecho do nosso passado com um ditado popular: "Deus fez o mundo, mas os holandeses fizeram a Holanda." Ele dizia isso como uma pontada de orgulho, mas, para mim, o ditado também era um aviso: "Não confie que algo esteja vindo para nos salvar. Estamos sozinhos aqui."

Setenta e cinco quilômetros ao sul, no início da ocupação, há dois anos e meio, os aviões alemães bombardearam Roterdã, matando novecentos civis e destruindo grande parte da arquitetura da cidade. Dois dias depois, os alemães chegaram a Amsterdã a pé. Agora temos que suportar a presença deles, mas pudemos manter nossos prédios. É uma troca ruim. Hoje em dia, todas as trocas são ruins, a menos que, como eu, você saiba como acabar do lado lucrativo das coisas na maioria das vezes.

Minha próxima cliente, a sra. Janssen, mora perto, em uma grande casa azul onde vivia com o marido e os três filhos, até que um deles se mudou para Londres, outro para a América e o terceiro filho, o bebê da família, foi para as linhas de frente holandesas, onde morreram dois mil militares holandeses quando tentaram sem sucesso proteger nossas fronteiras e o país foi derrotado em cinco dias. Não falamos muito mais sobre Jan.

Eu me pergunto se ele estava perto de Bas durante a invasão.

Eu me pergunto isso e muito mais, tentando montar os últimos minutos de vida do garoto que eu amava. Ele estava com Bas ou Bas morreu sozinho?

O marido da sra. Janssen desapareceu no mês passado, pouco antes de ela se tornar minha cliente, e eu nunca toquei no assunto. Ele poderia ser um trabalhador ilegal com a resistência, ou poderia apenas ter estado no lugar errado em um momento ruim, ou poderia não estar morto e, em vez disso, estar tomando chá na Inglaterra com seu filho mais velho, mas, em todo caso, não é da minha conta. Só entreguei algumas poucas coisas à sra. Janssen. Conhecia um pouco seu filho Jan. Ele foi um bebê surpresa, nascido duas décadas depois de seus irmãos, quando os Janssen já estavam recurvados e grisalhos. Jan era um bom garoto.

Aqui, hoje, decido que Jan devia estar perto de Bas quando os alemães invadiram nosso país. Aqui, hoje, vou acreditar que Bas não morreu sozinho. É um pensamento mais otimista do que geralmente me permito ter.

A sra. Janssen está me esperando à porta, o que me irrita porque, se você fosse um soldado alemão designado para procurar coisas suspeitas, o que acharia de uma senhora idosa esperando por uma garota estranha em uma bicicleta?

— Bom dia, sra. Janssen. A senhora não precisava me esperar aqui fora. Como está?

— Estou bem! — grita ela, como se estivesse lendo as falas de uma peça, tocando nervosamente os cachos brancos que escapam do coque. O cabelo dela está sempre preso num coque, e os óculos estão sempre escorregando pelo nariz; suas roupas sempre me lembram uma cortina ou um sofá. — Você não vai entrar?

— Não consegui toda a linguiça que a senhora queria, mas consegui algumas — digo a ela depois de parar minha bicicleta e a porta se fechar atrás de nós.

Ela se move devagar; agora anda com o apoio de uma bengala e quase nunca sai de casa. Ela me disse que começou a usar a bengala quando Jan morreu. Eu não sei se há algo fisicamente errado com ela ou se foi só o sofrimento que a destruiu e a deixou manca.

Lá dentro, a sala de estar parece mais espaçosa do que o normal, e levo um momento para descobrir por quê. Normalmente, entre o armário de louça e a poltrona, há uma *opklapbed*, uma pequena cama que parece uma estante de livros, mas que pode ser aberta para hóspedes dormirem, quando há visitas. Presumi que o sr. Janssen a tivesse feito, como ele fez todas as coisas da casa. Mamãe e eu costumávamos passar por sua loja de móveis para admirar as vitrines, mas nunca poderíamos pagar por nada ali. Não consigo imaginar para onde foi a *opklapbed*. Se a sra. Janssen a vendeu logo depois do desaparecimento do marido, ela já deve estar tendo problemas com dinheiro, o que não permitirei que seja uma preocupação minha, a menos que isso signifique que ela não pode me pagar.

— Café, Hanneke?

A sra. Janssen desaparece na cozinha na minha frente, então a sigo. Pretendo recusar a oferta de café, mas ela serviu em duas xícaras de sua boa porcelana, azul e branca, o famoso estilo da cidade de Delft. A mesa é pesada, de bordo.

— Estou com as linguiças aqui, se a senhora quiser...

— Depois — interrompe ela. — Depois. Primeiro, tomaremos café, com um *stroopwafel*, e iremos conversar.

Ao lado dela, um vaso coberto de poeira que cheira a terra. Grãos de café de verdade. Pergunto-me por quanto tempo ela os tem guardado. Os *stroopwafels* também. As pessoas não aproveitam suas rações de padaria para doces extravagantes; elas as usam para comprar pão. Mas também não as usam para alimentar entregadoras de contrabando, mas aqui está a sra. Janssen, servindo meu café em uma xícara de porcelana e colocando um *stroopwafel* sobre ela, para que o sanduíche de waffle amoleça com o vapor e o xarope açucarado do recheio escorra pelas bordas.

— Sente-se, Hanneke.

— Eu não estou com fome — digo, mesmo quando meu estômago me trai com um ronco.

*Estou* com fome, mas alguma coisa nesses *stroopwafels*, na ansiedade da sra. Janssen para me fazer sentar e na irregularidade de toda essa situação me deixa nervosa. Ela chamou a Polícia Verde e prometeu lhes entregar uma operadora do mercado ilegal? Uma mulher desesperada o suficiente para vender a *opklapbed* do marido poderia fazer uma coisa dessas.

— Apenas um minuto?

— Desculpe, mas ainda tenho um milhão de coisas para fazer hoje.

Ela baixa os olhos para a mesa lindamente arrumada.

— Meu filho mais novo. Jan. Os *stroopwafels* eram os favoritos dele. Eu sempre os tinha prontos, esperando para quando ele voltasse para casa depois da escola. Você era amiga dele? — Ela sorri para mim com esperança.

Suspiro. Ela não é perigosa; é apenas solitária. Sente falta do filho e quer alimentar uma de suas antigas colegas de classe com o lanche que ele fazia depois da escola. Isso vai contra todas as minhas regras, e o apelo em sua voz me deixa desconfortável. Mas está frio lá fora, o café é de verdade e, apesar do que acabei de dizer à sra. Janssen sobre minhas milhões de tarefas, eu realmente tenho uma hora antes de meus pais me esperarem para o almoço. Então ponho o pacote com as linguiças sobre a mesa, ajeito meu cabelo e tento lembrar como ser uma convidada educada em um encontro social. Eu já soube fazer isso. A mãe de Bas costumava me servir chocolate quente em sua cozinha enquanto Bas e eu estudávamos, e depois ela ficava arrumando desculpas para ficar entrando, para ter certeza de que não estávamos nos beijando.

— Eu não como um *stroopwafel* já faz um tempo — digo por fim, testando minhas enferrujadas habilidades de conversação. — Meus favoritos sempre foram *banketstaaf*.

— Com massa de amêndoas?

— Isso.

O café da sra. Janssen é escaldante e forte, um anestésico calmante. Ele queima minha garganta, então continuo bebendo e nem percebo o quanto já tomei até que a xícara volta ao pires, meio vazia. A sra. Janssen imediatamente a reabastece até a borda.

— O café está gostoso — digo a ela.

— Preciso da sua ajuda.

*Ah.*

Agora o propósito do café se torna claro. Ela me deu um presente. Agora quer um favor. É uma pena que não tenha percebido que não preciso ser bajulada. Trabalho por dinheiro, não por gentileza.

— Preciso de sua ajuda para encontrar uma coisa — continua ela.

— O que você precisa? Mais carne? Querosene?

— Eu preciso de sua ajuda para encontrar uma pessoa.

A xícara congela a meio caminho dos meus lábios, e por um segundo não consigo lembrar se eu a estava erguendo ou pousando.

— Eu preciso de sua ajuda para encontrar uma pessoa — diz ela novamente, porque ainda não respondi.

— Não estou entendendo.

— Alguém especial para mim. — Ela olha por cima do meu ombro e sigo seu olhar até onde ele está fixo: em um retrato de sua família, pendurado ao lado da porta da despensa.

— Sra. Janssen. — Tento pensar na maneira correta e educada de responder. *Seu marido se foi*, é o que eu deveria dizer a ela. *Seu filho está morto. Seus outros filhos não voltarão.* Não consigo encontrar fantasmas. Não tenho cupons de racionamento para substituir um filho morto.

— Sra. Janssen, eu não encontro pessoas. Encontro coisas. Comida. Roupas.

— Eu preciso que você encontre...

— Uma pessoa. A senhora já disse. Mas, se quiser encontrar uma pessoa, precisa chamar a polícia. Esses são os tipos de buscadores que a senhora quer.

— *Você.* — Ela se inclina sobre a mesa. — Não a polícia. Eu preciso de *você*. Não sei a quem mais pedir.

A distância, o relógio de Westerkerk toca; são onze e meia. Este é o momento em que eu deveria ir embora.

— Eu tenho que ir. — Afasto minha cadeira da mesa. — Minha mãe já deve ter preparado o almoço. Você quer pagar agora pela linguiça ou o sr. Kreuk acrescenta isso à sua conta?

Ela também se levanta, mas, em vez de me levar à porta, agarra minha mão.

— Apenas olhe, Hanneke. Por favor. Apenas olhe antes de sair.

Porque nem mesmo eu estou tão endurecida a ponto de desvencilhar minha mão de uma senhora, eu a sigo em direção à despensa e paro obedientemente para olhar a foto de seus filhos na parede. Eles estão enfileirados, os três lado a lado, parecidos, orelhas grandes e pescoços salientes. Mas a sra. Janssen não para na frente da fotografia. Em vez disso, ela abre a porta da despensa.

— Por aqui. — Ela gesticula para que eu a siga.

*Verdorie.* Maldita seja, ela está mais louca do que eu imaginava. Agora vamos nos sentar juntas no escuro, entre seus picles enlatados, para nos comunicarmos com seu filho morto. Ela provavelmente mantém as roupas dele aqui, embaladas com bolinhas de naftalina.

Lá dentro é como qualquer outra despensa: um cômodo pequeno com uma parede de especiarias e coisas em conserva, não tão cheia como teria sido antes da guerra.

— Desculpe, sra. Janssen, mas eu não sei...

— Espere. — Ela vai até a extremidade da prateleira de especiarias e puxa um pequeno gancho que eu não tinha notado.

— O que a senhora está fazendo?

— Só um minuto. — Ela luta com a trava. De repente, todo o conjunto de prateleiras se mexe, revelando um espaço escuro atrás da despensa, longo e estreito, grande o suficiente para entrar, mas muito escuro para se ver alguma coisa direito.

— O que é isso? — sussurro.

— Hendrik construiu isso para mim. Quando as crianças eram pequenas. Este closet não parecia muito prático, por ser profundo e inclinado, então perguntei se ele poderia transformar parte dele numa despensa e reservar a outra parte para depósito.

Meus olhos se ajustam à escuridão. Estamos de pé no espaço sob as escadas. O teto vai ficando mais baixo, até que, no fundo, não fica a mais de meio metro do chão. Na parte da frente, há uma prateleira no nível dos olhos que contém uma vela queimada pela metade, um pente e uma revista de filmes cujo título reconheço. A maior parte do espaço minúsculo está ocupada pela *opklapbed* desaparecida da sra. Janssen, aberta como se esperasse um convidado. Uma colcha com estampa de estrelas está estendida em cima dela, com um único travesseiro. Não há janelas. Quando a porta secreta está fechada, apenas uma fina fenda de luz aparecia por baixo dela.

— Você está vendo? — Ela pega minha mão novamente.

— É por isso que não posso chamar a polícia. A polícia não pode encontrar alguém que não deveria existir.

— A pessoa desaparecida.

— A garota desaparecida é judia — diz a sra. Janssen. — Preciso que você a encontre antes dos nazistas.

# DOIS

A sra. Janssen ainda está esperando que eu responda, de pé no espaço escuro, onde o ar é rançoso e fede a batatas velhas.

— Hanneke?

— Você estava escondendo alguém? — Eu mal consigo pronunciar as palavras enquanto ela trava de novo a prateleira secreta, fecha a porta da despensa e me leva de volta à mesa. Não sei se estou mais chocada ou assustada.

Sei que isso acontece, que alguns dos judeus que desaparecem estão guardados como lençóis de inverno nos porões de outras pessoas em vez de terem sido transferidos para campos de trabalho. Mas é uma coisa muito perigosa para se admitir em voz alta.

A sra. Janssen assente diante de minha pergunta.

— Eu estava.

— Aqui dentro? A senhora estava escondendo alguém *aqui dentro*? Por quanto tempo?

— Por onde devo começar? — Ela pega o guardanapo, torcendo-o entre as mãos.

Eu não quero que ela comece nada. Há dez minutos eu estava preocupada que a sra. Janssen pudesse ter chamado alguém para me prender; agora sei que ela é quem pode ser presa. O castigo por esconder pessoas é a prisão, uma cela fria e úmida em Scheveningen, onde ouvi falar de pessoas que desapareceram há meses sem sequer terem sido ouvidas. O castigo por ser a pessoa escondida — um *onderduiker* — é deportação imediata.

— Não importa — digo rapidamente. — Não importa. Não preciso ouvir nada. Eu simplesmente vou embora.

— Por que você não se senta de novo? — implora ela. — Esperei por você a manhã inteira. — Ela segura o bule de café. — Quer mais? Você pode tomar quanto quiser. Apenas sente-se. Se você não me ajudar, vou ter que encontrar outra pessoa.

Agora estou confusa, parada no meio da cozinha. Não quero seu suborno de café. Mas estou presa no lugar. Eu não deveria ir embora, não sem saber mais dessa história. Se a sra. Janssen tentar encontrar outra pessoa, ela poderia estar se colocando em perigo, e a mim também.

— Me conte o que aconteceu — digo por fim.

— O sócio do meu marido... — começa a sra. Janssen, as palavras sendo cuspidas depressa. — O sócio do meu marido era um bom homem. Sr. Roodveldt. David. Ele trabalhou com Hendrik por dez anos. Ele tinha uma esposa, Rose, e ela era tão *tímida*... ela tinha a língua presa, o que a fazia sibilar, e isso a deixava muito envergonhada... mas era capaz de tricotar as coisas mais lindas. Eles tiveram duas filhas. Lea, que acabou de completar doze anos e era o xodó da família. E a mais velha. Quinze anos, independente, sempre saindo com os amigos. Mirjam.

Um nó se forma em sua garganta ao pronunciar esse nome, e ela engole em seco antes de continuar:

— Os Roodveldt eram judeus. Não muito ortodoxos e, no início, parecia que isso faria diferença. Não fez, é claro. David disse a Hendrik que ficariam bem. Conheciam uma mulher no interior que os acolheria. Isso deu errado quando a mulher ficou muito assustada e, em julho, depois da grande *razzia*, quando tantos judeus foram levados, David procurou Hendrik e disse que ele e sua família precisavam de ajuda para se esconder.

— E Hendrik os trouxe para cá?

— Não. Ele não quis me colocar em perigo. Ele os levou para a loja de móveis. Construiu para os Roodveldt um quarto secreto atrás de uma parede falsa na loja de madeira. Eu não sabia.

— Você não *sabia*? — Não consigo imaginar meus pais escondendo um segredo desse um do outro.

— Eu sabia que Hendrik estava passando mais tempo na loja. Achei que estivesse apenas fazendo horas extras porque David não estava mais por perto para ajudar. Achei que os Roodveldt tivessem ido para o esconderijo no interior. Eu não sabia que todos estavam bem ali, escondidos.

— Quando ele contou?

— Ele nunca me contou. No mês passado, eu estava sozinha em casa quando ouvi uma batida à minha porta. Uma batida frenética; era depois do toque de recolher. Eu pensei que Hendrik tivesse esquecido sua chave, mas quando abri a porta, lá estava uma garota, uma garota pálida, vestindo um casaco azul. Ela tinha crescido tanto. Fazia alguns anos que eu não a via, e não a teria reconhecido se ela não houvesse se apresentado. Ela me disse que meu marido os estava escondendo, mas agora ela precisava de um novo lugar seguro. Disse que todos os outros estavam mortos.

— Mirjam Roodveldt.

A sra. Janssen assente.

— Ela estava *tremendo*, estava tão assustada. Ela disse que os nazistas tinham ido à fábrica naquela noite e foram direto para a loja de madeira. Alguém traiu Hendrik, um empregado ou cliente. Hendrik não mostrou o esconderijo a eles. Fingiu que não fazia ideia do que estavam falando. Como ele não falava, os oficiais começaram a ameaçá-lo. E David ouviu. E tentou ajudar. Mas os oficiais tinham armas.

Ela respira fundo.

— Quando o tiroteio terminou, Hendrik estava morto, assim como David, Rose e Lea. Só Mirjam conseguiu escapar.

Deve ter sido um caos. Ouvi falar de pessoas presas, levadas e nunca libertadas. Mas *quatro pessoas*, incluindo uma mulher e uma criança, baleadas a sangue-frio?

— Como Mirjam escapou? — pergunto. — Eles atiraram em todos os outros. Como uma jovem conseguiria escapar dos nazistas armados?

— O banheiro. A loja tem um banheiro na frente. Os Roodveldt podiam usá-lo depois que o andar de vendas estivesse fechado. Mirjam havia acabado de entrar para se preparar para dormir quando os nazistas chegaram, e saiu correndo pela porta da frente quando ouviu os tiros, para o lugar seguro mais próximo em que pôde pensar. Minha casa. Isso foi há três semanas. Eu a estava escondendo até a noite passada.

— O que aconteceu na noite passada?

A sra. Janssen enfia a mão no bolso do suéter e tira um pedaço de papel dobrado.

— Eu anotei tudo, para que pudesse lhe dar a cronologia exata.

Ela acompanha a primeira linha com o dedo indicador:

— Ela estava aqui ontem ao meio-dia, porque entrei para levar um pouco de pão e uma cópia de *Het Parool*. Ela gostava de ler as notícias da resistência, várias vezes, memorizando até os anúncios dos classificados.

— A senhora tem certeza de que era meio-dia?

— Eu tinha acabado de ouvir o toque de Westerkerk, e as pessoas lá fora saíam para o almoço. — Ela olha de volta para o papel para encontrar o lugar onde parara. — Ela estava aqui às quatro e quinze, porque entrei para avisá-la de que Christoffel, meu entregador, passaria para trazer algo, então precisaria ficar em silêncio. Ela estava aqui às cinco e meia, porque perguntei se queria jantar; ela me disse que estava com dor de cabeça e que ia se deitar. Logo depois, minha vizinha, a sra. Veenstra me convidou para ir a sua casa. Seu filho, Koos, não tinha chegado ainda, e ela estava preocupada com ele. Uma hora depois, Koos subiu a rua. Sua bicicleta tinha perdido um pneu; ele caminhou por vinte e cinco quilômetros. Voltei para casa e chamei por Mirjam para perguntar se ela se sentia melhor. Ela não respondeu. Supus que tivesse dormido. Um pouco mais tarde, abri a porta para ver se poderia lhe levar alguma coisa.

— E ela não estava?

— Desapareceu. A cama estava vazia. Seu casaco tinha sumido. Seus sapatos também. Ela havia ido embora.

— Que horas eram?

— Por volta das dez. Após o toque de recolher. Em algum momento, entre cinco e meia, quando Mirjam disse que ia se deitar, e dez horas, ela desapareceu, e não há nenhuma explicação.

Terminada sua história, ela dobra o papel outra vez e começa a colocá-lo de volta no bolso antes de mudar de ideia e, em vez disso, me entregá-lo. Há fósforos perto do fogão da sra. Janssen. Pego um, risco-o contra a caixa e deixo que a letra cursiva da sra. Janssen escrita a lápis se queime em enxofre e cinzas.

— O que você está fazendo? — pergunta ela.

— O que *você* está fazendo, mantendo registros por escrito da garota que escondeu ilegalmente?

Ela esfrega a testa.

— Eu não pensei nisso. Não conheço essas regras. É por isso que preciso da sua ajuda, Hanneke.

O Westerkerk toca outra vez ao fundo. Mais quinze minutos se passaram. Antes, eu estava usando o tempo como desculpa para sair, mas agora está realmente ficando tarde. Eu cruzo os braços sobre o peito.

— A senhora passou uma hora visitando a vizinha. Mirjam não poderia ter saído nesse momento?

— A sra. Veenstra mora bem do outro lado da rua. Ficamos sentadas nos degraus de sua casa, de frente para a minha; não estava muito frio ontem. Mirjam não poderia ter saído pela porta da frente sem que eu a visse.

— A senhora tem uma porta dos fundos? — Eu não deveria alimentar suas esperanças fazendo perguntas desse tipo quando não estou planejando ajudá-la. Mas a situação que ela descreveu é estranha e inacreditável, e continuo achando que ela explicou alguma coisa errada.

— A porta dos fundos não fecha direito... há anos. Eu ficava tão irritada com Hendrik; pensar que um fabricante de móveis não encontrava tempo para consertar a própria porta. Finalmente, no ano passado, me cansei de pedir e instalei eu mesma um trinco. Quando percebi que Mirjam havia desaparecido, fui verificar. Ainda estava fechado. Ela não poderia ter saído pela porta dos fundos e fechado o trinco do lado de dentro.

— Uma janela? — Parece improvável, mesmo quando pergunto. Este bairro é rico, o tipo de lugar em que as pessoas notariam coisas incomuns, como garotas pulando janelas.

— Não é possível. Você não vê? Ela não tinha como sair. E nenhum motivo para isso. Este era o último lugar seguro para ela. Mas também não poderia ter sido descoberta. Se os nazistas tivessem vindo buscá-la, também teriam me levado.

Tem que haver uma explicação lógica. A sra. Janssen deve ter se afastado por alguns minutos na casa da sra. Veenstra e não viu a garota sair. Ou talvez ela tenha calculado errado o tempo, e a garota desapareceu enquanto a sra. Janssen tirava uma soneca à tarde.

A explicação não importa, na verdade. Não posso ajudá-la, por mais triste que seja a sua história. É muito perigoso. Sobrevivência em primeiro lugar. Esse é o meu lema de guerra. Depois de Bas, deve ser meu lema de vida. Sobrevivência em primeiro lugar, apenas sobrevivência. Eu costumava ser uma pessoa descuidada, e veja só aonde isso me trouxe. Agora entrego produtos de contrabando, mas só porque isso alimenta a mim e a minha família. Flerto com soldados alemães, mas só porque isso me salva. Encontrar uma garota desaparecida não faz absolutamente nada por mim.

Do lado de fora da cozinha, ouço a porta da frente se abrir, e então uma jovem voz masculina chama:

— *Hallo?*

Mais ao longe, o som de um cachorro latindo. Quem é? A Gestapo? O NSB? Odiamos a Gestapo e a Polícia Verde, mas odiamos acima de tudo o *Nationaal-Socialistische Beweging*, o Movimento Nacional Socialista dos Países Baixos. Os nazistas holandeses que traíram seu próprio povo.

Os olhos da sra. Janssen se arregalam até ela reconhecer a voz.

— Christoffel, estou na cozinha — grita ela. — Eu esqueci que ele voltaria hoje — sussurra para mim. — Tome seu café. Aja normalmente.

Christoffel, o entregador, tem cabelos louros cacheados, grandes olhos azuis e a pele macia de alguém que não se barbeia há muito tempo.

— Sra. Janssen? — balbucia ele com o chapéu nas mãos, desconfortável por ter nos interrompido. — Estou aqui por causa da *opklapbed*. Não foi a hora que a senhora disse?

— Sim, é claro.

Ela começa a se levantar, mas Christoffel gesticula para que fique sentada.

— Consigo fazer isso sozinho. Tenho um carrinho e um amigo me esperando lá fora para ajudar. — Ele acena com a cabeça para a janela, onde um rapaz alto e robusto acena da rua.

Quando ele sai para buscar o carrinho e seu amigo, a sra. Janssen vê meu rosto alarmado e me tranquiliza.

— Não é *essa* cama. Não é a de Mirjam. Ele veio para buscar a do escritório de Hendrik. Eu já quase não entro naquele cômodo. Perguntei a Christoffel se ele conseguiria arrumar um comprador, e usaria o dinheiro para ajudar Mirjam.

— E agora?

— Agora vou usar o dinheiro para pagar a você para me ajudar. — Eu balanço a cabeça em protesto, mas ela me interrompe. — Você tem que encontrá-la, Hanneke. Meus filhos mais velhos... posso nunca mais vê-los outra vez. Meu filho mais novo está morto, meu marido morreu tentando proteger a família de Mirjam, e sua família morreu tentando protegê-lo. Não tenho mais ninguém agora, nem ela. Mirjam e eu devemos ser a família uma da outra. Não me deixe perdê-la. Por favor.

Sou salva de ter que responder pelo guincho das rodas do carrinho de mão de Christoffel, ao qual ele e seu amigo prenderam a outra *opklapbed* da sra. Janssen. Esta é mais ornamentada do que aquela na despensa, a madeira lisa, envernizada e ainda recendendo levemente a óleo de limão.

— Sra. Janssen? Já estou indo — diz ele.

— Espere — digo a ele. — Sra. Janssen, talvez a senhora não precise vender esta cama agora. Espere um dia para pensar no assunto. — É minha maneira de dizer a ela que não posso concordar com sua proposta.

— Não. Vou vendê-la agora — diz ela decidida. — Eu preciso fazer isso. Christoffel, quanto lhe devo pelo trabalho de buscá-la?

— Nada, sra. Janssen. Fico feliz em fazer isso.

— Eu insisto. — Ela pega sua bolsa na mesa e começa a contar dinheiro de uma bolsinha de moedas. — Oh, céus. Eu achei que tivesse...

— Não precisa — insiste Christoffel. Ele está corando de novo e olha para mim, atordoado, em busca de ajuda.

— Sra. Janssen — digo baixinho. — Christoffel tem outras entregas. Por que não o deixamos ir?

Ela para de procurar em sua bolsa e a fecha, envergonhada. Depois que Christoffel sai, ela se afunda de volta na cadeira. Parece velha e cansada.

— Você vai me ajudar? — pergunta.

Tomo o resto do meu café frio. O que ela acha que posso conseguir? Eu não saberia por onde começar. Mesmo que Mirjam conseguisse escapar, quão longe uma garota de quinze anos com uma *Jodenster* amarela em suas roupas conseguiria ir? Não preciso tirar dinheiro da sra. Janssen para saber o que vai acontecer com uma garota como Mirjam, se ainda não aconteceu: ela será capturada e transferida para um campo de trabalho na Alemanha ou na Polônia, do tipo do qual ninguém jamais retornou. Mas como ela conseguiu sair da casa?

*Tem que haver uma explicação lógica*, digo novamente a mim mesma. As pessoas não desaparecem no ar.

Mas isso é mentira, no fim das contas. As pessoas desaparecem no ar todos os dias durante essa ocupação. Centenas de pessoas, tiradas de suas casas.

Como ela pode esperar que eu encontre uma entre tantas?

# TRÊS

Os lábios de mamãe estão apertados em uma linha fina quando chego em casa.

— Você está atrasada.

Ela me aborda na porta; devia estar observando pela janela.

— São meio-dia e quinze.

— São meio-dia e dezenove.

— Quatro minutos, mãe?

Nosso apartamento cheira a pastinacas e linguiças fritas, que eu trouxe para casa ontem. É um espaço pequeno: apenas uma sala de estar, uma cozinha, um banheiro e dois quartos minúsculos, no segundo andar de um prédio de cinco pavimentos. Aconchegante.

Papai lê um livro em sua poltrona, usando o suporte de página que ele fez para manter o livro aberto enquanto ele vira as páginas com seu braço bom, o esquerdo. Seu braço direito enrugado está acomodado no colo.

— Hannie. — Ele me chama pelo meu apelido quando me inclino para lhe dar um beijo.

O ferimento aconteceu antes de eu nascer, durante a Grande Guerra. Ele morava no lado de Flandres da cerca elétrica de

Dodendraad, que fora construída para separar a Bélgica ocupada da Holanda. Minha mãe morava no lado holandês. Ele quis pular a cerca para impressioná-la. Já havia feito isso antes. Eu não acreditei nessa parte da história quando me contou pela primeira vez, mas então ele me mostrou um livro: as pessoas conseguiam atravessar o Fio da Morte de todas as maneiras engenhosamente idiotas, usando escadas altas ou cobrindo suas roupas com porcelana para evitar o choque. Dessa vez, quando ele tentou atravessar, o sapato roçou o fio e ele caiu no chão, e foi assim que meu pai imigrou para a Holanda.

A metade direita de seu corpo, desde a perna até metade do rosto, ficou paralisada desde então, de modo que ele tem um jeito torto e lento de falar. Eu me envergonhava disso quando era criança, mas agora mal noto.

Papai me puxa gentilmente para sussurrar no meu ouvido.

— Sua mãe está ansiosa porque eles vieram procurar o sr. Bierman. Seja gentil com ela.

O sr. Bierman é o verdureiro do outro lado da rua. Os judeus não conseguem ter negócios há meses, mas sua esposa é cristã e ele transferiu os documentos para o nome dela. Eles não têm filhos, apenas um gato branco e manhoso chamado Snow.

— Eles quem? — pergunto. — A escória do NSB?

Papai leva um dedo aos lábios e depois aponta para o teto.

— Shhhhiu.

Nosso vizinho do andar de cima é membro do NSB. Sua esposa costumava trançar meus cabelos e me fazer biscoitos com especiarias no dia de *Sinterklaas*. Atrás de mim, mamãe bate com a bandeja do almoço, colocando a comida na nossa pequena mesa, então beijo a outra bochecha de papai e tomo meu lugar.

— Por que você se atrasou, Hannie? — pergunta mamãe.

— Para ensinar você a não entrar em pânico quando forem apenas *quatro minutos* depois da hora em que costumo chegar em casa.

— Mas você nunca se atrasa.

*Também nunca me pedem para encontrar garotas desaparecidas*, penso. Sem querer, estou visualizando a sra. Janssen de novo, preocupada em uma despensa vazia.

Mamãe me serve uma colher cheia de cenouras brancas. Nós comemos melhor do que um monte de gente. Se meus pais saíssem mais de casa, é possível que começassem a questionar o que exatamente eu faço para trazer tanta comida.

— Não foi nada. — A linguiça picante faz arder a minha boca. — Um policial alemão me parou. — O que é verdade, claro. Eu só não menciono que isso aconteceu no início da manhã, antes de eu ficar sabendo sobre Mirjam.

— Espero que você não o tenha provocado — diz mamãe bruscamente.

Não sou a única pessoa da família que foi transformada pela guerra. Ela costumava dar aulas de música no nosso apartamento e sempre se ouvia Chopin pelas janelas. Ninguém mais tem dinheiro para a música ou para o trabalho de tradução que papai costumava fazer.

— Ele falava holandês — digo, como uma forma de responder sem responder. — Era bastante fluente.

Papai bufa.

— Nós o engordamos depois da última guerra para que ele pudesse voltar agora e nos matar de fome durante esta. —

A Alemanha ficou tão pobre depois da Grande Guerra que muitas famílias enviaram seus filhos para a Holanda, para se fortalecerem com queijos holandeses e leite. Eles teriam morrido sem nós. Agora, alguns dos meninos cresceram e voltaram para cá.

— Quando você precisa retornar ao trabalho? — pergunta minha mãe.

— Tenho mais vinte minutos.

Oficialmente, trabalho como recepcionista de uma agência funerária. Não era o emprego dos sonhos, mas não tive muitas opções. Ninguém queria contratar uma jovem sem experiência ou habilidades de datilografia. O sr. Kreuk também não teria me contratado, mas não lhe dei escolha. Eu já tinha sido recusada em outras sete lojas quando vi a placa de PRECISA-SE DE AJUDA na vitrine e me recusei a sair até que ele me desse o emprego.

O sr. Kreuk é um bom homem. Ele me paga um valor justo. E me deu meu outro trabalho, o secreto, que paga ainda melhor.

Na Holanda, e provavelmente em todos os outros lugares da Europa, os alemães nos deram cartões de racionamento mensais com cupons para comida, roupas, querosene, borracha. Os jornais dizem o que você pode comprar: quinhentos gramas de açúcar, dois litros de leite, dois quilos de batata. É aí que o sr. Kreuk entra. O sr. Kreuk usa os cupons dos mortos para estocar suprimentos e os revender a preços mais altos. Pelo menos é assim que acho que funciona. Não faço perguntas. Tudo o que sei com certeza é que, há vários meses, o sr.

Kreuk veio a mim com uma pilha de cartões e me perguntou se eu poderia fazer algumas compras.

Foi assustador da primeira vez, mas fiquei com mais medo ainda de perder meu emprego e, depois de um tempo, me tornei boa nisso, e depois de mais tempo ainda, começou a parecer até uma atitude nobre. Porque, para início de conversa, foram os nazistas que nos obrigaram a ter as rações, e se eu subverto esse sistema, também os estou desprezando. Presunto a preço alto: a única vingança que consegui contra as pessoas que mataram Bas, mas vou me agarrar mesmo a essa pequena satisfação.

O que estamos fazendo é tecnicamente ilegal. Lucrando com a guerra, como se diz. Mas o sr. Kreuk não é rico, e eu com certeza também não sou. Parece-me que o que estamos mesmo fazendo é tentar reorganizar um sistema que não faz sentido em um país que deixou de fazer sentido.

— *Hannie*. — Mamãe obviamente estava tentando chamar minha atenção. — Eu perguntei o que você disse ao soldado da Polícia Verde.

*Ela ainda está obcecada com isso?* Se ao menos soubesse com quantos soldados encontro todas as semanas.

— Eu disse para ele sair do nosso país e nunca mais voltar. Sugeri que fizesse coisas grosseiras com bulbos de tulipas.

Ela cobre a boca horrorizada.

— Hannie!

Suspiro.

— Eu fiz o que sempre faço, mãe. Eu me afastei o mais rápido que pude.

Mas a atenção de mamãe já não está em mim.

— Johan. — Sua voz cai para um sussurro e ela aperta o braço bom do meu pai. — Johan, eles estão de volta. Ouça.

Eu também escuto. Há gritos do outro lado da rua e eu corro para a janela para espiar por trás da cortina.

— Hannie — mamãe me avisa, mas como eu não volto, ela desiste.

Três oficiais do NSB em seus uniformes pretos cor de besouro golpeiam a porta dos Bierman, ordenando que o sr. Bierman saia.

Sua esposa atende, as mãos tremendo tanto que é possível perceber mesmo de longe.

— Seu marido deveria ter se apresentado para deportação na semana passada — diz o oficial que parece ser o mais velho. Nossa rua é estreita e ele não está sendo discreto. Posso ouvir quase tudo o que ele diz.

— Ele... ele não está aqui — diz a sra. Bierman. — Não sei onde ele está. Não o vejo há dias.

— Sra. Bierman.

— Eu juro. Não o vi. Saí para fazer compras e quando cheguei em casa ele havia sumido. Eu mesma procurei a casa toda.

— Saia do caminho — ordena o oficial, e quando ela não obedece, ele a empurra.

Mamãe veio para o meu lado. Ela aperta meu braço com tanta força que posso sentir suas unhas através do meu suéter. *Por favor, que o sr. Bierman realmente tenha partido*, imploro. *Por favor, permita que ele tenha escapado enquanto a sra. Bierman fazia compras.*

Mamãe está movendo os lábios, rezando, acho, embora não façamos mais isso. Os soldados reaparecem na entrada, desta vez arrastando outro homem. É o sr. Bierman, sangrando pelo nariz, o olho direito fendido e inchado.

— Boas notícias, sra. Bierman — diz o soldado. — Nós encontramos o seu marido no fim das contas.

— Lotte! — chama o sr. Bierman enquanto o empurram para um caminhão que espera na rua.

— Pieter — diz ela.

— Eu deveria levar você também, para fazer companhia a ele — oferece o soldado. — Mas me sinto mal punindo uma boa mulher cristã que é estúpida demais para saber onde seu marido estava. — Ele está praticamente de costas para mim, então não consigo ver seu rosto, mas posso ouvir a provocação em sua voz.

— Lotte, está tudo bem — grita o sr. Bierman, do caminhão. — Eu voltarei para casa em breve.

Ainda assim, ela não chora. Ela não faz nada além de assistir e balançar a cabeça de um lado para o outro, como se dissesse: *Não. Não, você não voltará para casa em breve.*

O caminhão se afasta e a sra. Bierman continua parada na porta. É uma invasão ficar observando, mas não consigo desviar meus olhos. A sra. Bierman também costumava me dar presentes no dia de *Sinterklaas*. E quando eu visitava sua loja, ela me deixaria provar os morangos, mesmo que não fôssemos comprar nenhum.

Mamãe me arranca da janela, agarrando meu suéter e me puxando para a mesa.

— Termine de comer — diz ela, com rigidez. — Não é da nossa conta; não há nada que possamos fazer.

Eu me solto da mão dela, pronta para protestar, para lembrá-la dos Bierman e seus morangos. Mas ela está certa. Não há nada que eu possa fazer para reparar o que acabou de acontecer.

Acabamos de comer quase em silêncio. Mamãe faz algumas tentativas de conversa, mas elas caem por terra. A comida não tem gosto de comida. Quando não consigo mais dar conta, peço licença, dizendo que tenho algumas coisas a fazer antes de voltar ao trabalho.

— Não se atrase. Você tem um bom trabalho — lembra-me mamãe. Ela ama meu trabalho. Sabe que o meu salário é o único que é constante na casa. — Você não quer que o sr. Kreuk se pergunte se tomou a decisão certa ao contratá-la.

— Ele não se pergunta.

Eu só quero um minuto longe dos meus pais, do meu trabalho — um minuto para me isolar do resto do mundo. No meu quarto, fecho as cortinas e abro a gaveta inferior da mesa, tateando no fundo até encontrar: um diário desbotado que ganhei de aniversário quando fiz nove anos. Por uma semana escrevi fielmente, descrevendo amigos de quem gostava e os professores que eram maus comigo. Então eu o abandonei por cinco anos e não tornei a tocar nele até conhecer Bas, quando o transformei em um livro de memórias.

Aqui está a fotografia da escola que ele me deu, quando casualmente pediu uma foto minha em troca. Aqui está o bilhete que ele escorregou para dentro dos meus livros, dizendo que meu suéter verde combinava com meus olhos. Ele assinou *B*, e essa foi a primeira vez que percebi que ele preferia *Bas* a *Sebastiaan*. Um apelido tirado do meio do nome, como muitos garotos holandeses fazem, e não do começo.

Aqui está o canhoto do ingresso do primeiro filme que vimos juntos, aquele para o qual implorei que minha melhor amiga, Elsbeth, fosse também, para o caso de eu não saber o que falar perto de Bas. Esta lembrança é duplamente dolorosa, porque também não tenho mais Elsbeth, ela partiu de uma forma diferente.

Aqui está o ingresso do segundo.

Aqui está o lenço que eu usei para limpar meu batom na noite em que ele me beijou pela primeira vez.

Aqui está o lenço que usei para secar minhas lágrimas na noite em que ele me disse que se voluntariaria quando completasse dezessete anos. Aqui está o cacho de cabelo que ele me deu um dia antes de partir, em sua festa de despedida. Eu também lhe dei algo. Era um medalhão com uma foto minha. Era por isso que eu conseguia adivinhar o que as garotas alemãs fariam. Eu era tão estúpida na época.

Fecho o livro rapidamente, empurrando-o para o fundo da gaveta e o cubro com roupas. Estou pensando em Bas. E, sem querer, também estou pensando em Mirjam Roodveldt outra vez. Fico irritada comigo por perder tempo pensando na garota que desapareceu da despensa, a quem não conheço, e que só poderia me meter em problemas.

Mas a questão é que eu sei uma coisa sobre ela: a revista de filmes na prateleira da despensa — tenho quase certeza de que a fotografia em que estava aberta era uma cena de *O mágico de Oz*, um filme sobre uma garota que é levada por um tornado e acorda em um mundo encantado. Quis muito assistir a esse filme, mas ainda não havia chegado à Holanda quando a guerra estourou. Então nunca vi *O mágico de Oz*, mas agora estou pensando em Judy Garland cantando no salão de Bas, enquanto, no sofá, ele dizia que me amava, e nós ríamos e ríamos e decorávamos a letra da música.

Bas teria concordado em ajudar a sra. Janssen. Tenho certeza disso. Não há dúvida. Bas teria dito que esta era a nossa chance de fazer algo real e importante. Bas teria dito que seria uma aventura. Bas teria dito: É óbvio que *você vai decidir ajudá-la também; a garota que eu amo concordaria plenamente com tudo o que estou dizendo*, porque Bas não saberia nada sobre o tipo de garota que sou agora.

E o que eu responderia? Eu diria: *Você acha que eu concordaria com tudo o que você diz? Você é muito cheio de si.* Ou eu diria: *Meus pais dependem de mim para nos manter vivos. Ajudar a sra. Janssen significa colocar toda a minha família em risco.* Ou eu diria: *As coisas são diferentes agora, Bas. Você não entende.*

Eu daria tudo para poder dizer qualquer coisa e ele. Qualquer coisa mesmo.

Procurar essa garota não é mais quem eu sou. Essa é uma atitude boba; eu sou prática. Essa é uma ação esperançosa; eu não sou. O mundo está louco; não posso mudá-lo.

Então por que ainda estou pensando em Mirjam Roodveldt?

Então por que sei que, esta tarde, a menos que eu consiga me convencer do contrário, voltarei à casa da sra. Janssen?

## QUATRO

Coisas que mudaram em meu país nos últimos dois anos: tudo e nada.

Quando monto em minha bicicleta depois do almoço, o assistente da loja dos Bierman está vendendo verduras a um cliente, como se o dono da loja não tivesse acabado de ser arrastado para um caminhão e levado embora, como se o mundo da sra. Bierman não tivesse sido virado de cabeça para baixo.

De volta ao trabalho, o sr. Kreuk tem uma missão de verdade para mim, do tipo que envolve meu cargo oficial. Há um funeral amanhã, e preciso escrever um aviso para o jornal e organizar coisas com o florista. Mas à uma e meia, o sr. Kreuk vem à minha mesa e me mostra o rascunho do aviso: escrevi o endereço da igreja errado.

— Você está se sentindo bem? — O sr. Kreuk é um homem pequeno e roliço, com óculos redondos que o fazem lembrar uma tartaruga. — Você geralmente não comete erros. — Ele pisca e olha para os sapatos. Nós nos conhecemos há quase um ano, mas ele é muito envergonhado. Às vezes eu acho que ele se tornou agente funerário porque era mais fácil para ele passar tempo com os mortos do que com os vivos.

— Sinto muito. Acho que estou um pouco distraída.

Ele não tenta saber mais.

— Por que não deixa que eu cuide do anúncio e das flores? Tenho algumas entregas para você fazer esta tarde: para o açougueiro e depois para a sra. De Vries. — Ele estremece ao dizer o nome da sra. De Vries, e agora entendo por que ele deixou passar o erro com a nota para o jornal. É uma compensação por ter de lidar com ela.

— Obrigada — digo, e pego meu casaco antes que ele possa mudar de ideia. Vou cuidar da sra. De Vries mais tarde. Primeiro irei ver a sra. Janssen.

Do lado de fora, há algo novo: *Vida longa ao Führer* foi escrito no prédio do outro lado da rua com tinta branca, ainda fresca, e agora tenho que olhar para isso toda vez que sair do trabalho. O dono da loja fez isso para demonstrar apoio aos nazistas? Ou os nazistas fizeram isso como propaganda? É sempre difícil saber.

Houve protestos desde o início da ocupação — uma greve de trabalhadores que foi esmagada rapidamente e deixou corpos nas ruas. Papai acha que deveria haver mais. É fácil para ele dizer, quando sua perna o impede de participar. Mamãe considera os nazistas monstros, mas ela não se importaria com eles, desde que ficassem na Alemanha. Ela só quer que saiam de seu país. Depois da guerra, as pessoas se sentarão em rodas e se lembrarão das formas corajosas com que se rebelaram contra os nazistas, e ninguém vai querer lembrar que sua maior "rebelião" foi usar um cravo em homenagem à nossa família real exilada. Ou talvez as pessoas vão se sentar em rodas e falar alemão, porque os alemães terão vencido. Há aqueles que também comemorariam isso. Quem acredita nos nazistas, ou que decidiu que é mais inteligente apoiar os invasores. Como Elsbeth. Elsbeth, que...

Não importa.

Por duas vezes, a caminho da casa da sra. Janssen, quase dou meia-volta. Uma vez, quando passo por um soldado interrogando uma garota da minha idade na rua, e a outra logo antes de tocar a campainha. Quando a sra. Janssen me vê, seu rosto se abre num sorriso tão aliviado que quase dou meia-volta pela terceira vez, porque ainda não tenho certeza do que estou fazendo aqui.

— Você decidiu me ajudar. — Ela escancara a porta. — Eu sabia que você me ajudaria. Eu sabia que tinha tomado a decisão certa ao confiar em você. Dava para ver no seu rosto. Hendrik sempre disse...

— Você não contou a ninguém mais, contou? — interrompo. — Antes ou depois de contar para mim?

— Não. Mas se você não tivesse voltado, não sei o que eu teria feito. Estava sentada aqui, preocupada com isso.

— Sra. Janssen. Pare. Lá dentro. — Pego o cotovelo dela e a guio para sua própria sala de estar, onde nos sentamos no sofá florido desbotado. — Em primeiro lugar, eu não concordei em ajudar — digo a ela, porque quero ser clara. — Estou aqui para conversar com a senhora sobre isso. Para considerar a hipótese. Por enquanto, vamos apenas conversar sobre Mirjam, e eu vou *pensar* no assunto. Mas não sou detetive, e não estou prometendo nada.

Ela assente.

— Eu entendo.

— Tudo bem. Então, por que a senhora não me conta mais?

— Qualquer coisa. O que você gostaria de saber?

O que eu *gostaria* de saber? Não tenho ideia do que a polícia perguntaria. Mas, geralmente, quando estou à procura de objetos do mercado ilegal para as pessoas, começo com uma descrição física. Se eles precisam de sapatos, pergunto qual o tamanho, qual a cor.

— Supondo que eu decida ajudar, seria bom saber qual é a aparência de Mirjam. Você tem fotos? Mirjam trouxe alguma com ela? Alguma fotografia de família?

— Ela não teve tempo de trazer nada. Só veio com as roupas do corpo.

— E como elas eram? O que ela estava usando quando desapareceu?

A sra. Janssen fecha os olhos e pensa.

— Uma saia marrom. Uma blusa creme. E o casaco dela. A oficina na loja de móveis era tão fria que você tinha que usar casaco o tempo todo lá. Ela estava usando um por cima de suas roupas. Era azul.

— Azul assim? — Eu aponto para o azul-royal dos pires de Delft no armário de louça da sra. Janssen.

— Mais para a cor do céu. Num dia de sol. Com duas fileiras de botões prateados. Eu emprestei outras roupas enquanto ela estava aqui, mas quando desapareceu, suas roupas eram as únicas coisas que estavam faltando.

Continuo fazendo perguntas, sobre qualquer detalhe físico em que possa pensar, esboçando mentalmente uma garota na minha cabeça. Cabelos escuros e cacheados, caindo sobre seus ombros. Nariz fino. Olhos azul-cinzentos.

— Os vizinhos dos Roodveldt podem ter uma fotografia — sugere a sra. Janssen. — Depois que os Roodveldt desapareceram, os vizinhos podem ter tentado recuperar algumas coisas do apartamento.

— A senhora sabe alguma coisa sobre os vizinhos?

Ela balança a cabeça. Isso significa que não posso ir ao apartamento e fazer perguntas. Não quando a unidade dos Roodveldt provavelmente já está ocupada por uma família NSB. Amsterdã é uma cidade lotada, onde, mesmo em tempos normais, é difícil encontrar moradia. Agora, quando uma família judia desaparece, uma família de simpatizantes reaparece em seu lugar, agindo como se sempre tivessem morado ali. Além disso, a guerra faz amigos se voltarem uns contra os outros. Podem ter sido os vizinhos que revelaram o esconderijo da família.

Onde mais eu poderia encontrar uma fotografia?

— A senhora já esteve no esconderijo na oficina de móveis? — pergunto.

Ela assente.

— No dia seguinte ao que Hendrik foi... no dia seguinte ao que aconteceu. Completamente saqueada. Os alemães levaram quase tudo, ou talvez os Roodveldt não tenham levado muita coisa mesmo. A secretária de Hendrik poderia ter tentado salvar alguma coisa, mas ela saiu em lua de mel no dia seguinte ao ataque. Posso escrever para ela, mas não tenho certeza de quando volta.

— Onde Mirjam estudava?

— No Liceu Judaico, já que os estudantes judeus estavam segregados. Não sei onde fica.

Eu sei. É às margens do rio Amstel, em um prédio de tijolos vermelhos com janelas altas. Passo por ele o tempo todo e agora o adiciono ao meu arquivo mental sobre Mirjam. Tenho um local onde posso posicionar a garota que criei em minha cabeça.

— O que acontece agora? — pergunta a sra. Janssen. — Você vai falar com seus amigos sobre isso?

— Amigos?

— Quem vai ajudá-la? Quem sabe sobre essas coisas?

Agora estou começando a entender por que a sra. Janssen me procurou. Porque ela não tem ideia de como as atividades ilícitas funcionam. A resistência, o mercado ilegal — ela acha que somos todos uma rede, compartilhando informações, tramando contra os alemães. Mas o que eu faço para o sr. Kreuk só funciona porque meu elo na cadeia é muito pequeno. Se eu fosse pega e interrogada sobre as negociações do sr. Kreuk, poderia dizer que não sei se ele está envolvido com mais alguém, e isso seria verdade.

Não tenho uma rede de resistência. Meus contatos lucrativos serão inúteis para essa tarefa. Não tenho nada, na verdade, além de uma imagem idealizada de uma garota que nunca vi, e que ainda não prometi totalmente à sra. Janssen que vou encontrar.

— Eu preciso ver o esconderijo de novo — digo à sra. Janssen.

Ela me deixa entrar abrindo o gancho escondido e depois diz atrás de mim:

— Eu já olhei aqui. Antes de você chegar, revirei tudo ontem.

Espero meus olhos se ajustarem. O espaço talvez tenha um metro e vinte de largura. Exceto por alguns centímetros, está todo ocupado pela *opklapbed* aberta. Eu levanto a colcha, examinando o lenço embaixo, e faço a mesma coisa com o colchão e o travesseiro. Na prateleira estreita, a revista que eu havia notado antes, uma edição antiga, de antes da guerra. A sra. Janssen provavelmente a tivera entre as coisas antigas de Jan e a entregou a Mirjam para que ela tivesse algo para ler.

Nenhuma das páginas da revista tem anotações ou marcas, mas escondida debaixo dela está a última edição de *Het Parool*, o panfleto que a sra. Janssen mencionou ter dado a Mirjam. As pessoas liam os panfletos de resistência vorazmente, depois os passavam adiante. O vizinho da sra. Janssen ou o entregador deviam ter lhe dado esse.

Fecho a *opklapbed* para olhar o chão embaixo dela, levantando o tapete fino.

Nada. Nada em lugar nenhum.

Mas o que eu esperava encontrar? Uma carta de Mirjam explicando para onde foi? Um alçapão, por onde um nazista poderia ter entrado e levado a menina? Quando volto para a cozinha, esfregando os olhos por causa da luz, a sra. Janssen começa a preparar a mesa para o café novamente.

— Sua vizinha do outro lado da rua está em casa? — pergunto a ela. — A sra. Veenstra? Aquela cujo filho demorou para chegar em casa?

— Acho que não. — Ela franze a testa. — Você queria entrevistá-la? Ela não sabe sobre Mirjam.

Balanço a cabeça.

— Fique na sua porta. E em algum momento nos próximos cinco minutos, abra-a e saia. A qualquer momento nos próximos cinco minutos. Apenas não me dê nenhum sinal quando fizer isso.

Passando os braços em volta da minha cintura por causa do frio, atravesso a rua até a casa da sra. Veenstra e fico de pé nos degraus, de costas para a casa da sra. Janssen. Depois de um minuto, acontece: um clique audível, seguido imediatamente por um latido de cachorro. Quando me viro, a sra. Janssen olha para mim, confusa.

— Eu não entendo — diz ela quando estamos de volta à casa. — O que você estava fazendo?

— Eu notei isso outro dia, quando Christoffel saiu com a *opklapbed*. Sua porta é tão velha e pesada que não pode ser aberta sem fazer barulho. E assim que aquele cachorro do vizinho...

— Fritzi — apresenta a sra. Janssen. — O *schnauzer* do filho do vizinho.

— Assim que o cachorro ouve a porta, começa a latir. Mesmo que a senhora estivesse olhando para qualquer outro lugar, teria ouvido o cachorro e notado Mirjam saindo pela porta da frente.

— Foi o que eu disse a você. — Ela está irritada com minha conclusão. — Já disse isso ontem. Ela não poderia ter saído por esta porta. E já procurei no esconderijo de Mirjam. Você está perdendo tempo fazendo coisas que já fiz.

— A senhora já a encontrou? — Minha voz é mais afiada do que precisa ser; estou escondendo minha inexperiência com falsa confiança. — A senhora fica me dizendo que estou fazendo coisas que a senhora já tentou, mas, a menos que a tenha encontrado, preciso ver tudo com meus próprios olhos. Agora, vamos até a porta dos fundos.

Ela abre a boca, provavelmente para me dizer mais uma vez que Mirjam não poderia ter escapado por lá por causa da trava interna, mas então muda de ideia.

A porta dos fundos é de carvalho pesado, e logo fica evidente ao que ela se referia quando disse que a porta não fechava. O tempo e o assentamento da casa a empenaram tanto que a metade superior se afastou do batente. Foi por isso que a sra. Janssen colocou o trinco. É pesado, de ferro e, quando engatado, mantém a porta corretamente fechada. Quando não está travado, uma fina corrente de ar entra pela parte de cima.

Ela está certa. Não consigo pensar em uma forma de alguém sair por esta porta e fechar o trinco atrás de si.

A sra. Janssen está olhando para mim. Eu não disse a ela que vou ajudar, não oficialmente. E, ainda assim, não recusei. É tão imensamente perigoso, muito mais do que qualquer coisa que já me permiti fazer.

Mas a sra. Janssen me procurou, assim como o sr. Kreuk o fez e sou muito boa em encontrar coisas.

Posso me sentir sendo sugada por esse mistério. Talvez porque Bas seria. Talvez porque seja outra forma de quebrar as regras. Mas talvez porque, em um país que passou a não fazer sentido, em um mundo que não consigo solucionar, este seja um pequeno mistério que posso resolver. Preciso ir à escola de

Mirjam, o lugar que pode ter uma foto, o lugar que pode explicar quem é essa garota. Porque, supondo que a sra. Janssen esteja correta em sua cronologia, supondo que o cachorro sempre lata quando alguém sai, supondo que Mirjam não possa ter passado pela porta dos fundos, supondo que tudo isso seja verdade, parece que essa garota é um fantasma.

# CINCO

Estive ausente de minhas tarefas diárias por quase uma hora. Se eu não voltar às minhas entregas, a sra. De Vries vai reclamar.

A fila no açougue está quase saindo pela porta com donas de casa cansadas trocando dicas sobre onde conseguiram encontrar itens de difícil acesso. Eu não espero na fila. Nunca espero. Assim que o açougueiro me vê entrar, acena para que eu vá até o balcão enquanto desaparece nos fundos. Levei pelo menos uma dúzia de visitas para construir esse relacionamento. Na primeira vez, escutei enquanto ele dizia a outra cliente que sua filha adorava desenhar. Na segunda vez, eu trouxe alguns lápis de cor e lhe disse que eram velhos, que havia achado no fundo do meu armário. No entanto, eles eram obviamente novos em folha, e assisti sua reação a isso: ele se permitiria acreditar em uma mentira leve, se isso significasse que conseguiria algo que queria? Mais tarde, falei sobre uma avó doente e seus amigos doentes e ricos que estavam dispostos a pagar mais por carne extra.

Quando o açougueiro volta, ele está carregando um pacote de papel branco.

— Isso não é justo — grita uma mulher atrás de mim depois que vê a troca. Ela está certa; não é justo. As outras clientes nunca gostam muito de mim. Elas gostariam mais de mim se eu estivesse com fome como elas, mas prefiro não passar fome.

— A avó dela está doente — explica o açougueiro. — Ela está cuidando de toda a família em casa.

— Todos estamos cuidando de pessoas em casa — insiste a mulher. Ela está cansada. Todo mundo está cansado de ficar em tantas filas por tantos dias. — É só porque ela é uma garota bonita. Você deixaria um *garoto* furar fila?

— Não um garoto que se parecesse com seu filho. — As outras pessoas na fila riem, seja porque acham engraçado ou só porque querem permanecer nas boas graças do homem que fornece seus alimentos. Ele se vira para mim e sorri, sussurrando que pôs um pouco a mais no meu pacote para eu levar para minha família.

Começou a chover enquanto eu estava no açougue, pingos grossos e ásperos, misturados com gelo. As estradas estão escuras e escorregadias. Ponho a carne na minha cesta, cobrindo o pacote com um jornal, que fica encharcado em minutos. À porta do apartamento da sra. De Vries, meus dentes batem e a água desliza pela minha saia e forma poças em meus sapatos, o que teria mais importância se meus pés já não estivessem encharcados da chuva. As solas dos meus sapatos estão muito gastas e se tornam inúteis contra o tempo úmido. Eu bato na porta da sra. De Vries e, lá de dentro, ouço o tilintar da porcelana.

— *Hallo?* — chamo. — *Hallo?*

Por fim, a sra. De Vries atende, como sempre, vestida de modo pomposo, com um vestido de seda azul e meias sete oitavos. Ela está na casa dos trinta anos, tem feições régias, dois gêmeos irritantes e um marido que publica uma revista feminina e passa tanto tempo no trabalho que só o encontrei uma vez.

— Hanneke, entre. — A sra. De Vries faz um aceno vago para que eu entre em seu apartamento, mas não se preocupa em pegar seus pacotes ou em me agradecer por ter vindo nessa tempestade apenas para lhe trazer carne. — Minha vizinha e eu estávamos tomando chá. Você não precisa ir a lugar algum, não é? Pode esperar na cozinha até terminarmos. — Ela acena com a cabeça para a mulher mais velha sentada no sofá, mas não faz apresentações. Está claro que ela não pretende interromper a conversa para me atender. A sra. De Vries é uma daquelas pessoas que se comportam como se a guerra fosse apenas um incômodo acontecendo em algum lugar longe dela. Hoje ignoro sua sugestão de esperar na cozinha, embora ela obviamente considerasse isso uma ordem. Não quero deixar que seja fácil para ela esquecer que estou aqui, então coloco seus pacotes em uma mesa, fico de pé no hall de entrada, pingando.

A vizinha em questão, uma mulher de cabelos grisalhos, arqueia uma sobrancelha para mim e pigarreia antes de falar para a sra. De Vries:

— Como eu estava dizendo. Desapareceu. Só fiquei sabendo disso esta manhã.

— Eu não acredito nisso — diz a sra. De Vries. — Alguém sabe para onde eles foram?

— Como poderíamos saber? Eles sumiram na calada da noite.

— Hanneke, você nos faria o favor de buscar mais biscoitos na cozinha? — pede a sra. De Vries, pegando um prato cheio de migalhas e o estendendo para cima até que eu me aproxime e o pegue.

Sobre a mesa da cozinha há uma lata cheia até a metade com biscoitos amanteigados comprados prontos. Ponho dois deles na boca enquanto reabasteço o prato. Um par de olhos solenes me fita da curva do corredor. Um dos gêmeos. Nunca consigo me lembrar os nomes deles nem identificá-los; eles são igualmente mimados. Eu poderia lhe dar um biscoito, mas, em vez disso, de propósito, enfio outro na boca e lambo as migalhas dos meus lábios.

— Então você acha que eles se esconderam? — pergunta a sra. De Vries à sua vizinha. — Eles não foram capturados?

— Certamente não foram capturados. Eu saberia. Tenho amigos no NSB. Eu já tinha dito a eles, várias vezes, que havia uma família judia morando no meu prédio. Se eles tivessem sido levados, eu saberia. Os Cohen fugiram furtivamente como ladrões no meio da noite.

Levo os biscoitos de volta à sala de estar, fazendo tanto barulho quanto posso para chamar a atenção da sra. De Vries. Ela toma um gole de seu café.

— Eu não posso acreditar que ninguém os viu! Você tem certeza?

— Eu tinha esperança de pelo menos dar uma olhada em seu apartamento. Meu filho e a esposa estão procurando uma casa maior... ela está grávida, você sabe... e seria tão bom tê-los no prédio!

A vizinha é cruel. As duas são, com seu apoio refinado e nojento aos nazistas. Mas também são ricas. Não acho que o sr.

Kreuk leve em conta a moral quando escolhe para quem vender. Se podem pagar, podem comprar.

— Sra. De Vries — finalmente digo, gesticulando para a janela onde o céu está nublado, mas não chove. — Desculpe, mas eu preciso mesmo ir logo. Estava chovendo muito antes, mas parece que o tempo deu uma trégua agora. Posso deixar suas coisas?

Se a vizinha curiosa não estivesse aqui, a sra. De Vries insistiria em inspecionar o conteúdo dos pacotes. Nessas circunstâncias, ela apenas levanta uma sobrancelha.

— Eu não sabia que sua agenda era tão importante, Hanneke. Pegue minha bolsa no armário do corredor.

Ela me entrega algumas notas, e eu não me importo de contar seu pagamento antes de colocá-lo no eu bolso e sair, deixando pegadas molhadas sobre seu piso de parquê.

---

O Liceu Judaico. Devo ir lá agora? São pouco mais de três da tarde, num dia que começou comigo entregando batom para uma mulher na casa de seus avós, se tornou algo muito diferente, e, de repente, me sinto exausta. Estou exausta pela enormidade do dia. Estou exausta pelas coisas que sempre me deixam exausta: os soldados, os cartazes, os segredos, as estratégias e os esforços. Estou exausta o suficiente para saber que não devo ir ao Liceu agora, porque estar exausta significa que não vou pensar tão rápido quanto de costume. Aprendi isso trabalhando com contrabando.

Por outro lado, este é o momento perfeito para me esgueirar para dentro de uma escola. O dia de aulas deve estar terminando, o alvoroço deve ser grande o bastante para que ninguém note uma pessoa de fora caminhando pelos corredores. O Liceu fica a poucos quarteirões; eu praticamente teria que passar por ele no caminho para casa. E quando você está tentando encontrar coisas, é melhor encontrá-las o mais rápido possível, antes que alguém pegue o que você está procurando. Também aprendi isso com contrabando.

Paro minha bicicleta na frente do Liceu. A arquitetura da escola me lembra a de um colégio onde estudei.

Três anos atrás, meus amigos e eu estaríamos sentados nos degraus do lado de fora a essa hora, discutindo sobre aonde ir antes da hora que nossos pais esperavam que chegássemos em casa. Elsbeth anunciaria que não tinha dinheiro suficiente para ir a lugar algum, então esperaria enquanto dois ou três garotos brigariam para ver quem pagaria seu café ou seus doces, e então ela piscaria para mim, para mostrar que na verdade tinha dinheiro — ela só gostava do drama. Alguns outros tentariam protestar, dizendo que não poderiam ir porque tinham que estudar. Finalmente, Bas anunciaria que *todos* nós iríamos ao Koco, e que ele próprio ia se dar mal no teste para ajudar a média de classificação para as pessoas que estavam tão preocupadas com o estudo.

Agora Elsbeth se foi, de uma forma que não gosto de pensar.

E os proprietários do Koco eram judeus. Nove meses depois da invasão, houve uma briga na loja, o que levou ao primeiro grande ataque e centenas de mortos.

E Bas nunca mais terá que estudar.

Toda a minha vida foi demolida, tijolo por tijolo. Aconteceu há dois anos e meio, mas estar na frente desta escola me faz sentir como se tivesse sido há duas semanas. Ou como ainda estivesse acontecendo, repetidamente, todos os dias.

Dentro da escola está silencioso. Estranhamente silencioso. Não há alunos nos corredores, nenhum som nas salas de aula. A princípio, acho que calculei mal o tempo e as aulas do dia já terminaram, mas quando olho para uma sala de aula, *há* alunos; eles apenas são muito poucos. Apenas cinco nesta sala. O resto deve ter sumido, levados pelos alemães, escondidos ou pior. Toda uma escola, despedaçada. Este era o mundo de Mirjam. Até ela se esconder, era para cá que vinha todos os dias, deixando rastros, espero.

Duas alunas, meninas de doze ou treze anos, erguem os olhos quando passo por sua sala de aula. Aceno para indicar a elas que não pretendo fazer nenhum mal, mas seus rostos se enchem de medo e elas me observam até eu passar.

Na sala seguinte, um homem magro de óculos palestra diante de um quadro-negro, enquanto uma garota diligentemente faz anotações, sentada a um canto. Era onde eu costumava sentar, na frente, no canto direito, e Bas tentava chamar minha atenção pela janela quando passava, pressionando o nariz contra o vidro ou mexendo a boca, sem emitir som, *chaaaaaato*, enquanto apontava para o professor. No outro canto, um dos meninos cruza o olhar com o meu. E ele pisca para mim. Ele pisca e depois ri, e o professor se vira, gritando para ele ficar quieto. O menino é moreno e tem o rosto redondo, e não se parece nada com Bas, mas o gesto é tão parecido com ele que imediatamente me afasto da janela, tentando impedir uma enxurrada de lembranças.

Não foi uma boa ideia eu vir aqui. Não sei por que não ouvi meus instintos. Não era seguro e foi mal planejado. Qualquer um poderia me ver, e não tenho uma boa história para contar se me virem. Preciso voltar mais tarde para tentar conseguir a foto. Voltarei com café de verdade; virei com suborno.

*Chaaaaaato*, ele costumava dizer através das janelas da sala de aula.

Esta escola parece um labirinto. Não consigo me lembrar das curvas que fiz quando entrei no prédio. Há uma saída bem na minha frente, e mesmo que não seja aquela por onde entrei, dirijo-me para ela.

— Posso ajudá-la com alguma coisa?

Uma mulher está parada na porta do que suponho que seja a secretaria. Ela é mais alta do que eu, mas parece apenas alguns anos mais velha, com olhos claros e aguçados, cautelosos, e os cabelos presos em um nó no alto de sua cabeça. Ela usa um casaco com uma estrela amarela costurada. *Jood*.

— Você está perdida?

— Eu já estava indo embora.

Ela se apressa a me alcançar, postando-se entre mim e a porta.

— Mas por que você estava *aqui*? Você não é aluna.

— Eu fui... — Mas uma mentira não sairá, não tão facilmente como costuma sair. — Eu estava procurando uma foto.

— De?

— Só dos alunos.

— Dos alunos — repete ela. — Que alunos?

— Deixe para lá. Voltarei outra hora. Eu não deveria ter incomodado você. — Tento passar por ela, mas ela se mexe, de modo que a única maneira de eu sair seria, literalmente, empurrando para o lado. Ela está me testando, para ver o quanto estou desesperada para conseguir o que vim buscar.

— De quem? — insiste. — Por que você está aqui de verdade? — Ela segura meu braço. — Por que você está aqui de verdade? — pergunta mais uma vez, baixinho.

— Bas — sussurro, antes que eu possa me deter. Apenas saiu. A compostura que eu tinha quinze minutos antes está se desfazendo, fio por fio. Tudo nesta escola me faz lembrar dele: o cheiro do quadro-negro e as carteiras, e como era ter seu calendário de aulas decorado, e como eu sabia exatamente o minuto em que poderia encontrar com ele no corredor. Bas não era um aluno dedicado, mas passava de ano mesmo assim, porque todos o adoravam, alunos e professores.

Ela inclina a cabeça e aperta mais meu braço.

— Nós não temos nenhum aluno chamado Bas. Quem é Bas?

Mas agora estou despejando as emoções que luto tanto para manter represadas.

— Bas morreu. Eu o amava.

Seu rosto se suaviza, mas seus olhos ainda são desconfiados.

— Eu sinto muito. Mas não temos fotos dele. Quem quer seja Bas. Não temos foto nenhuma. Um incêndio destruiu nossos registros há algumas semanas.

— Eu vou embora.

Ela não soltou meu braço.

— Não acho que você deva ir. Acho que devo levá-la ao diretor. Você está invadindo uma propriedade particular.

Meu juízo está voltando aos poucos. Torço meu braço, então ela é obrigada a soltá-lo, e passo por ela novamente.

— Eu preciso ir.

— Pare. Qual é o seu nome?

Mas ela não vai me denunciar. Para quem poderia me denunciar? Uma mulher judia não gostaria de chamar a atenção para si por motivo algum, nem mesmo para denunciar um crime. Ela não tem nenhum recurso.

— Pare — diz ela mais uma vez, mas é sem energia. Continuo em direção à saída, e ela não faz nada. Posso sentir seus olhos em mim, porém, apenas observando enquanto saio pelas portas de um prédio que me faz lembrar muito das coisas que doem.

O vento frio bate em meu rosto enquanto pedalo para casa, me trazendo de volta os sentidos, e me deixando furiosa comigo mesma. Tudo o que eu tinha que fazer era encontrar uma foto, e falhei. Eu deveria ter vindo com meu café para suborno e uma história bem ensaiada. Poderia ter dito que estava procurando uma garota de quem eu era babá, ou que era minha vizinha. Eu invento histórias todos os dias. Deveria ter feito isso, mas não fiz, e agora arruinei uma das poucas pistas que tinha. Idiota. Amadora. *Descuidada.*

Faço mais algumas entregas para mamãe, e quando tento chegar em casa, os soldados bloquearam as ruas que costumo pegar. Eles estão fazendo uma marcha — outra —, uma chance para que as fileiras deles se mostrem pelas ruas com seus capacetes e suas botas pretas. Eles também cantam. Hoje é "Erika", uma música sobre garotas alemãs e flores alemãs. Ela se infiltra em minha cabeça como uma larva e fica presa ali, os versos indesejados e a melodia tocando sem parar.

Quando finalmente chego à porta da frente da minha casa, mal me aguento em pé. Um cheiro aveludado me atinge enquanto entro. Mamãe está fazendo chocolate quente. Por quê? Eu disse a ela que o pouco que nos restava devia ser guardado para uma celebração. Mamãe não é o tipo de pessoa que inventa celebrações à toa, pelo menos, não mais.

— Chocolate quente... eu esqueci o aniversário de alguém?

Eu desenrolo meu cachecol ainda úmido e o penduro num gancho perto da porta. Se eu fosse mais jovem, me encolheria com o chocolate quente e contaria a mamãe sobre meu dia difícil. Se eu não tivesse que sustentar esta casa, diria a meus pais que me pediram para fazer um trabalho que é grande demais para mim e deixaria minha mãe me fazer cafuné.

— Nós temos visita — diz mamãe. Não consigo dizer se o sorriso dela é o verdadeiro ou o falso, porque seus lábios se esqueceram como é sorrir naturalmente. Parece quase real.

Só então percebo a pessoa sentada na cadeira em frente ao meu pai — o cabelo, as sardas, o nariz um pouco torto — e meu coração salta e afunda ao mesmo tempo.

*Bas.*

Mas claro que não é ele. Sinto-me solitária o suficiente para me permitir acreditar nisso por um segundo, mas não tenho esperança o bastante para me permitir acreditar por mais tempo. Não é Bas. É Ollie.

## SEIS

Ollie. Olivier. Laurence Olivier, quando Bas queria fazer gracinha, por causa do astro de cinema inglês. O irmão mais velho e mais sério de Bas, que é quase igual a ele, exceto que seu cabelo não é tão ruivo e seus olhos não são tão azuis, e, agora que o estou vendo sentado com meu pai, percebo que não se parece muito com Bas, na verdade; foi apenas um truque dos olhos e do coração.

Ollie estava no fim do seu primeiro ano de universidade quando Bas morreu; agora ele deve estar quase terminando os estudos. Eles nunca foram próximos. Bas ria de tudo, e Ollie se levava muito a sério. Na casa deles, nas noites de sábado, Ollie dava suspiros dramáticos toda vez que achava que Bas e eu estávamos interrompendo seu trabalho. Eu não o via desde o funeral, o horrível funeral sem corpo presente, no qual a sra. Van de Kamp se agarrava a Ollie e chorava, e eu sentia dor no estômago porque também queria chorar, mas não sentia que merecia isso. Tentei parar na casa dos Van de Kamp uma vez, naqueles primeiros dias, mas a sra. Van de Kamp deixou claro que não queria me ver e, honestamente, eu não podia culpá-la.

Mas aqui está Ollie Van de Kamp, sentado na minha sala de estar, perdendo um jogo de xadrez para meu pai.

— O que o traz aqui? — pergunto quando ele se levanta para me cumprimentar, me beijando formalmente na bochecha.

— Minha mãe. Ela estava pensando em você, e eu disse a ela que na próxima vez que estivesse pela sua vizinhança, eu pararia e visitaria sua família.

— E é uma surpresa maravilhosa — diz meu pai —, porque Ollie é terrível no xadrez e ele concordou em jogar valendo dinheiro.

É por isso que não quero estar perto de Ollie. Porque não é só sua aparência que está toda errada. Bas arrancaria as roupas do meu pai em um jogo de xadrez, provocando-o alegremente enquanto meu pai fingisse estar chateado. Ollie está perdendo com método e graça. Ollie é como um Bas substituto.

— Você fez o chocolate — repito, tanto para ter alguma coisa a dizer quanto para deixar claro que não acho que a visita de Ollie valha isso.

— Ela não ia fazer. — Meu pai, de brincadeira, soca o ar na direção da minha mãe. — Eu disse a ela que devíamos.

— Eu disse a ela que não deviam — emenda Ollie. — Eu sabia que não poderia ficar muito tempo. Não faz sentido desperdiçá-lo comigo. — Ele não deve ter se esforçado demais em seu protesto. A caneca ao lado dele está quase vazia.

— Você vai ficar para jantar, Olivier? — pergunta minha mãe. — É apenas espinafre e batatas com casca. — Do outro lado da sala, meu pai faz uma careta ao ouvir a descrição da comida. O Escritório de Educação Nutricional distribuiu um número interminável de folhetos nos incentivando a comer a casca da batata, tomar leite desnatado, experimentar miolos de vaca. Minha mãe segue religiosamente as receitas desses panfletos como seu principal aprendizado de guerra. — Ficarei feliz em pôr outro lugar à mesa. Mas vamos jantar mais tarde esta noite; você pode não ter tempo de chegar em casa antes do toque de recolher.

Agora sei que o sorriso dela é falso. São apenas seis horas e o toque de recolher é só às oito. Ollie teria muito tempo para chegar em casa. Mas é que convidar Ollie para o jantar, mesmo que ela goste dele, é um passo fora do comum, e isso sempre faz com que ela se preocupe.

— Obrigado, sra. Bakker. Mas eu já comi. Na verdade, eu tinha esperança de que Hanneke pudesse sair para dar uma volta comigo. — Ele esfrega o pescoço de forma exagerada. — Passei a maior parte do dia curvado sobre os livros, estudando. Seria bom dar uma volta e botar o assunto em dia. — Mamãe olha para o relógio na parede. — Só até o fim da rua — ele lhe assegura. — Vou trazê-la de volta antes do toque de recolher. — Ele acena com a cabeça para o casaco que não tive a chance de tirar. — E olhe, você já está até vestida para isso. A menos que você que fiquemos aqui conversando com seus pais.

Alguma coisa na sugestão final me faz sentir que seu convite definitivamente não é convite nenhum. Ele está sugerindo que façamos um passeio em particular, mas, se não o fizermos, ele dirá o que tem a dizer na frente da minha família.

— Eu voltarei rápido — tranquilizo minha mãe, e depois olho para Ollie. — Muito rápido.

Mesmo que a chuva tenha parado, ainda está úmido, o tipo de umidade gelada que faz você se sentir frio e molhado.

Ollie não me oferece seu braço. Ele apenas coloca as mãos nos bolsos com cuidado e começa a passear, presumindo que vou segui-lo. Como não tenho escolha, faço isso.

— Faz muito tempo — diz ele. — Seu cabelo está mais comprido. Você parece mais velha.

— É melhor do que a alternativa — respondo imediatamente, usando a piada que meu pai sempre faz quando alguém diz que ele está parecendo mais velho. Ollie inclina a cabeça.

— Qual é a alternativa? — pergunta.

E então não sei o que dizer, porque a única alternativa para envelhecer é morrer e, depois de Bas, Ollie e eu não fazemos mais esse tipo de piada.

— Para onde vamos? — pergunto em vez de responder.

Ele dá de ombros como se não tivesse pensado nisso.

— Het Rembrandtplein?

É uma das minhas praças favoritas em Amsterdã, com uma estátua de Rembrandt no meio e cafés por todos os lados. Mamãe costumava me levar lá para comer doces especiais. Café para ela, leite quente com anis para mim. Não consigo suportar o sabor do leite com anis há dois anos e meio. Era o que estava bebendo quando ouvi a transmissão de rádio dizendo que os holandeses tinham se rendido.

Ollie me pergunta sobre o meu trabalho e eu pergunto sobre os estudos dele, e ele diz que saiu da casa dos pais para morar com um colega mais perto da universidade. Mas posso dizer que estamos ouvindo só mais ou menos, e quando chegamos à esquina, deixo o fingimento.

— Por que você está aqui, Ollie? Não acho que sua mãe tenha pensado em mim.

— Eu apostaria que minha mãe pensa em você todos os dias — diz ele —, já que você é uma conexão com Bas.

Eu não sei dizer se era a intenção dele que isso soasse tão doloroso quanto de fato soa.

— Mas você está certa — continua. — Não é por isso que estou aqui. — À nossa frente, outro casal caminha devagar, as cabeças inclinadas um para o outro como as pessoas fazem quando acabam de se apaixonar. Ollie para, fingindo ler uma placa em uma parede, mas usei esse truque vezes suficientes para reconhecer que ele está apenas abrindo distância para que o outro casal não o ouça. — O que você queria no Liceu Judaico, Hanneke?

— O quê?

Ele repete a pergunta.

Eu engulo em seco.

— Por que eu iria à escola judaica?

— Você acha que precisa mentir para mim?

— Eu já me formei no ensino médio. Não com notas como as suas, mas eles me deram um diploma e tudo.

— Hanneke, pare de se fazer de sonsa. Não sou eu que está com a mãe esperando em casa, preocupada com o toque de recolher. Eu posso manter essa conversa até o amanhecer ou até sermos presos. Como você preferir.

Ele sorri com firmeza, e eu desisto.

— *Se eu tiver estado lá,* como você teria descoberto sobre isso?

— Minha amiga Judith é a secretária da escola. Ela me visitou há apenas uma hora porque queria me contar sobre uma coisa estranha que aconteceu.

Judith. Essa deve ser a menina judia com de olhos aguçados e coque desarrumado.

— Judith disse que uma menina tinha ido lá e dito que estava procurando fotos de um garoto chamado Bas, a quem ela amava e que estava morto. Isso a assustou. Ela achou que poderia ser uma espiã nazista e foi me procurar porque estava apavorada.

O casal na nossa frente parou também. A mulher parecia zangada. Então esse não é um primeiro encontro, como pensei, mas pessoas que se conhecem há tempo suficiente para brigar.

— Mas como você soube que era eu? — perguntei.

— Pedi a Judith que descrevesse a pessoa que a visitara, e ela disse que era uma menina alta, com cerca de dezoito anos, cabelos cor de mel e olhos verdes raivosos. Ela disse que era... deixe-me ter certeza se entendi direito... a menina que Hitler sonha colocar em seus cartazes arianos. — Ele faz uma pausa, me dando uma chance de negar isso. Eu não me incomodo em contradizer. Há fotos minhas na casa dos Van de Kamp. Ele poderia facilmente mostrar uma para Judith, e nesse momento ela confirmaria que tinha sido eu a garota que ela vira.

Chegamos à estátua, no meio da praça. Ollie puxa minha manga, virando-me para encará-lo e se aproxima sob a sombra de Rembrandt.

— Então, o que você estava fazendo lá?

— Eu estava procurando uma coisa. Só isso.

— Eu sei disso. Mas, obviamente, não era uma foto de Bas, que não era judeu e não estudava naquela escola.

— Eu não posso contar.

Ele revira os olhos, como se eu fosse uma menininha difícil.

— Você não pode me contar? Acha que seria muito complexo para mim entender?

É o mesmo tom de voz que usei com a sra. Janssen para repreendê-la por escrever a história de Mirjam, e estou irritada que Ollie o esteja usando comigo. O que ele saberia sobre compreensão? Posso ser três anos mais nova, mas é ele que está escondido de tudo isso em uma universidade. Ele não conhece o mundo real.

— A menos que... — recomeça ele, e seus olhos cintilam. — Hanneke, você não estava lá por ordem do NSB, estava? Ouvi de algumas pessoas que você estava envolvida no mercado ilegal, mas é do lado do NSB que você está?

A resposta inteligente seria lhe dizer que sim. Porque então ele me deixaria em paz. Não faria mais perguntas, e eu nunca mais teria que vê-lo outra vez. Mas meu orgulho me impede de concordar com uma mentira tão grotesca.

— *Claro* que não.

— Então o que é? Pode contar. Não vou ficar com raiva. Eu prometo.

Olho para os seus olhos "não tão azuis quanto os de Bas". O Liceu Judaico é a única pista em que consigo pensar.

— Você pode me apresentar adequadamente a Judith? — pergunto. — Pode pedir a ela que se encontre comigo?

— É em Judith que você está interessada?

— Não. Eu só estou... procurando algumas pessoas e acho que Judith poderia me contar mais sobre elas.

Ele me dá as costas agora e caminha em direção à base da estátua de Rembrandt, fingindo ler a inscrição, mas olhando para ela por muito mais tempo do que seria necessário. Quando ele finalmente fala, é muito baixo:

— Você vai perguntar sobre *het verzet*?

— Não, Ollie, não estou louca. — Fico surpresa que Ollie ao menos mencione a resistência. Ele nunca foi de infringir regras. — É outra coisa.

— Hanneke, não vou ajudá-la se você não me disser por que quer minha ajuda.

— Não é nada *ruim*, Ollie. Mas não vou lhe dizer, porque é muito pe... — Eu me detenho. Quase disse que era muito *perigoso*, mas essa palavra só o tornaria menos propenso a me ajudar. — Porque é humilhante. Eu prometi a uma pessoa que não contaria.

— Porque é muito *perigoso*? Era o que você ia dizer?

Aperto meus lábios e olho para longe.

— Hanneke. — Ele está falando tão baixinho que mal posso ouvi-lo. Estou observando seus movimentos labiais mais do que ouvindo. — Seja o que for que você estiver fazendo, pare. Pare agora mesmo.

— Por favor, me leve até Judith. Diga a ela que só preciso de alguns minutos. Não a colocarei em problemas.

— Hora de ir para casa, Hannie. Sua mãe deve estar preocupada com o toque de recolher.

Ele soa profissional novamente; eu o estou perdendo. Por fim, tomo uma decisão, porque não vejo outras opções. Porque

Mirjam já desapareceu há quase vinte e quatro horas. Porque Ollie pode ser pedante e chato, mas ele nunca poderia ser nazista.

— Ollie. Preciso conversar com Judith porque estou procurando uma garota. Seu nome é Mirjam. Ela tem apenas quinze anos. A mesma idade de Pia.

Foi manipulador mencionar Pia, a irmã mais nova de Ollie e Bas. Toda a família ama Pia. Eu a amava, e amava a forma como ela me dizia que mal podia esperar até que eu me casasse com seu irmão e me tornasse sua irmã de verdade. *Ele vai fazer o pedido depois que terminar a universidade*, ela me assegurava. *Ele é completamente apaixonado por você.*

— Você está envolvendo Pia nisso? — Seus olhos pálidos estão faiscando. Deixe que ele fique com raiva. Já disse coisas piores para conseguir o que quero. Provavelmente ainda direi coisas piores antes que essa guerra termine. O que eu falei funcionou, pelo jeito que ele está contraindo e relaxando a mandíbula.

— Dez minutos — digo. — Eu só preciso conversar com Judith por dez minutos. Posso voltar à escola para encontrá-la se for preciso, mas acho que ela não quer isso. É algo bom o que estou fazendo, Ollie. Eu juro.

Ele se vira e passa a mão por seu mundo de cabelo vermelho. Quando se vira e fala de novo, sua voz é um pouco mais alta, quase normal.

— É uma pena que você não tenha ido para a universidade, Hanneke. Você conhece pessoas muito boas. Eu entrei para o clube privado dos estudantes. Foi lá que conheci Judith; nos reunimos algumas vezes por semana.

— Quando?

— A próxima reunião é amanhã.

— Onde?

Antes que ele possa responder, uma risada alta e gutural interrompe. Soldados alemães, dois deles. Ouço o suficiente da conversa para perceber que, bizarramente, estão falando sobre Rembrandt. Um deles está dizendo aos outros que sua pintura favorita é *A ronda noturna*. Que pena para o soldado que, quando a guerra estourou, os curadores tiraram *A ronda noturna* do Rijksmuseum, enrolando a tela e a enviando para algum castelo no campo.

— Rembrandt. — O fã de arte aponta a estátua e depois para nós. — Um bom pintor — continua ele em holandês macarrônico. — Rembrandt.

Este soldado é mais velho. Perto dele, eu deveria me comportar como uma filha, não uma namorada. Estou me preparando para elogiar seu bom gosto, mas Ollie responde antes que eu precise fazê-lo.

— Rembrandt! Um dos nossos melhores pintores — diz ele em alemão. Ele parece calmo, seu sotaque é impecável. — Você conhece Van Gogh?

O soldado tapa o nariz e afasta um mau cheiro imaginário, deixando claro que não tem Van Gogh em alta conta. Seu amigo ri, e Ollie ri também.

— Sem essa de Van Gogh! — brinca ele.

É bom ter alguém para cuidar da conversa pelo menos uma vez, para não ter que invocar a energia para outra falação falsa. Depois de alguns minutos, Ollie coloca a mão na parte de baixo das minhas costas e me afasta da estátua.

— Boa noite — diz aos soldados, que acenam de volta alegremente.

Quando saímos da praça, ele não fala nada pelo resto da caminhada, nem eu.

Minha vida agora é muitas vezes cheia de culpa, raiva frequente, medo constante. Mas normalmente não é repleta de falta de autoconfiança. Construí esta nova vida com cuidado suficiente para sentir que estou fazendo o melhor que posso para proteger minha família e a mim mesma. Mas nas últimas doze horas, aceitei uma tarefa perigosa. Perdi a compostura na frente de uma estranha e arranquei os pontos da ferida aberta pela morte de Bas, de novo, porque ela nunca parece curar. E agora estou cheia de dúvida. Estou fazendo o que é certo?

Só depois que Ollie me deixa em casa, depois de terminar o chocolate quente por insistência de mamãe, percebo que ele não me disse onde era a reunião de seu grupo estudantil. Mas naquela noite, quando estou me preparando para me deitar, encontro o guardanapo de chocolate quente de Ollie no bolso do meu casaco, e nele está rabiscado um endereço perto do campus da Universidade Municipal de Amsterdã.

---

A primeira vez que encontrei Bas:

Ele tinha quinze anos, eu tinha quatorze. Eu o tinha visto na escola e gostara de seus curiosos olhos de gatinho e do jeito com que um cacho caía sobre sua testa, não importando quantas vezes ele o empurrasse para trás. Elsbeth era um ano mais velha que eu, então estava na mesma turma que ele. Ela conhecia seus dois amigos, e um dia quando saímos do prédio, o amigo de cabelo castanho chamou por Elsbeth e perguntou se ela poderia tirar uma dúvida.

— O que as garotas preferem? — perguntou ele. — Louros ou morenos?

Elsbeth riu e, porque não queria perder a oportunidade de flertar com qualquer um dos garotos, disse que gostava igualmente das duas opções.

— Pergunte à minha amiga — disse ela, porque sempre fazia isso, certificando-se de que eu recebesse a mesma atenção, empurrando-me para o centro de maneiras que me deixavam irritada e depois agradecida. — Pergunte a Hanneke.

— E você? O que prefere? — perguntou o amigo louro, e eu ainda não sei como fui tão ousada, porque olhei para além dos dois, para onde Bas estava sentado em um muro, e seu cabelo vermelho brilhava ao sol.

— Eu gosto de ruivos — falei e então corei.


A primeira vez que beijei Bas:

Ele tinha dezesseis anos, eu tinha quinze. Foi depois de nossa primeira ida ao cinema, nosso primeiro encontro de verdade, quando não senti necessidade de ter Elsbeth como acompanhante. Uma rua antes, sugeri que desmontássemos de nossas bicicletas e caminhássemos. Eu disse que era porque o tempo estava bom, mas na verdade queria ficar sozinha com ele antes que meus pais pudessem nos ver pela janela.

— Tem alguma coisa no seu cabelo — disse ele, e eu deixei que tirasse, mesmo sabendo que não havia nada no meu cabelo, e quando ele me beijou, largou sua bicicleta, que caiu no chão, fazendo barulho, e nós dois rimos.

A última vez que vi Bas:
Ele tinha dezessete anos, eu tinha dezesseis.
Estava ficando tarde. Meus pais também tinham ido à festa de despedida, mas já haviam ido embora. Mamãe disse que eu poderia ficar mais uma hora, desde que Elsbeth e eu caminhássemos para casa juntas. Bas e eu nos beijamos repetidamente em um canto escuro da sala de jantar da casa dele até que minha hora extra acabasse. Nunca vou esquecer sua mão pressionada contra a janela enquanto ele me observava...

Não foi isso que realmente aconteceu.

Não estou pronta para pensar na última vez que vi Bas.

## SETE
*Quarta-feira*

— Eu simplesmente não entendo.

A sra. De Vries inclina a cabeça, como se nem conseguisse me olhar porque estava muito decepcionada.

— Eu pedi Amateurs.

Olho para o pacote de cigarros verde e branco na minha mão, tentando colocar em meu rosto uma expressão adequada de compreensão, quando o que realmente quero fazer é dar uma bofetada nela. Consegui dois pacotes de cigarros. Em 1943, neste país absurdo, consegui encontrar para ela dois pacotes de cigarros — não apenas tabaco e papel para enrolar fumo, que já são bem difíceis de conseguir, mas *cigarros* de verdade — e ela está chateada porque eles não têm o rótulo certo?

— Eu não consegui essa marca, sra. De Vries. Sinto muito. Eu tentei.

— Francamente, quem ouve até pensa que eu pedi a lua. Não entendo por que é tão difícil. Eu escrevi para você certinho o que estava procurando.

Na verdade, ela pediu a lua, ou quase. Tive que tentar quatro contatos diferentes; por fim, conseguir esses cigarros com uma mulher que os arranja com um soldado alemão. Ela diz que ele é namorado dela e que os dá a ela; eu acho que ela deve roubá-los. Também acho que ele não é seu namorado, mas alguém que lhe paga pelo que ela faz no quarto, mas não faço perguntas. E só a procuro quando não tenho outras opções.

Agora minhas têmporas estão latejando. Não sei se grito ou dou risada da sra. De Vries. Suas preocupações são tão prosaicas, tão absurdamente reconfortantes, como um feriado de todas as coisas com que as pessoas de verdade têm que se preocupar. Um dos gêmeos puxa sem parar a saia da sra. De Vries enquanto o outro, aquele que sempre parece malvado, como se tivesse algo a esconder, tenta enfiar a cabeça na minha bolsa para ver o que mais eu posso ter trazido.

— Pare com isso — repreende a sra. De Vries, é o puxador de saia dessa vez. — Tomaremos chá assim que Hanneke for embora.

— Sra. De Vries. — Tento uma nova abordagem para mantê-la sob controle. — Se a senhora não os quiser, não terei dificuldade de encontrar alguém que queira. — O ponteiro dos minutos no relógio de pé se move mais uma vez em direção ao da hora. Tenho outro lugar aonde ir.

— Não! — Ela pega os cigarros, agarrando-os junto ao peito, só agora percebendo que não sou obrigada a entregá-los, e que ela poderia ficar sem cigarro nenhum. — Eu vou ficar com eles. Eu só estava pensando... se haveria outros.

O que ela acha? Que vou bater na minha testa e dizer: "Mas é claro! Eu esqueci que, na verdade, tenho a marca que você queria. Só estava os escondendo da senhora"?

— Mamãe, está lotado aqui — diz o malicioso, olhando para mim e mostrando a língua entre os lábios. — Estou cansado desse lugar tão cheio.

— Eu já estou indo embora — asseguro-lhe. Criança insuportável.

---

A Universidade Municipal de Amsterdã é para onde eu teria ido se a guerra não tivesse eclodido. Eu não a teria levado a sério. Seria apenas uma forma de passar o tempo até a mãe de Bas achar que ele tinha idade suficiente para herdar o anel de casamento de sua avó. Bas também teria vindo para cá. O que ele teria estudado? Ele nunca falou sobre seus sonhos de carreira; não era do tipo que olhava para mais do que alguns meses adiante, e não consigo imaginar um Bas adulto. Isso me incomoda e me assegura que, em minha mente, ele sempre terá dezessete anos.

A universidade não tem um prédio central; seus edifícios estão espalhados pela cidade. Mas todos conhecem o Agnietenkapel. É um dos prédios mais antigos de Amsterdã, um convento do século XV, e o endereço que o Ollie me deu é na mesma rua.

Eu pretendia trocar de roupa antes de vir para cá, agarrando-me a uma vaga lembrança da vaidade que eu costumava ter ao ir às festas, mas a sra. De Vries me atrasou e não tenho tempo. Estou com um vestido de lã roxo que herdei de Elsbeth, que me cai bem, mas a cor é tão horrível que eu e ela o chamávamos de Amígdala. Foi sua avó que deu o vestido a ela. Elsbeth sentiu-se aliviada quando ele ficou pequeno demais e ela teve que o dar para mim. Costumava ser uma piada entre nós, sempre que eu o usava. Agora é mais uma praticidade: é difícil comprar roupas novas, então eu uso todas as que me servem, até as feias, até as que me fazem lembrar de tempos melhores.

Este clube privado vai ser uma sala de garotos com lápis mastigados em seus bolsos — provavelmente estudam arquitetura, como Ollie — e garotas citando filósofos de que nunca ouvi falar. Nas raras ocasiões em que encontro um dos meus antigos amigos que seguiram para a faculdade, sinto-me inferior e desprezível. Nenhum deles sobreviveria se fossem obrigados a fazer o que eu faço. Estou na defensiva com todo mundo do clube de Ollie antes de mesmo de bater na porta.

Ollie espia pela janela na porta e mostro-lhe meu pote de picles quando ele abre. Eu queria ter trazido algo melhor, mas acabei sem tempo para preparar o que quer que fosse. Em vez disso, trouxe os produtos enlatados que o dono da mercearia me deu como presente secreto esta tarde. Ninguém na minha família gosta deles mesmo.

Ollie não está usando o paletó e a gravata com que eu esperava vê-lo. Suas roupas são ainda mais desleixadas que as minhas: camisa com mangas enroladas para cima do cotovelo, suja de grafite, como se ele tivesse passado o dia a uma mesa de desenho.

— Bem-vinda — diz ele com uma voz cautelosa que me faz pensar se sou mesmo bem-vinda.

Ele gesticula para que eu entre em um pequeno apartamento. Um sofá e algumas cadeiras estão amontoados em um lado da sala, em frente a uma pequena cozinha integrada com copos que não formam um jogo secando na bancada. Há apenas duas outras pessoas na sala: um menino de lábios grossos e olhos pesados, e outro garoto, bonito e com cabelos ondulados, que se parece com o astro de cinema americano William Holden. Ambos tomam chá, ou um substituto de chá, em xícaras lascadas.

— O famoso clube privado dos estudantes — digo. — E eu estava preocupada de não conseguir encontrar você na multidão.

Ollie não acha engraçado. Ele estende as duas mãos para pegar meu casaco, pendurando-o em uma das pontas de um cabideiro. Não sei por que estou sendo ácida. Ele está me fazendo um favor. Estou nervosa, acho. Se fosse um novo contato que eu tivesse que impressionar, eu seria capaz de usar uma máscara melhor, mas não consigo esquecer que este é Ollie, que eu conheço há anos.

— Judith não está aqui — comento em voz alta. — Ela vai vir, não vai?

— Ela está vindo. — Ele tem olhos cansados, de quem fica acordado a noite inteira estudando. — Mas você não pode abordá-la assim que entrar pela porta. Antes, aproveite o encontro. Ela não estava animada para falar com você. O mínimo que pode fazer é mostrar um pequeno comedimento e provar que não é uma lunática completa.

— Meio lunática pode?

— Você promete?

— Prometo.

— Eu arrisquei minha palavra por você e não quero que me envergonhe.

— Ollie, você vai me apresentar às outras pessoas na sala, ou devo me sentar silenciosamente no canto e tentar me abster de respirar?

Ele faz uma careta, depois recua, voltando-se para os outros dois rapazes.

— E Ollie? — digo.

— Sim?

— Obrigada. Por me convidar.

Ollie assente um reconhecimento antes de me levar pelo restante do caminho até a mesa de centro.

— Este é o Leo. — Ele gesticula primeiro para o rapaz de lábios grossos. — Ele mora aqui... estamos no apartamento dele. — Agora Ollie se vira para o que parece William Holden. — E este é Willem, meu colega de quarto. — Pelo menos esse nome não vou esquecer. *Willem* é a versão holandesa de *William*, o *doppelgänger* do astro de cinema americano.

Leo pousa sua xícara no pires fazendo barulho, limpa a mão na calça e esbarra na mesa de centro quando se levanta para me cumprimentar. Willem beija suavemente minhas duas bochechas e me oferece seu lugar no sofá, mudando-se para uma cadeira que parece bem menos confortável. Ele tem um rosto amigável e honesto. Aposto que todos que o conhecem pensam que já devem tê-lo visto antes.

— Você era a namorada de Bas, certo? — pergunta ele, depois que me acomodo e aliso o vestido sobre os joelhos. — Eu só o vi uma vez, mas ele me fez rir. Ollie diz que ele fazia todos rirem.

— Ele realmente fazia todos rirem. — Em geral, eu ficaria irritada por um amigo de Ollie presumir saber algo sobre Bas, mas o rosto de Willem é sincero demais para não se gostar. — Minha mãe costumava dizer que ele seria capaz de encantar os ponteiros de um relógio.

— Estou feliz em conhecê-la. Estamos esperando só mais duas pessoas. Chá?

Balanço a cabeça, recusando.

— Este clube é menor do que eu achei que seria. Acolhedor.

— Há mais de nós. Tentamos nos reunir em grupos menores em vez de juntar todos de uma só vez — explica Willem. — Se houver uma invasão, não queremos que eles consigam pegar todos nós. A única vez em que estivemos todos juntos em um salão foi para o casamento de nosso amigo Piet. Caso contrário, são pequenos grupos. Assim é melhor para o trabalho que fazemos.

— Trabalho?

— Nós fazemos muitas coisas — intervém Leo, abrindo o frasco de picles que pus sobre a mesa e pegando um. — Neste momento, o que estamos tentando descobrir...

— Vamos esperar. — Ollie o corta do outro lado da sala, ainda postado diante da janela na porta. — Até que Judith e Sanne cheguem.

— Me desculpem por não ter trazido algo a mais para comer — digo a Willem e Leo. — Eu vim direto do trabalho.

Leo bufa e pega outro picles.

— Você não está vendo nenhum de nós carregando bolos, está?

— Então os outros vão trazer a comida? Ou você revezam, ou...

Uma minúscula gota de vinagre escorre pelo queixo de Leo; ele a apara antes que caia na mesa.

— O quê?

— A comida para a reunião. Uma pessoa se encarrega e traz tudo ou você revezam?

O olhar dele é vazio. Ele não faz ideia do que estou falando. Viro a cabeça depressa para Ollie junto à porta. Seus ombros estão erguidos junto das orelhas, de modo que seu cabelo vermelho desaparece no colarinho e a inclinação infinitesimal de sua cabeça me diz que ele está ouvindo tudo o que dizemos. Leo ainda está esperando que eu explique minha pergunta.

— Me desculpe — digo com rigidez. — Estou confusa. Vocês me dão uma licencinha? Eu me esqueci de perguntar algo a Ollie.

Ele não se vira para me olhar, mesmo que tivesse que ser surdo para não me ouvir pisando atrás dele. Quando estou tão perto que nossas mangas se tocam, eu sussurro baixo o suficiente como que Willem e Leo não ouçam.

— Ollie. Para onde você me trouxe?

— O que você quer dizer? — Ele levanta as sobrancelhas.

— Você sabe o que quero dizer. Que tipo de reunião é essa? Judith não vai vir, não é? — Meu coração começou a disparar. — Quem você está esperando?

Fui muito idiota ao confiar em Ollie? Achei que estaria segura com ele, mas não é como se você pudesse identificar um informante nazista só de olhar para ele. Eu caminho em direção ao cabideiro, mas antes que eu possa pegar meu casaco, Ollie assente com a cabeça para a porta. Do outro lado, duas figuras se aproximam, uma delas é claramente Judith.

— Que reunião é essa? — pergunto mais uma vez.

— Está prestes a começar — diz ele, levantando as sobrancelhas de novo. — Se você vai sair, tenha cuidado. A porta se fecha rapidamente.

Então ele não vai me impedir se eu tentar ir embora, mas, se eu escolher ir, também perderei minha chance de perguntar a Judith sobre Mirjam. Minha única vantagem, minha única pista e uma decisão que preciso tomar em menos de um segundo. O quanto quero encontrar essa garota desaparecida?

— Somos nós — sussurra uma voz aguda. — Judith e Sanne.

Ollie abre a porta, e eu não saio por ela.

Judith é mesmo deslumbrante, com sua pele fina e clara, cabelo cor de mel e um olhar que poderia cortar vidro. Sanne, a outra garota, parece simpática, gorda e com lindos cabelos platinados que flutuam com eletricidade estática quando tira seu chapéu.

— Sentimos muito pelo atraso. Ruas bloqueadas — explica Sanne, acariciando de leve o ombro de Ollie e se movendo para cumprimentar Leo e Willem.

Antes que eu tenha uma chance de dizer qualquer coisa a Judith, ela também passa por mim, preocupada ou deliberadamente me ignorando e indo sentar-se entre Leo e Willem no sofá.

— Judith — começo, mas Ollie me interrompe com um pigarreio. *Mais tarde*, ele faz com a boca. *Depois da reunião. Você prometeu.*

Ele se senta na beira do sofá, e Sanne vai para uma das cadeiras. É um movimento fluido, um que diz que ela fez isso um milhão de vezes, que nesta reunião todos conhecem seu lugar.

— Hanneke? — Ollie olha para mim. Sou a única que ainda está de pé, a meio caminho entre a porta e o sofá. — Hanneke, você vai se sentar?

Resta um lugar, um banquinho baixo de veludo. Eu me movo devagar para ele e me sento.

— Pessoal, esta é Hanneke — diz Ollie. Ele não vai além em sua apresentação, então devem estar esperando que eu diga alguma coisa. Deve ter havido uma votação, ou ao menos uma discussão, a respeito da minha presença. — Como já falei a todos vocês, eu confio nela.

Ele diz esta última parte de modo sério, e com isso, me coloca em uma posição terrível. Porque não posso dizer agora que ele não deveria confiar em mim. Como Judith falará comigo sobre Mirjam se eu disser que não sou de confiança? Mas ainda assim... o que é isso de confiar? No que ele está me envolvendo?

— Agora — continua Ollie —, o primeiro assunto da pauta é discutir o gargalo do cartão de racionamento. Os alemães estão cada vez mais rigorosos com...

— Errado — intervém Willem. — O primeiro assunto da pauta é acordarmos o que estamos celebrando. Já foi meu aniversário duas vezes este mês.

— E Leo e eu já ficamos noivos várias vezes — acrescenta Sanne.

Willem se volta para mim e explica:

— Não podemos dizer às pessoas o que estamos fazendo de verdade, então sempre temos uma falsa celebração em mente, que todos usaremos como desculpa se formos parados.

— Costumávamos dizer que era estudo da Bíblia — conta Sanne. — Mas uma vez fui parada e o soldado me perguntou qual livro estávamos lendo. Eu disse a ele que era o Gênesis, porque era o único de que eu conseguia me lembrar, e então concluímos que nenhum de nós conhecia a Bíblia bem o bastante para que esse fosse nosso álibi.

— Pode ser meu aniversário — diz Leo. — É mesmo na semana que vem, então é plausível.

— Como eu estava falando — retoma Ollie. — O gargalo do cartão de racionamento. Eles não estão sendo produzidos rápido o bastante. Estamos cuidando de mais dezesseis pessoas, apenas desde o mês passado. É muito demorado para uma pessoa produzir todos esses cartões. Precisamos encontrar outro falsificador ou outra solução. — Não gosto da maneira como seus olhos pousam em mim quando ele diz essa última parte.

— Em Utrecht, eles conseguiram alguém dentro do escritório de racionamento — diz Willem. — Organizaram um falso roubo. O trabalhador informou que o escritório havia sido invadido. Na verdade, ele mesmo roubou os cartões e os repassou para grupos da resistência.

A conversa flui ao meu redor enquanto eu tento acompanhar. Cartões de racionamento falsificados. Sou uma criminosa solitária que entrou em um covil de criminosos. Mas, em vez de usar os cartões de racionamento para vender bens com fins lucrativos, como eu, eles passam os cartões para a resistência. Para quê? Alimentos e bens para os trabalhadores de resistência? Para pessoas escondidas?

— Judith, você acha que seu tio pode conhecer alguém? — pergunta Ollie. — Com as conexões do Conselho?

O Conselho Judeu. A disposição de Judith de sair à noite e sua ousadia na escola fazem mais sentido ao saber que seu tio é do Conselho. Quando a liderança judaica mostrou ter ligações com os nazistas, eles passaram a comunicar as ordens alemãs e ter um pouco mais de liberdade do que outros judeus.

Judith balança a cabeça.

— Mesmo que ele tenha, você sabe que não posso pedir a ele. Meu tio me mataria se soubesse que participo destas reuniões.

— Posso ver se Utrecht tem alguma ideia — diz Willem. — Talvez seu contato no escritório de racionamento conheça alguém no nosso.

Então essas cinco pessoas em Amsterdã fazem parte de uma rede maior, espalhada pelos subúrbios e talvez por todo o país. Apesar do meu medo de estar aqui, não posso deixar de sentir uma curiosidade profissional. Essa operação deve ser enorme. Como encontram comerciantes suficientes para trabalhar com eles? Quão boa é a falsificação? Os soldados alocados em Utrecht são mais ou menos duros que os daqui de Amsterdã?

Minha mente só volta a focar a atenção quando ouço o fim de uma das frases de Judith:

— ... e depois traga os cartões para o Hollandsche Schouwburg.

— Para o teatro? — interrompo, me perguntando o que perdi da conversa. — Por que os cartões iriam para lá?

— Você não conhece o Hollandsche Schouwburg? — É a primeira vez que Ollie se dirige a mim na reunião, e ele parece desapontado.

Claro que conheço. Estive lá com ele, mesmo que não se lembre disso. No inverno, quando eu tinha quinze anos, os Van de Kamp me convidaram para ver a estreia de Natal, e mamãe me deixou usar suas pérolas para visitar o antigo teatro. Toda a família deles foi. Sentei-me ao lado de Ollie, na verdade, de mãos dadas com Bas, do outro lado. Ollie tinha acabado de entrar para a universidade; ele estava usando óculos novos, sério e importante.

— É um teatro — digo. — Ou foi. Está fechado agora, não está?

Ollie assente.

— Era um teatro. Foi renomeado como Teatro Judeu e agora é um centro de deportação. Os judeus são capturados pela cidade e levados ao Schouwburg, são mantidos lá por vários dias e depois transportados... para Westerbork principalmente, mas às vezes para outros campos.

O imponente teatro com cortinas de veludo é agora uma enorme célula de retenção para prisioneiros. Tenho clientes que moram ali por perto. É nojenta a maneira como os alemães tomam nossas coisas bonitas e as envenenam.

— Eu não sabia — respondo.

— Para onde você *achava* que o povo judeu era enviado? — pergunta Judith.

— Para campos de trabalho, ou reassentados em outro país. Não sou ignorante — respondo. Os campos de trabalho foram o que sempre nos disseram. Apenas nunca pensei em como, exatamente, os prisioneiros judeus chegavam até eles.

— Campos de trabalho? — Judith zomba da minha descrição. — Você faz parecer que os judeus estão apenas indo para um emprego. Você não faz ideia, as coisas sádicas que ouvimos sobre esses campos.

Antes que eu possa pedir a ela que explique mais, Sanne intervém, pacificando:

— Faz sentido que você não saiba mais do que isso — diz ela para mim. — Os nazistas tentam esconder tudo o que estão fazendo. Eles mantêm todos dentro do Schouwburg até chegar a hora de serem transportados. O Conselho arranja alimentos e cobertores, e isso é tudo o que podem fazer. Judith é voluntária algumas vezes por semana, e sua prima trabalha na creche.

— Há uma creche?

Judith faz uma careta.

— Porque os nazistas acharam que faria muita bagunça manter as crianças no teatro com seus pais. As crianças pequenas e os bebês esperam na creche até chegar a hora de suas famílias partirem.

Não sei o que dizer diante disso, e não preciso dizer nada. Ollie pigarreia novamente para recuperar o controle da reunião.

— Então Willem conversará com Utrecht — diz ele. — Quando você acha que pode conversar com eles, Willem?

— Esperem — peço.

— E então, depois que Willem e Judith consultarem o... — começa Leo.

— *Espere.* — Todos param de falar e me olham. — O Schouwburg. É para lá que todos vão ou só algumas pessoas?

Leo parece confuso.

— O que você quer dizer?

— Se alguém não estivesse de fato agendado para deportação e simplesmente fosse encontrado na rua, mas tivesse documentos judeus, essa pessoa seria levada para o teatro ou para outra prisão em algum lugar?

A voz de Ollie é neutra quando ele responde à minha pergunta.

— Existem alguns centros de deportação menores em outras partes da cidade. Mas, na maior parte, sim. Há uma boa chance de, se uma judia estivesse onde não deveria, ela ser levada para o Schouwburg.

Percebo que ele usa o pronome *ela*, reconhecendo que não estou apenas curiosa sobre o procedimento em geral, mas sobre uma pessoa em particular. Esta discussão sobre levar cartões de racionamento para o teatro inadvertidamente me trouxe de volta à minha razão para estar aqui esta noite.

— Mirjam poderia estar lá? — pergunto. — Agora mesmo?

Judith e Ollie se entreolham.

— Teoricamente — diz Ollie com cuidado.

— Como confirmo se ela está?

— É difícil.

— Difícil quanto?

Ollie suspira.

— O judeu que foi designado para coordenar o Schouwburg, dependemos dele para muitas coisas. Não posso abordá-lo pedindo um favor pessoal. Temos que usar nossos recursos de forma estratégica. Temos que pensar quais ações serão melhores para o maior número de pessoas, para o movimento como um todo.

— Mas talvez, se eu pudesse apenas mandar uma mensagem para ela. Isso seria possível, não seria?

Ele esfrega os olhos com as mãos.

— Podemos terminar nossa pauta? E depois falar sobre isso no fim da noite?

— Sua *pauta*?

Se eu estivesse assistindo a essa conversa de fora, diria a mim mesma que parasse de insistir, que ninguém quer ajudar alguém que se comporta de modo tão infantil. Mas, neste momento, não consigo evitar. Ollie me trouxe aqui sob um falso pretexto e, finalmente, consegui uma informação que poderia ser útil, mas ele me disse que é impossível obter ajuda sem de fato me explicar o porquê.

Os outros voltam a falar sobre o gargalo dos cartões de racionamento e documentos de identificação falsos. Nada disso me ajuda com Mirjam. Ela tem quinze anos. Como saberia encontrar uma identidade falsa por meio da resistência? Como saberia fazer qualquer coisa? Ela provavelmente está sozinha e com medo, e está desaparecida há quarenta e oito horas agora. Uma garota de quinze anos conseguiria escapar de ser capturada nas ruas por quarenta e oito horas?

À medida que a pauta oficial termina, fixo meus olhos em Judith e os desvio para o lado no momento em que ela não está falando com mais ninguém.

— Judith?

— Sim?

— Posso falar com você um minuto?

— Já está falando — diz ela com rigidez, mas todas as sílabas realmente dizem, *eu não sei por que Ollie permitiu que você viesse.*

— Primeiro, eu gostaria de pedir desculpas. Por me esgueirar para dentro da escola daquele jeito e por assustar você.

— Você não me assustou — diz ela, em tom belicoso.

— É preciso muito mais do que isso para me assustar a esta altura.

— Por surpreender você, então — amenizo. — Sinto muito por ter entrado na escola e não ter dito o que eu realmente estava procurando.

— Você poderia ter me colocado em problemas.

— Eu estava desesperada.

— Estamos todos desesperados.

Se Judith fosse um soldado, esse seria o momento em que eu baixaria meus olhos e diria baixinho como ela estava certa e eu não entendia nada disso. Mas Judith não é um soldado. Ela provavelmente odeia puxa-sacos.

— Eu pedi desculpas — digo. — E estava sendo sincera. E posso pedir desculpas de novo se você quiser. Mas vim aqui esta noite porque queria ajuda, com relação a uma garota que também era uma das alunas da sua escola. — Olho para o alto de seu nariz, o que é mais fácil do que encarar seus olhos, esperando que ela fale primeiro. Sou teimosa o suficiente para permanecer em silêncio.

— Mirjam Roodveldt — diz Judith. O ar entre nós se quebra. — Ela frequentava o Liceu até alguns meses atrás.

— Você a conheceu. Você estava mentindo? Quero dizer, quando disse que as fotos tinham sido destruídas em um incêndio, isso é verdade?

— Eu não estava mentindo. As fotos foram mesmo destruídas em um incêndio. Eu mesma o iniciei. — Ela levanta o queixo, como se me atrevesse a questionar este ato. — Eu não queria que os alemães tivessem mais uma lista de todos os alunos que partiram. Não que isso importasse. Eles encontram todos de qualquer maneira.

Algo estala no meu cérebro. Quando a guerra começou e os alemães incendiaram prédios, nós os odiamos por isso. Mas recentemente ouvi falar de edifícios de registros públicos sendo queimados e me pergunto se alguns deles são obra dos atos protetivos da resistência.

— Mas você a conhecia? Cabelo escuro? Pequena? Ela usava um casaco azul?

Judith morde o lábio.

— Eu me lembro de quando ganhou esse casaco. Ela tropeçou e prendeu seu antigo casaco em uma cerca enferrujada e rasgou um grande pedaço dele. Também cortou o joelho. Lembro de ter pensado que ela ficaria com a cicatriz para o resto da vida. Voltou alguns dias depois com pontos e o casaco novo. Estava chovendo naquela manhã e ela me perguntou se poderia entrar antes que as portas se abrissem para não se molhar muito.

— O que mais você lembra sobre ela? — Mal consigo pronunciar as palavras. Em algum lugar no fundo da minha mente, não esperava encontrar alguém que a conhecesse. Alguma parte de mim talvez acreditasse que Mirjam Roodveldt era um espectro criado pela sra. Janssen. Mas ela é real.

— Por que você se importa tanto com ela? — Judith me olha, perspicaz. — Ela é sua amiga?

— Não. Eu estou... estou sendo paga para encontrá-la. — É tecnicamente a verdade, e agora parece mais fácil do que explicar todo o resto, sobre mim e Bas, sobre como encontrar Mirjam parece uma tarefa que colocará ordem no mundo. Ainda estou envergonhada por quão vulnerável eu estava na frente de Judith quando a encontrei na escola.

— Só ela? — Judith parece cética. — Você está aqui porque está procurando apenas uma pessoa?

— Por favor, você lembra de mais alguma coisa?

Judith suspira.

— Não muito. Ela era bonita; acho que tinha muitos admiradores.

— Alguém de quem ela fosse especialmente próxima? Havia alguém a quem pudesse ter procurado ou contado onde ia se esconder?

— Eu sou apenas uma secretária. Só falava com os alunos se eles chegassem atrasados e precisassem de uma liberação ou algo assim. Sinto muito.

— Você não sabe *mais nada*?

— Eu trouxe algumas coisas para você, embora duvide que vão ser de alguma ajuda. — Ela se inclina sobre sua bolsa de mão e tira um envelope branco retangular, sem endereço e sem selo. — Apenas alguns antigos trabalhos escolares. Às vezes, os estudantes desaparecem sem ter a chance de pegar seus livros ou papéis. Eu sempre penso, apenas para caso de alguns deles voltarem... De todo modo, dei uma olhada nas coisas que guardo e isso era o que tinha de Mirjam.

Ela me entrega o envelope, e rapidamente folheio o conteúdo. As três primeiras folhas são apenas tarefas de matemática, e as duas seguintes são testes de biologia. Nada de fotografias, nada que pareça útil de imediato. Procuro esconder minha decepção; foi gentil de Judith trazer isso para mim, e não quero parecer mais petulante do que já pareci no início da reunião.

— Ollie comentou que você tem contatos — diz Judith.

— Depende do que você chama de contatos.

— Ollie disse que você pode encontrar coisas. Precisamos de mais fornecedores em que possamos confiar e precisamos de pessoas que possam nos apresentar a eles.

— Não foi por isso que vim aqui — digo.

— Entendo. — Ela está me olhando firmemente. Preciso me esforçar para não retribuir seu olhar e, em vez disso, me concentrar nas tarefas escolares de Mirjam no meu colo. Antes que eu possa olhar mais de perto para os outros papéis, Ollie coloca a mão no meu ombro e olho para ele aliviada.

— Está quase na hora do toque de recolher. Levarei você em casa; Judith, Willem e Sanne seguirão em alguns minutos.

Judith fica para vestir o cachecol.

— Obrigada — digo em tom formal. — Por tentar me ajudar.

Ela faz uma pausa.

— Minha prima pode ter conhecido Mirjam melhor. Ela não vem a essas reuniões, porque é apenas uma criança, mas nos ajuda às vezes. Ela ainda é aluna da escola. Eu poderia organizar um encontro com ela. Talvez.

— Por favor — digo com avidez. — Devo ir à escola amanhã de manhã? — Tenho certeza de que consigo arranjar uma entrega para o sr. Kreuk que exija que eu esteja ali por perto.

— Venha ao Schouwburg à tarde. Nós duas estaremos trabalhando de voluntárias lá. Encontre-me do lado fora. Você entenderá tudo sobre o que estamos falando.

Eu não quero entender sobre o que eles estão falando e Judith sabe disso. Foi por isso que ela sugeriu o Schouwburg. Judith poderia ter se oferecido para me ajudar mais, só que isso vai ter um preço.

Ollie toca no meu ombro.

— Pronta? — pergunta ele.

Coloco o envelope de Judith na cintura da minha saia, assim não terei que carregá-lo à vista pela rua.

— Tomem cuidado — diz Ollie para Judith e Willem.

Willem responde:

— Você também.

# OITO

— Você não tinha o direito.

— Não tinha direito de quê? — Ollie olha para os dois lados da rua antes de me puxar para a esquerda, fechando a porta atrás de si.

— Você está na resistência. — Não me incomodo em fazer da frase uma pergunta. Ollie caminha firmemente à frente, mas seus ombros ficam tensos à minha declaração. Faz um frio terrível do lado de fora, mais frio do que em meses, e minha respiração se condensa enquanto andamos depressa ao longo do canal.

— Não precisamos falar sobre isso agora.

— Você está na resistência. Você disse que estava me convidando para um encontro do clube privado de estudantes.

Ele para.

— *Era* um clube privado de estudantes. Já foi um. Falávamos sobre livros e política. Eu entrei para ele com Willem e Judith. Quando Judith teve que sair da universidade porque era judia, alguns de nós decidimos que não poderíamos ter um grupo só para fazer encontros sociais e comer. Tínhamos que tentar consertar o que estava errado.

Ollie começa a andar de novo e eu o sigo. Ele é tão presunçoso com suas meias explicações e tão indiferente ao fato de ter me arrastado para dentro disso.

— Eu não posso *acreditar* que você fez isso, Ollie. — Tudo o que senti nos últimos dois dias, toda a emoção, todo o medo, todas as palavras amargas que eu não disse à sra. De Vries, todos os pensamentos duvidosos que tive sobre procurar Mirjam Roodveldt, tudo é posto para fora agora, na rua, em cima de Ollie. — Como você pôde fazer isso? Por que não me disse que era para isso que estava me levando?

— E se alguém tivesse parado você no caminho? — pergunta ele. — Eu queria que você pudesse dizer com sinceridade que estava indo encontrar um amigo. Não sabia se você conseguiria mentir bem.

Eu posso mentir muito bem, melhor do que ele imagina. Ollie nunca me viu flertando com soldados enquanto a ânsia de vômito se forma no fundo da minha garganta, ou convencendo meus pais de que meu trabalho é apenas encomendar flores e consolar famílias tristes. Ollie nunca viu a maneira como faço todo mundo acreditar que sou uma pessoa inteira depois da morte de Bas. É Ollie quem não devia saber mentir.

— *Você*, na resistência — digo finalmente. — Você é tão certinho.

Ele gargalha, um barulho explosivo e melancólico.

— Você não acha que os certinhos são as melhores pessoas para se organizar contra os nazistas? Não se trata apenas de resgates ousados e explosões. Há uma enorme quantidade de burocracia entediante.

— Ollie, por que você me *trouxe*? — pergunto enquanto ele avança. — Eu não pedi isso. Não queria me envolver em nada disso. Você poderia ter arranjado um encontro com Judith em um café. Por que está confiando em mim? Eu poderia contar à polícia tudo o que vi.

Ele se vira e seus olhos são frios.

— Você vai? Vai procurar a polícia? Acha que o que estamos fazendo é errado?

— Você sabe que não acho errado.

Não moralmente errado. Mas neste mundo, você pode estar certo ou pode estar seguro, e o tipo de perigo em que Ollie está se envolvendo faz o meu trabalho parecer nada. Não é limitado e contido, como lidar com bens do comércio ilegal ou encontrar Mirjam. É enorme e de amplo alcance, um buraco sem fundo de necessidades que me engolirão inteira. Os nazistas podem prender uma operadora de contrabando. Eles podem prender pessoas que escondem judeus ou enviá-las para campos de trabalho. Mas agitadores da resistência pegos em flagrante roubando cartões de ração, trabalhando para derrubar o regime alemão? Esses seriam executados. Os sortudos, pelo menos. Os desafortunados seriam torturados primeiro. De quantas outras maneiras meu mundo cauteloso pode ser virado de cabeça para baixo?

— Eu simplesmente não quero me *envolver* — digo. — Eu sou uma garota de cartaz ariano, lembra, Ollie? Eu não ajudo a resistência. Encontro queijo no mercado ilegal.

— Nós precisamos de queijo do mercado ilegal! Precisamos de comida para os *onderduikers*, os escondidos. Precisamos de documentos de identificação falsos. Precisamos de garotas que sejam bonitas, para que os soldados não percebam que elas também são inteligentes e corajosas e trabalham contra eles.

— Judith já me fez sentir culpada. Ela deixou claro o quão altruístas vocês são. Eu não sou.

Ele agarra meus ombros, um movimento súbito que me tira o equilíbrio.

— Você já pensou que talvez seja melhor do que acredita que é, Hanneke? — Nós dois cheiramos a lã molhada, e seus dedos estão frios mesmo através das camadas do meu casaco. Eu começo a afastar seus braços, mas ele aperta mais. — Você alguma vez já pensou que talvez tenha sido por isso que eu envolvi você?

— Do que você está falando, Ollie?

— Estou falando que *esse* é o porquê. Foi por isso que envolvi você. Porque, apesar da sua insistência em não querer se envolver, você sabe que o que está acontecendo neste país é errado e já está em posição de nos ajudar.

— Isso não significa que estou pronta para arriscar minha *vida*. Eu já cuido de meus pais, e eles morreriam de fome se algo acontecesse comigo. Já estou procurando uma garota desaparecida. É assim que estou resistindo. Mantenho as pessoas alimentadas e vou encontrar uma garota que me pediram para encontrar. Não é suficiente salvar uma vida? O que você quer de mim é mais do que posso. Não estou pronta para fazer mais e não é justo que você me peça isso.

A voz de Ollie suaviza e seus olhos também, o tom fica baixo e o azul dos olhos se destaca.

— Eu acho que você *está* disposta a arriscar sua vida. Você sente que isso é errado há muito tempo. Você tinha quatorze anos e já falava como Adolf Hitler era mau. Lembra do jantar?

Não consigo desviar os olhos dele. Sei ao que está se referindo. Uma conversa durante o jantar, quatro anos atrás, na casa dos Van de Kamp. Eu falava sem parar sobre Hitler, enquanto a sra. Van de Kamp tentava me distrair passando as ervilhas, depois os rolinhos até que, por fim, ela me disse que pessoas educadas não discutiam política na mesa. Bas não estava nem prestando atenção. Ollie estava ouvindo, no entanto. Eu acho até que ele ainda estava assentindo. Mas aquilo foi há anos. Numa outra vida. Ollie não sabe nada sobre mim agora, certamente não o suficiente para fazer esses grandes discursos arrebatadores. Ele não sabe que Bas está morto por causa...

Ollie dá uma última sacudida em meus ombros, e depois os solta, passando os dedos pelos cabelos.

— Estamos perdendo, Hanneke — diz ele baixinho. — As pessoas estão desaparecendo cada vez mais rápido e sendo enviadas para só Deus sabe que tipo de inferno. Os primeiros transferidos? As famílias dos homens deportados receberam cartões-postais de seus filhos e irmãos dizendo que estavam sendo bem tratados. Então receberam notícias da Gestapo, informando que todos os homens morreram de doença. Isso faz algum sentido para você? Jovens saudáveis... primeiro enviam cartões-postais dizendo que estão bem e, de repente, estão mortos? E agora ninguém mais manda cartão nenhum.

— Você acha que todos os judeus estão sendo *mortos*?

— Estou dizendo que não sabemos o que pensar ou o que é verdade. Tudo o que sabemos é que as fazendas e os sótãos estão arrebentando de tantos *onderduikers*. O país está ficando sem lugar para esconder pessoas que precisam desesperadamente se esconder. Precisamos de ajuda, mais ajuda, urgente, de pessoas em posições estratégicas como você.

— Você não me conhece — sussurro. — Há coisas sobre mim que, se você soubesse, não...

— Shhh. — Ele me corta.

Eu começo a protestar, mas Ollie pressiona o dedo em seus lábios. Todo o corpo dele ficou rígido, e a orelha está inclinada enquanto ele ouve algo. Ambos estamos congelados agora que também escuto: gritos alemães, a distância, mas chegando cada vez mais perto. Gritos abafados e uma confusão de passos nos paralelepípedos. Hoje em dia, os sons só significam uma coisa.

Ollie percebe isso ao mesmo tempo.

— Uma busca.

Os sons estão se aproximando. Meus olhos encontram os de Ollie, nossa discussão é esquecida de imediato. Ele ergue o pulso e puxa freneticamente a manga do casaco. Não entendo o que está fazendo, até que ele toca o relógio e me mostra a hora. Nós passamos tanto tempo discutindo na rua que agora estamos prestes a perder o toque de recolher. Ambos estamos a pé e ainda a mais de um quilômetro e meio da minha casa.

Não podemos ser pegos, não no meio de uma busca, quando os soldados já estão perigosamente tomados pela sede de poder.

— *Por aqui!* — grita um soldado. Sua voz ecoa nos paralelepípedos. — *Andem!* — A voz está logo ali na esquina. O soldado e os prisioneiros estarão na nossa rua a qualquer momento.

— Nós precisamos... — começa Ollie.

— Venha comigo. — Eu pego a mão dele num reflexo, puxando-o para uma pequena rua lateral. Nós caminhamos rapidamente por ela, depois viramos em outra rua lateral e depois em outra. Pela primeira vez, sinto-me grata pelo desenho labiríntico das ruas de Amsterdã.

Ao meu lado, o andar de Ollie é relaxado, mas a parte superior de seu corpo parece tensa e nos falamos por gestos enquanto ignoramos os gritos que ainda consigo ouvir a alguns quarteirões. Nossas mãos estão suando. Não quero ter que ver as pessoas que os soldados estão levando. É covarde, mas não quero lembrar que, porque tenho cabelos louros e o sobrenome certo, eles não vão me levar.

A rua em que estamos agora é pouco maior que um beco, tão estreita que eu quase posso tocar os edifícios de ambos os lados com os braços estendidos. É mais segura do que uma rua principal, porque há menos chances de sermos vistos; é mais perigosa do que uma rua principal, porque, se alguém nos vir, não há como correr. Estou segurando a mão de Ollie com tanta força que ambos estaremos com hematomas amanhã.

Nosso entorno está começando a parecer familiar. Passamos por uma livraria, fechada para a noite, para cujo dono eu encontro café de vez em quando, por um optometrista e por um sapateiro que está disposto a trocar sapatos por cerveja. Sei onde esta rua termina: perto de um estúdio de dança onde Elsbeth e eu fomos obrigadas a ter aulas de valsa horríveis.

De lá, é apenas uma curta caminhada para casa. Se Ollie e eu precisássemos, poderíamos bater à porta de um vizinho, com o pretexto de pedir um ovo emprestado, e um deles provavelmente nos deixaria entrar. Estamos quase seguros. Ao longe, ainda consigo ouvir os gritos da busca. Acelero o passo para abrir mais distância entre mim e esse medo. De repente, Ollie aperta minha mão ainda mais.

Duas silhuetas esperam no final da rua, com longas sombras que sei que são armas.

Nós temos que continuar caminhando. Não há alternativa. Nunca há. Eu sei que seus uniformes são verdes e, portanto, temos que continuar caminhando. Temos que passar por eles; pareceria suspeito dar meia-volta e seguir na direção oposta. Eu queria que Ollie não estivesse comigo. Os nazistas não gostam quando você pisca para eles estando com outro rapaz. Provavelmente, isso os lembra do que pode estar acontecendo em casa.

Suas armas estão apontadas para baixo. Eles estão falando um com o outro muito rápido em alemão para que eu entenda direito. Um deles bate no ombro do outro e ri. Nem parece que vieram da busca. Estavam apenas em sua ronda regular e foi uma falta de sorte termos escolhido a mesma rua.

Eu me espremo mais para perto do corpo de Ollie, garantindo que haja espaço suficiente para os soldados passarem.

— Boa noite — diz Ollie em alemão enquanto nos espremos pelo beco silenciosamente. Eu assinto e sorrio.

Nós passamos lado a lado, e meu corpo começa a relaxar. Estaremos no final deste beco em apenas alguns segundos. Ao meu lado, Ollie está fazendo as mesmas coisas que eu: mantendo um ritmo comedido, fazendo parecer que não temos pressa de chegar a lugar algum.

— Esperem!

Não temos escolha, então paramos e nos viramos para eles. Vários metros atrás de nós, um dos Policiais Verdes se virou, voltando em nossa direção. Olho rapidamente para trás, para o fim do beco, mas Ollie puxa minha mão com firmeza. *Não tente correr*, ele está dizendo. Não quando eles têm armas.

— Esperem — repete ele, cobrindo o espaço entre nós. — Espere, eu não conheço você? — Ele se inclina, a poucos centímetros do meu rosto.

Ele conhece? É difícil dizer com essa luz. De onde poderia me conhecer? É um dos soldados com os quais flertei? Alguém para quem o sr. Kreuk me mandou vender, rindo de suas piadas ruins até a transação ter terminado? Ou ele me viu mais recentemente, entrando no Liceu Judaico?

Uma cortina balança em uma casa próxima. Os moradores ao longo de toda esta rua estão agachados em suas salas de estar, observando-nos silenciosamente.

— Eu conheço você — gargalha ele.

— Eu acho que não — murmuro, mantendo minha voz amigável. — Tenho certeza de que me lembraria de *você*.

— Sim — diz ele. — Vocês são o casal. O casal romântico!

— Somos nós! — É Ollie, ao meu lado, quem responde ao soldado. Ele está respondendo em alemão, falando mais alto do que jamais o ouvi falar. Seu sotaque ainda é impecável, mas ele está arrastando as palavras como se também tivesse passado a noite fora bebendo. — Rembrandt!

— Rembrandt! — concorda o alemão, e agora eu o reconheço: o da praça ontem à noite.

Ollie passa um braço em volta do meu ombro.

— Como está nosso bom amigo, o colega amante da arte? Minha noiva e eu adoramos Rembrandt, não é verdade, querida? — Ele me olha com atenção, e mesmo que meu coração esteja quase saltando do meu peito, pego a mão de Ollie e aperto afetuosamente.

— Nosso favorito — consigo dizer.

— Se vocês forem à Alemanha um dia, nossa arte é magnífica.

— Nós iremos — prometo, com o que espero que seja um sorriso amigável. — Depois que tudo isso acabar.

Seus olhos se estreitaram.

— Depois que tudo o que acabar?

Depois da guerra, é o que quero dizer. Depois que todos nós conseguirmos voltar ao normal. Não acho que o que acabei de dizer seja ofensivo, mas o soldado obviamente não gostou.

— Depois — digo novamente, começando a improvisar uma explicação.

— Depois do nosso casamento! — exclama Ollie. — Depois de toda a loucura do casamento!

*Bendito seja você, Ollie, Laurence Olivier.* Não estou acostumada a outra pessoa ser tão rápida quanto eu quando se trata de lidar com os nazistas.

— Tão bom ver um casal apaixonado. — O soldado aperta minha bochecha com dedos frios. — Isso me lembra de minha esposa, lá em casa, quando éramos jovens.

— A sua esposa! — Ollie levanta um copo imaginário.

— A minha esposa!

Ollie pisca de mim de forma significativa, lascivo.

— Talvez devêssemos ir para casa, minha futura esposa.

— A sua esposa! — grita o policial verde.

— A minha esposa! — diz Ollie.

— Beije-a! — ordena ele, e Ollie o faz.

Ali, na rua, para o privilégio da Polícia Verde alemã e das pessoas que estão encolhidas em suas casas, mas espreitando para fora de trás de suas cortinas, Ollie protege meu rosto em suas mãos e me beija. Sua boca é macia e cheia, seus cílios roçam minha bochecha, e só ele e eu sabemos que nossos lábios estão tremendo de medo.

---

Coisas sobre mim que mudaram nos últimos dois dias: tudo e nada.

Ainda estou mentindo para meus pais, eles ainda estão preocupados comigo, eu ainda ando com uma bicicleta usada de pneu empenado por uma cidade transformada, no fundo da minha barriga, sentimentos de dormência perpétua e medo batalham.

Mas as coisas sobre as quais estou mentindo são muito maiores, as coisas que estou fazendo são muito mais perigosas. Eu sou um membro acidental da resistência, e se eu for pega, em vez de baterem no meu pulso por causa da cerveja do mercado ilegal, os alemães poderiam me matar.

Eu também beijei o irmão do meu namorado morto.

A última vez que vi Bas:

Fui à triste e estúpida festa de despedida que os pais fizeram para ele, aquela em que a mãe dele passou a maior parte do tempo chorando e o pai passou a maior parte do tempo parado num canto, de lábios apertados e tão imóvel que as pessoas ficavam esbarrando nele e depois dizendo: "Me desculpe; eu não vi você de pé aí." Eu dei a Bas um medalhão com minha foto dentro; ele me deu um cacho de seu cabelo.

Eu o beijei na sala de jantar.

Mas quando saí, ele veio correndo atrás e disse que tinha outra coisa para mim. Era uma carta. Uma carta para o caso de ele morrer. Eu deveria abri-la se a marinha entrasse em contato com sua família e, dentro dela, ele estaria falando o quanto nos amava e sentiria falta de todos nós, e o quanto o fizemos felizes.

Pelo menos, é o que eu imagino que cartas como esta costumam dizer. Eu não saberia. Nunca abri a carta de Bas. Quando ele me entregou aquele envelope na rua, eu lhe disse que a carta só poderia trazer má sorte. Eu disse a ele que, para provar o quanto aquilo era desnecessário, eu ia destruí-la assim que chegasse em casa.

E foi o que fiz. Eu rasguei a carta em pedacinhos e joguei no lixo.

Então nunca saberei quais foram as últimas palavras de Bas para mim. Às vezes acho que eram para me dizer que ele me amava. Às vezes sonho que abro a carta e dentro dela está escrito: "Eu nunca a perdoarei pelo que você me obrigou a fazer."

# NOVE
*Quinta-feira*

— É bom ver você com amigos de novo, Hannie — diz papai.

Minha mãe saiu esta tarde, uma rara excursão ao mundo exterior para visitar sua irmã no campo. Por causa do toque de recolher, ela provavelmente passará a noite lá, então somos apenas papai e eu, sozinhos. Cheguei do trabalho para fazer o almoço, e agora ele está lendo em sua cadeira enquanto estou sentada com o pacote de coisas da escola de Mirjam, passando o tempo até uma entrega vespertina. Depois disso, vou encontrar Judith e sua prima no teatro. O sr. Kreuk terá um funeral mais tarde; espero que ele não perceba se eu não voltar para a minha mesa.

— Amigos? — repito a palavra de papai, distraída.

— É, amigos, como ontem à noite. Não me lembro da última vez que você fez isso.

Ele tem razão. Faz anos. Costumávamos ser um grupo. Bas era o líder. Elsbeth, a insolente. Eu, parte do núcleo, mas não tão audaz nem tão brilhante. Feliz de aproveitar o brilho. Outros amigos moviam-se como pequenas luas em torno de mim, Bas e Elsbeth, as outras duas pessoas que eu mais amava.

Ontem à noite, tudo em que eu conseguia pensar era o quão estranho tinha sido ser puxada para uma reunião da resistência. Não pensei em como era estranho ser puxada de novo para um grupo de amigos.

— Ollie não é bem um amigo, pai. Ele é apenas... — Eu percebo, tarde demais, que qualquer maneira de qualificar a declaração só causaria suspeitas. — Eu suponho que ele seja um amigo. É bom ter alguém com quem conversar.

— Você é jovem. Seria bom ter alguém para fazer mais do que *conversar*. — Ele pisca e jogo uma almofada na cabeça dele. — Agora você agride um inválido?

Jogo outra.

— O que mamãe acharia se ouvisse você me encorajando a ficar na rua até tarde com rapazes?

— Ela nunca se importou quando você ficava fora até tarde com Bas. Embora sempre tivéssemos achado que vocês dois iam...

Papai percebe o que está prestes a dizer e interrompe a frase no meio. Devo dizer algo para acabar com o silêncio, mas não consigo encontrar as palavras. Em vez disso, olho para o meu colo e para o papel de Mirjam no topo da pilha.

— O que você está lendo? — pergunta ele.

— Antigas cartas e trabalhos escolares — digo. O que é verdade, simplesmente não menciono que não são minhas antigas cartas e trabalhos escolares. — Devemos ligar o rádio?

Ele assente com entusiasmo; eu sabia que a sugestão o distrairia de fazer mais perguntas. Informação e comunicação com o mundo exterior — isso é muito valioso. Os nazistas já desligaram a maioria das linhas telefônicas particulares. Não temos mais a nossa, embora as pessoas em alguns bairros mais ricos onde os simpatizantes moram ainda tenham. Há boatos de que os alemães vão exigir que entreguemos nossos rádios também. Papai e eu já pegamos um velho e quebrado de dentro de um armário, para entregá-lo em vez do nosso bom.

Como não podia deixar de ser, nós só devemos ouvir a propaganda aprovada. É ilegal sintonizar a BBC, que, junto com os jornais subversivos, é nossa única fonte de notícias reais, agora que os jornais holandeses foram tomados. Às vezes, o governo holandês no exílio faz transmissões por essa estação; chamamos de Rádio Laranja. Mamãe proíbe a BBC completamente, apavorada pela ideia de ser pega, mas papai e eu não nos importamos com um volume baixo, com todas as janelas fechadas e toalhas enfiadas debaixo das portas para evitar que o som escape. Papai ouve as palavras que os locutores britânicos dizem. Meu inglês não é tão bom quanto o dele, então eu me confundo e depois ele me ajuda com alguma coisa que eu tenha perdido.

Com o rádio sintonizado em um zumbido, volto para os papéis de Mirjam no meu colo. As datas nas páginas são todas do final do verão ou início do outono, apenas algumas semanas antes de ela ter se escondido. Seus trabalhos têm notas altas, e ela mantinha anotações de suas notas para comparar com as de todos os outros alunos. Era uma boa aluna. Muito melhor do que eu jamais fui. Além dos trabalhos escolares, ela guardava algumas fotos de vestidos elegantes e grandes casas tiradas de revistas.

O zumbido baixo do rádio foi sobrepujado por um som ritmado de serra. Papai está roncando em sua cadeira. Enquanto folheio os documentos, outro voa da pilha. Este é menor que os outros, e dobrado intrincadamente formando uma estrela. A dobradura é familiar — uma vez passei dois dias aprendendo a dobrar meus bilhetes desse mesmo jeito, em vez de prestar atenção em matemática. Era uma maneira popular de as meninas na minha escola passarem bilhetes; Elsbeth aprendeu primeiro e depois ensinou ao restante de nós.

Levo um minuto para lembrar como abri-lo, mas uma vez que encontro o canto certo para começar, o resto vai facilmente. É o único documento escrito com letra casual, em vez da letra formal de uma tarefa escolar, e a caligrafia é pequena. Parece o tipo de bilhete que Elsbeth e eu costumávamos trocar, escrito em segredo atrás de nossos livros didáticos e entregue quando nos encontrávamos no corredor.

*Cara Elizabeth,*

*Estou sentada na aula de matemática e o professor tem a sola de um dos sapatos solta, e toda vez que ele dá um passo faz o ruído mais terrível que você já ouviu. É quase indecente, e todos estão rindo disso. Queria que você estivesse nesta turma. Acho que T olhou para mim hoje, me olhou de verdade, não apenas sem querer, por pisar no meu pé, ou ao me entregar a caneta que deixei cair ao lado de sua mesa, ou pedindo "licença" quando esbarro nele no corredor. (Eu mencionei que tentei todas essas coisas? Mencionei que me tornei tão patética que comecei a ficar perto das portas quando sei que ele vai passar por elas? Sim, querida, é verdade. Estou literalmente me jogando nos braços do risco para que ele fale comigo. Não posso acreditar que, quando éramos pequenos, ele costumava vir comer torradas na minha casa depois da escola e agora não posso nem falar duas palavras com ele.) Mas! Hoje foi diferente. Hoje, na aula de literatura, eu me levantei para fazer minha apresentação e fiz uma pequena piada, e T riu, uma risada de verdade, e depois ele me disse que era uma piada engraçada. Uma piada engraçada! Então não sou tão patética quanto eu temia. (Ou sou?)*

*Sinto sua falta, querida, e escreva logo, depressa, o mais rápido possível!*

*Com amor e adoração,
Margaret*

Eu leio a carta outra vez, e depois mais uma, os ritmos familiares da amizade saltando da página.

Não contei a Elsbeth sobre a primeira vez que fiz Bas rir em um bilhete exatamente como este? Quantos bilhetes já escrevi, cheios de segredos e histórias, dobrados em uma estrela perfeita? Quantos recebi? Uma vez, Elsbeth me deu uma caixa para eles, para as dezenas de cartas dobradas em forma de estrela. Era uma antiga caixa de charutos que tinha sido coberta com uma colagem de papéis coloridos e, em seguida, envernizada: um presente sem motivo. Perguntei se ela mesma o tinha feito, e Elsbeth riu.

— Deus, não. Não vou ficar com minhas mãos sujas assim. Eu apenas vi a caixa e pensei que você ia gostar, sua boba. Para guardar cartas.

Essa era Elsbeth. Generosa e descuidada, dando presentes que nunca faziam você se sentir em dívida por recebê-los, porque eram dados de forma tão casual.

— Você deveria dizer a Bas que foi outro garoto quem lhe deu — disse ela. — Para ele ficar com ciúmes.

Ainda tenho essa caixa em algum lugar? Ainda me reconheceria naquelas cartas?

O problema é que meu sofrimento se parece com um quarto muito bagunçado em uma casa onde a energia elétrica foi cortada. Meu sofrimento por Bas é a escuridão. É o que está mais evidentemente errado na casa. É a primeira coisa que você nota. Envolve todo o resto. Mas, se você pudesse acender de novo as luzes, veria que ainda há muitas outras coisas erradas na sala. Os pratos estão sujos. Há mofo na pia. O tapete está torto.

Elsbeth é meu tapete torto. Elsbeth é meu quarto bagunçado. Elsbeth é a dor que eu me permitiria sentir, se minhas emoções não estivessem tão cobertas de escuridão.

Porque Elsbeth não está morta. Elsbeth está morando a vinte minutos de distância, com um soldado alemão. Ela diz que o ama. Ela provavelmente o ama. Eu o conheci uma vez. Rolf. Ele era bonito e alto; tinha um sorriso amigável. Até dizia as coisas certas: como ele sabia que todos os rapazes queriam Elsbeth e como se sentia sortudo por tê-la; como ele trabalhava para alguém no alto escalão na Gestapo e, se alguma vez eu precisasse de alguma coisa, deveria falar com ele, porque uma amiga de Elsbeth era amiga dele. Apertei aquela mão e tive vontade de vomitar.

Então, neste exato momento, enquanto olho esses recadinhos de jovens estudantes, é como se a luz no meu quarto bagunçado tivesse piscado, apenas por um momento. Não estou distraída por Bas. Posso ver Elsbeth mais uma vez.

O bilhete é tão otimista, exatamente como os que teríamos escrito muito antes da guerra, enquanto nos perguntávamos quem nos amava e quem não, quem nos ignorava e quem não.

Quem são Elizabeth e Margaret? Os papéis de alguma outra aluna de alguma forma se misturaram com os de Mirjam? As meninas parecem boas amigas, colocadas em turmas diferentes, talvez em diferentes anos, como eu e Elsbeth. Acrescento isso à lista mental de coisas que preciso perguntar à sra. Janssen e à prima de Judith. O que mais aprendi sobre Mirjam desde o primeiro desenho imaginário que criei dela, há quase quarenta e oito horas, na casa da sra. Janssen? Ela era popular com os garotos. Ela era uma boa aluna, um pouco dura consigo mesma, suficientemente competitiva com seus colegas de turma para se dar ao trabalho de comparar suas notas. Talvez fosse mimada? Afinal, seus pais lhe deram um novo casaco azul quando ela rasgou o velho, e muitas famílias agora insistiriam que o casaco antigo fosse consertado, mesmo que pudessem encontrar um novo tão bom. Ela está... morta? Ela está viva?

Ela deixou uma casa da qual não teria como sair, cuja porta dos fundos estava trancada e a da frente era monitorada.

Mirjam. *Aonde você foi?*

# DEZ

Judith e a prima são sortudas por terem um tio que possa ajudá-las a conseguir trabalho no Schouwburg. Os judeus já quase não podem mais trabalhar em lugar algum. Os empregos no teatro devem ser valorizados como os empregos no hospital judaico. Ouvi dizer que os judeus que trabalham no hospital recebem um selo especial nos cartões de identificação, e por isso podem estar fora de casa depois do toque de recolher sem serem deportados. *Sorte* se tornou um termo relativo, agora que os padrões giram apenas em não ser tratado como um criminoso em sua própria cidade natal.

O teatro é branco, com colunas altas. Quando estive aqui pela última vez, com a família de Bas, uma bandeira colorida pendia da fachada, anunciando a pantomima do feriado. Agora, quando me aproximo de bicicleta, a frente do teatro está nua. Postados do lado de fora, dois guardas me param na porta e pedem meu cartão de identificação. Não sei se dizer a eles que estou aqui para encontrar Judith vai criar problemas para ela, então, em vez disso, digo que vim trazer remédios para minha vizinha, que foi levada na busca de ontem à noite. Seguro minha própria bolsa como se houvesse algo importante dentro dela.

— Vai ser só um minuto. Minha mãe disse que vocês *nunca* me deixariam entrar — improviso —, porque ela acha que vocês não têm autoridade para isso e teriam que perguntar ao chefe.

Eles trocam olhares; um deles está prestes a me mandar embora dali, consigo ver isso em sua linguagem corporal, então eu me inclino de modo conspirador e baixo a voz:

— É que a alergia dela é realmente nojenta. Eu mesma vi.

— Só posso torcer para que esses dois guardas compartilhem do fanatismo antigermes pelo qual os nazistas são tão conhecidos. Ponho a mão na barriga, como se só de pensar na alergia me desse ânsias. Por fim, um dos soldados dá um passo para o lado. — Muito obrigada — digo.

— Seja rápida — responde ele, e faço o melhor que posso para parecer determinada enquanto sufoco meu orgulho por ter conseguido passar por eles com minha lábia. Eu nunca havia usado essa tática, e vou ter que me lembrar dela.

O cheiro é a primeira coisa que me atinge.

É suor, urina, excremento e algum outro odor indefinível. Parece uma parede, estendendo-se pelos dois lados e sobre minha cabeça, e não há como evitá-la.

O que aconteceu com o teatro? Os assentos foram arrancados do chão e estão empilhados. O palco não tem cortinas, mas as cordas que eram usadas para abri-las ainda pendem das polias, balançando como fantasmas no meio do palco. Está escuro, exceto pelas luzes de emergência que brilham como olhos vermelhos ao longo das paredes. E pessoas. Mulheres idosas em finos colchões de palha alinhados nas paredes. Elas devem dormir ali, porque não vejo outro lugar que possa ser usado para isso. Mulheres jovens amontoadas ao lado de malas. Está insuportavelmente quente.

Do outro lado da porta, a poucos metros, os guardas batem papo, no ar fresco e limpo, enquanto meu estômago se revira e eu luto para não vomitar aqui mesmo no que costumava ser o saguão. Foi para isto que meus vizinhos foram trazidos? Para onde o sr. Bierman foi levado e todos os outros que desapareceram?

— *Por favor.*

Viro meu corpo e dou de cara com um homem mais velho falando em voz baixa atrás de mim.

— Por favor — diz ele mais uma vez. — Nós não podemos falar com os guardas, mas vi que você acabou de entrar e... você sabe se posso ser enviado para Westerbork? Minha esposa e meus filhos foram enviados para lá ontem. Eles dizem que eu deveria ser mandado para Vught, mas... eu faço qualquer coisa, dou qualquer coisa, se puder ser enviado para Westerbork.

Antes que eu possa responder, outra mão puxa minha manga, uma mulher que entreouviu a conversa.

— Você consegue levar uma carta? — pergunta ela. — Preciso mandar um bilhete para minha irmã. Eu vim com a nossa mãe, e ela morreu na sala que eles estão usando para pessoas doentes, e eu só quero que minha irmã saiba. Só uma carta, por favor.

— Não posso — começo, mas sinto mais pessoas pressionando, mais vozes pedindo ajuda; é confuso e desorientador, e os rostos de todos são escuros e cheios de sombras. — Não posso — começo a dizer mais uma vez, quando outro braço me agarra, este com mais brutalidade e me puxa para trás.

— O que você está fazendo aqui? — uma voz sibila. Alguém está segurando meu casaco; tento me desvencilhar, mas as mãos não me soltam.

— Pare — começo a gritar. Antes que eu possa terminar a palavra, a mão de alguém cobre a minha boca. — Dro... — Tento novamente, quando a mão escorrega.

— Cale a boca, Hanneke! Sou eu.

*Judith*. É Judith. Meu cérebro registra a voz antes do meu corpo; meus braços continuam se debatendo, e leva um momento até que parem. Ela meio que me arrastou de volta para a porta, mostrando rapidamente seu cartão de identificação para os guardas e me largando do lado de fora, na frente do teatro. Enquanto ela fica de pé com os braços cruzados, eu tenho ânsias na rua, tentando livrar meus pulmões do fedor lá de dentro e meu cérebro da lembrança de todas aquelas pessoas. Um quadrado branco de pano aparece na minha frente.

— Aqui. — Judith me entrega seu lenço. — Não vomite na rua.

Já atrás dela, os dois guardas que me deixaram entrar estão ao redor de Judith para ver o que aconteceu com a garota que levava o remédio. O lenço arranha meus lábios. Limpo a boca, forçando-me a ficar de pé.

— Eu sinto muito.

— O que há de errado?

— Eu não esperava que fosse assim — digo por fim.

— Como esperava que fosse? Um hotel? Uma casa de chá? Hordas de pessoas são mantidas lá dentro por dias sem quase nenhum banheiro funcionando. Você achou que alguns atores subiriam no palco e fariam uma pantomima?

Nem tento responder. Qualquer coisa que eu disser me fará parecer ingênua. Eu *era* ingênua. Sabia que era um centro de deportação, mas essas palavras eram abstratas até eu ver o que significavam. Tudo em que posso pensar agora é no mar de rostos nadando na minha frente, esperando e esperando no que costumava ser um belo teatro.

Posso acreditar em todos os rumores que Ollie me contou sobre o que acontece às pessoas que são tiradas daquele lugar e nunca voltam. Posso acreditar que existem cartões-postais escritos por prisioneiros em campos de trabalho, pessoas que acreditam que vão ficar bem até morrerem. Posso imaginar a caligrafia feminina de Mirjam Roodveldt, sendo obrigada a escrever um desses cartões-postais.

— Hanneke? — A voz de Judith perdeu um pouco da brusquidão. — Você está bem?

— Eu só estava indo encontrar você e sua prima. — Digo as palavras em meio a uma tosse, sufocando meu desgosto. — Você me disse para encontrá-la aqui.

— Eu disse para você nos encontrar *fora* do teatro. — Judith inclina a cabeça em direção ao prédio de pedra ornamentado do outro lado da rua. — A creche do teatro fica do outro lado da rua. Você já consegue andar?

Ainda estou instável enquanto a sigo até o outro lado da rua e entro no prédio. Tento banir de minha mente tudo o que acabei de ver; é a única forma de me concentrar na tarefa que tenho em mãos. Meu cérebro devora as novas informações ao meu redor, como se cada coisa nova que ele vê fosse me ajudar a esquecer a última coisa, o teatro.

Não há guardas postados na frente deste prédio. Parece uma creche normal. Do lado de dentro também: quando entramos no vestíbulo, uma jovem com um quepe branco de enfermeira anda de um lado para outro tentando acalmar uma criança que está soluçando. Ela me lança um olhar esquisito; não sei se eles costumam receber estranhos aqui, e ainda devo estar pálida e com cara de enjoada. Mas ela sorri quando vê Judith atrás de mim.

— Você está trabalhando aqui hoje? Não achei que fosse seu turno.

— Só vim visitar Mina. Minha amiga também.

Judith nos conduz a uma sala que parece o berçário de um hospital tradicional, com berços ocupados por bebês dorminhocos ou agitados. Uma garota de costas para nós está curvada sobre um berço, mas se endireita quando Judith chama seu nome. Mina é baixa e atarracada, se comparada com a altura e magreza de Judith, mas elas têm os mesmos dentes e os mesmos olhos brilhantes.

— Prima. — Ela cumprimenta Judith com um beijo na bochecha. — Eu estava mesmo me perguntando por onde você andaria. Você conseguiu...

— Permissão. Sim. Eles só pediram nome e endereço, para depois.

— Nós sempre pedimos isso. Mas eles têm que entender que nomes podem mudar, e não podemos prometer manter o rastro.

Judith assente, obviamente entendendo este código, que suponho estar relacionado com os falsos cartões de racionamento que estão forjando para famílias judias. Ela me toca no ombro.

— Eu tenho coisas para fazer — diz ela. — Vou deixá-la com Mina e volto para buscar você em uma hora? Se conseguir, vou ver se meu tio pode dar uma olhada nos registros, para dizer se Mirjam foi trazida para cá.

Depois que ela sai, Mina sorri.

— Eu também tenho trabalho a fazer. Preciso levar a pequena Regina para tomar um pouco de ar fresco. Se você não se importar de vir comigo, posso responder a perguntas enquanto caminhamos. Seria bom ter companhia. *Nunca* tenho companhia e, embora eu adore os bebês, às vezes seria bom falar com pessoas que saibam pronunciar as sílabas. Judith disse que você quer saber sobre Mirjam?

Mina tem um jeito peculiar de falar. As frases saem todas juntas, sem parar para respirar. Tenho que me acostumar com sua alegria. Como ela consegue, trabalhando em frente àquele prédio?

— Eu conhecia Mirjam um pouco — continua Mina. — Tinha algumas aulas com ela. Aqui, você poderia pegar um daqueles para mim, para levar para Regina? — Ela inclina a cabeça para uma pilha de cobertores limpos e gesticula para eu ajudá-la a envolver um dos bebês adormecidos em um cueiro de flanela rosa.

Por fim, consigo transformar Regina em um pacote irregular, enquanto Mina pega uma sacola, provavelmente cheia de fraldas e apetrechos de bebê.

— Você carregaria isto? — pergunta ela. A alça se afunda em meu ombro. Quem poderia imaginar que bebês precisam de tantos acessórios?

— Lá vamos nós. — Mina coloca Regina em um carrinho de bebê. — Agradável e confortável, não estamos? — Ela olha para mim e revira os olhos. — Eu tenho *três* irmãos. Todos mais novos. Eu já trocava fraldas quando ainda usava fraldas. Vamos caminhar?

Mina me conduz pela saída dos fundos, que dá para a um pequeno pátio, e depois por um portão pertencente a um prédio vizinho.

— Atalho. — Mina pisca, e finalmente estamos em uma rua de paralelepípedos.

Um par de mulheres mais velhas sorriem quando veem o carrinho de bebê e Mina sorri de volta.

— Podemos dar uma olhadinha? — pergunta uma delas, e Mina para, de modo que possam ver a bebê enquanto murmuram contentes. No entanto, assim que mulher tenta estender a mão para o carrinho, Mina rapidamente volta a andar.

— Preciso mantê-la em movimento — diz por cima do ombro. — Ela não dormiu nada na noite passada; vai acordar logo a menos que eu continue caminhando.

— Então — ela diz para mim depois que chegamos ao fim do quarteirão —, me fale sobre você. Como conheceu Judith? Você está na universidade? O que você estuda? Tem namorado?

Eu escolho entre suas perguntas e decido começar pela do meio.

— Não estou na universidade. Eu tenho um emprego.

Seu rosto se ilumina com esta notícia.

— Eu quero ter um emprego! Eu quero ser fotógrafa e viajar o mundo todo. Já fiz aulas.

Ela é tão... Procuro a palavra certa. *Exuberante*. Ardente e exuberante, como se o mundo fosse cheio de possibilidades.

— Podemos falar sobre... — Eu interrompo minha fala quando Mina para e ajusta os cobertores de Regina, e volto a falar quando tornamos a andar. — Podemos falar sobre Mirjam?

— O que você já sabe sobre ela?

Eu hesito.

— Que era inteligente. A melhor da turma. Talvez um pouco competitiva.

— Nossa, *isso* é um eufemismo. Ela era *completamente* obcecada com notas. Mas acho que eram seus pais. Eles davam recompensas por boas notas. Por ela, acho que não se importaria.

Contenho um sorriso. Isso muda a perspectiva que tenho da estudiosa garota desaparecida, faz com que ela se pareça comigo, com mamãe e papai me dizendo que, se eu me esforçasse, eles sabiam que eu seria capaz de tirar mais do que as notas medianas que levava para casa. Contudo, de alguma forma, os Roodveldt realmente conseguiram fazer com que Mirjam se saíssem bem, enquanto meus pais acabaram desistindo.

— Do que ela gostava? — pergunto.

Mina contrai os lábios.

— Coisas de casa, talvez? Ela realmente falava muito sobre coisas como estampas padrões de porcelana, ou quantos filhos queria ter, ou como ela os vestiria. Coisas desse tipo.

Mina diz isso com incredulidade, como se houvesse algo estranho sobre as ambições domésticas, mas a descrição só me faz sofrer por Mirjam. Eu sei como é ter desejos modestos e simples, e ter até isso arrancado de você.

— Vocês eram amigas?

Mina faz uma pausa.

— A escola não era grande, então todo mundo se conhecia. Eu a convidei para o meu aniversário no ano passado, porque meus pais me fizeram convidar todas as meninas. Não consigo lembrar se ela foi. Acho que eu não diria que éramos muito amigas. Ela era mais popular que eu.

— Você tem fotos da sua festa?

— Minha câmera estava quebrada na época. Eu ganhei uma novinha de aniversário, mas o filme que pedi era especial e ainda não tinha chegado. Ursie conhecia Mirjam melhor. Ursie e Zef eram suas melhores amigas na escola.

— Onde posso encontrar Ursie e Zef?

Mina olha para mim com curiosidade.

— Se foram. Ursie deixou a escola antes de Mirjam e Zef foi logo depois. Eu vi Ursie aqui no Schouwburg antes da família dela ser transportada.

Todos os colegas de turma de Mirjam desapareceram, um a um, todos escondidos ou trazidos para esse teatro. Isso é completamente insano e cada nova informação apenas aumenta a insanidade. Estou tentando encontrar uma garota que desapareceu de uma casa fechada. Cujo desaparecimento não pode ser reportado, porque, se a polícia a encontrasse, seria pior para ela do que se nunca a procurassem. As últimas pessoas que a viram antes de aparecer na casa da sra. Janssen estão mortas. E seus amigos, as únicas pessoas vivas que poderiam adivinhar aonde ela poderia ter ido, agora também sumiram.

— Havia uma garota na sua turma chamada Elizabeth? Ou Margaret? Ou mesmo em outra série, em qualquer lugar da escola?

Mina franziu a testa.

— Não, eu acho que não.

— É só... — Eu desloco a bolsa pesada que Mina me deu, tirando o papel do meu bolso. — Nas coisas de Mirjam, encontrei isto. É uma carta de uma tal de Margaret para uma certa Elizabeth. Estou tentando descobrir a quem pertence ou como foi parar lá.

Mina se aproxime, examina a letra e ri.

— O que foi?

— É Amalia — diz ela.

— Quem?

— A melhor amiga de Mirjam. Elas se conheciam de sua outra escola, antes que todos os judeus fossem obrigados a ir para o Liceu. Mirjam sempre ficava escrevendo bilhetes para ela na aula. Algumas vezes ela foi pega e teve que lê-los em voz alta.

— Mas o nome dela era Amalia? Não Elizabeth?

— Mirjam disse que elas gostavam de brincar que eram como irmãs. E da realeza. Para ser honesta, e me sinto mal dizendo isso, isso era um pouco irritante nela.

— Margaret e Elizabeth. As princesas inglesas. — A carta faz sentido agora. Mirjam deve tê-la escrito para Amalia um dia na aula, mas foi obrigada a se esconder antes que pudesse entregá-la. — Você sabe onde Amalia mora? Ou sobrenome dela? Tem ideia de como posso encontrá-la?

Mina se inclina para ajustar os cobertores da bebê mais uma vez.

— Eu não sei o sobrenome — diz Mina. — E acho que não mora mais em Amsterdã. Ela não era judia. Mirjam disse que os pais de Amalia iam mandá-la para fora da cidade.

— Para onde? — pergunto.

Mina dá de ombros.

— Algum lugar perto de Den Haag? Não Scheveningen, onde fica a prisão, mas qual é o nome da pequena praia?

— Kijkduin? — adivinho.

— Isso mesmo. Mirjam uma vez nos mostrou um cartão-postal do hotel da tia de Amalia, uma monstruosidade verde-água que ela possuía em Kijkduin. Me deixe ver a carta outra vez.

Ela estica o pescoço para ler a pequena letra enquanto subimos na calçada.

— Hum. *T* pode ser... — Ela para de falar, se curvando para tirar uma pedra de debaixo da roda.

— Você sabe quem é T? Um garoto de quem Mirjam poderia gostar?

— Pode ser Tobias?

*Tobias. Tobias.*

— Ele era namorado de Mirjam?

— Tobias Rosen era namorado de todas nós, em nossos sonhos. O menino mais bonito da escola. Na semana passada, ele sorriu para mim e ainda estou meio cega por causa do brilho.

— Na semana passada? — Minhas orelhas ficam alertas. — Ele ainda está por aqui, então?

— Ou estava até alguns dias atrás, pelo menos. Ele sumiu, mas ouvi dizer que estava doente. O pai dele é dentista; isso é tudo o que sei sobre a vida pessoal dele. Ele também era muito popular.

— Você acha que ele também gostava de Mirjam?

— Alguém enviou flores para Mirjam no aniversário dela. O florista as entregou no pátio da escola, antes da aula, e Mirjam teve que entrar com elas no prédio. Ela estava *muito* vermelha. As flores não tinham um cartão, mas todas nós ficamos implicando com ela por isso, exceto Tobias. Ele estava olhando diretamente para a mesa. Se ele voltar para a escola, quer que eu pergunte a ele para você?

— Pergunte se ele gostaria de encontrar comigo. Isso seria ainda melhor.

— Tudo bem. Talvez eu possa falar com outros colegas de turma também. Seria bom se você pudesse voltar e me visitar algum dia. Não tenho muitos amigos. — Ela olha para mim através dos cílios escuros. — Você acha que poderia? Ah, espere!

Ela para o carrinho tão de repente que quase caio por cima dele.

— Chegamos — diz ela. Eu não estava prestando atenção à nossa rota, mas caminhamos uma boa distância, e agora estamos perto de Amsterdam Centraal, a principal estação ferroviária.

— Chegamos? — repito suas palavras. — Para que estamos aqui? Eu achei que tivéssemos apenas saído para dar um passeio.

— Minha entrega.

Ah. *Droga*. Eu deveria ter prestado mais atenção em sua conversa com Judith. Mina me trouxe junto para uma de suas próprias missões. É por isso que a bolsa que ela me deu está tão pesada. Os cobertores devem estar escondendo o que ela realmente está transportando: documentos, cartões de racionamento, talvez até uma pilha de dinheiro para pagar um infiltrado. Devo estar carregando uma pequena fortuna em documentos ilegais. Eu me obrigo a ficar calma.

— Bem, não exatamente aqui. — Mina ergue a cabeça para o céu, orientando-se. — Nós devemos nos orientar pela rosa dos ventos. — Há duas torres de relógio na Amsterdam Centraal. Uma delas é um relógio de verdade; a outra parece um relógio, mas na verdade é uma rosa dos ventos, e os ponteiros balançam com o vento. Mina empurra o carrinho de bebê até a rosa dos ventos, examinando a multidão.

— Ali está ela. — Ela levanta a mão para alguém no meio da praça.

A mulher que se aproxima está bem vestida, tem cabelos louros e um terno de aparência cara. O contato de Mina. Ela me lembra um pouco da sra. De Vries.

— Estou atrasada? — pergunta a mulher.

— Não, não — responde Mina. — Você chegou bem na hora.

— Eu não trouxe nada. Deveria trazer alguma coisa? Acho que alguém me disse...

— Você não precisava trazer nada. Fiquei feliz em ajudá-la a sair. Você está pronta?

A mulher assente e estende os braços. Eu examino a multidão para ter certeza de que ninguém está prestando atenção, tiro a bolsa do ombro e começo a passá-la para Mina, para que ela pegue o que quer que precise entregar à mulher. Mina ignora meu braço estendido, curvando-se sobre o carrinho de bebê e pegando Regina com um movimento experiente e fluido.

— O nome dela é Regina — diz Mina. E em vez de tirar a bolsa da minha mão, Mina beija Regina na testa, sussurra algo que não consigo ouvir e entrega a bebê à mulher loura.

— Ah! — A mulher puxa o cobertor, tocando a ponta do nariz de Regina. — Um nome tão bonito! Eu mantenho? Meu marido sempre disse que, se tivéssemos uma filha, ele queria dar a ela o nome da mãe dele.

Mina engole em seco.

— Você tem uma filha agora — diz finalmente. — Então cuide dela da melhor maneira que puder. Alguém vem te buscar de carro?

— Já está ali na esquina.

— Então está tudo certo.

A mulher parece querer fazer mais perguntas, mas, em vez disso, ela volta para a multidão. Mina a observa até que desapareça.

# ONZE

— Era essa a entrega? — sussurro. — Era essa a entrega que você tinha que fazer? — Mina assente e começa a se afastar, voltando na direção de que viemos. — Espere. Isso foi... Mina, o que acabou de *acontecer*?

Ela para, parecendo incerta enquanto tira a bolsa do meu ombro e a coloca no carrinho.

— Nós nunca fazemos isso a menos que tenhamos permissão dos pais. Alguns se recusam a se separar. Nós só escondemos as pessoas se as famílias acharem que eles estarão mais seguros longe. Pensei que você soubesse.

Esse foi o diálogo que ouvi mais cedo, entre Judith e Mina. Não era um código e não tinha nada a ver com pessoas recebendo documentos falsos com nomes diferentes daqueles com os quais nasceram. Mina só estava alertando Judith de que os pais que abriam mão de seus filhos talvez não pudessem mais encontrá-los depois da guerra.

— Quantos? — pergunto. Mina tem apenas quinze anos, e sua cabeça mal alcança meu ombro. A ideia de que ela faz isso regularmente, em plena luz do dia... — Quantas crianças você realocou?

— Só eu? Mais de cem. Judith trabalha dentro do Schouwburg, rastreando as famílias e pedindo permissão. É mais fácil esconder um bebê do que um adulto, já que as pessoas não precisam de documentos até os quatorze anos. Temos uma pessoa dentro do teatro que altera os registros para que pareça que as crianças nunca chegaram à creche.

A bebê Regina não era um disfarce, escondendo a entrega ilícita. A bebê Regina *era* a entrega ilícita.

Mina fez isso mais de *cem* vezes. Mais de cem crimes passíveis de execução, e então ela acorda no dia seguinte e faz de novo, e ainda fala sobre a escola, namorados e sobre o que quer fazer depois da guerra. Em uma vez, dentre essas cem, eu a ajudei.

Mina me olha de soslaio.

— Eu achei que você soubesse — diz ela mais uma vez.
— Judith não contou?

— Judith não me contou.

— Você está irritada?

Não sei o que estou sentindo. Esta entrega é apenas mais um envolvimento na longa sequência dos que eu não pretendia ter. Mas esse teatro era tão escuro, e Regina era tão nova, e podemos fazer tão pouco, todos nós. O que devo dizer? Que eu gostaria que tivéssemos deixado Regina no berçário para ser deportada? No que eu deveria acreditar? Que só vale a pena correr riscos para salvar Mirjam? Só porque ela foi a única que me pediram para encontrar? Que agora que vi o que vi no centro de deportação, poderei esquecer?

— Não sei o que estou sentindo — começo. — Eu sinto...

— Me deixe ver o bebê!

A voz pertence a um homem, falando em holandês ruim, com forte sotaque alemão.

— Boa tarde, senhoritas! É um lindo dia em uma bela cidade!

Conheço esse soldado. Não este em particular, mas o tipo. Este é o tipo de soldado que tenta aprender holandês e dá doces às crianças. Que é gentil, a característica mais perigosa de todas. Os tipos gentis reconhecem, em algum lugar dentro de seus uniformes engomados, que há algo perverso no que estão fazendo. Primeiro, eles tentam ficar nossos amigos. Depois, a culpa os domina e eles trabalham duas vezes mais para se convencer de que somos escória.

— Continue andando — murmuro para Mina. Ele não tem certeza de que o vimos; pode nem estar falando conosco.

— *Senhoritas!* — chama o soldado mais uma vez. — Me deixem ver o bebê! Acabei de saber que minha esposa teve nossa filha! Me deixem ver no que estou me metendo!

Ele anda com entusiasmo em nossa direção. Não consegue ver que não há um bebê no carrinho. Ele vai pedir para ver nossos documentos. Vai prender nós duas. Mina vai levá-lo até a bebê Regina. Toda a creche será investigada. Geralmente só tenho que me preocupar comigo mesma, mas quando você trabalha em um sistema, é responsável pela segurança de todos.

À minha esquerda, Mina logo ajusta o cachecol. Parece que ela só está o apertando contra o frio, mas posso ver que ela na verdade o está ajeitando para que cubra a Estrela de Davi em seu casaco. Mentalmente, crio uma história: o bebê está doente e o soldado não deve chegar muito perto ou vai pegar a doença. É o que direi. Algo repugnante, algo com vômito.

Ao meu lado, Mina está sorrindo, o que é muito estranho.

— Parabéns! — diz ela em alemão quando ele se aproxima. Ela tem que perceber quão desastroso seria chamar a atenção para trabalhadores da creche empurrando carrinhos de bebê vazios. Mas quando o soldado se aproxima, Mina estende a mão para o carrinho e começa a abrir a bolsa. O que ela tem ali? Uma arma? Documentos falsos? Por que ainda não corri?

Em vez disso, a bolsa está cheia de... Olho duas vezes para me certificar de que não estou imaginando coisas... Madeira. Galhos de árvores curtos e grossos, lascas de tábuas, até pedaços de papelão que parecem lixo.

— Infelizmente, não temos um bebê para você segurar — Mina se desculpa. — Apenas lenha. Não conseguimos muita com as rações; acabamos de voltar de uma barganha. Mas parabéns.

— Que pena. — Ele parece mesmo desapontado.

Nós duas observamos o soldado se afastar, recebendo os parabéns de outros passantes que ouviram a conversa. Eu não falo nada até ter certeza de que ele não pode nos ouvir.

— Eu carreguei essa bolsa o tempo todo — digo a Mina.

— Sim, carregou.

— Você sabe como é pesado?

— Eu também carreguei, dezenas de vezes. Tenho carregado a mesma lenha há meses. Mas funciona. Se eu for parada, pareço qualquer outra cidadã holandesa, catando lenha. Não é ilegal barganhar restos de madeira.

— Por quê?

— Por que fazemos isso? Para que eu tenha uma desculpa para empurrar um carrinho de bebê vazio.

— Mas por que trazer o carrinho? — pergunto. — Por que simplesmente não leva o bebê até a estação?

— Porque não.

— Por que não?

Os olhos de Mina se desviam para o carrinho e voltam para cima imediatamente, como se ela não quisesse que eu percebesse o movimento.

— Não importa. Vamos voltar — diz ela.

— Mina, há alguma outra coisa nesse carrinho? — pergunto.

— Não. Por que você pensaria isso?

Não acredito nela. Continuo pensando em quantas vezes ela parou para ajeitar o cobertor de Regina na caminhada até aqui. Quanto o cobertor poderia ter se mexido? Era isso que estava fazendo mesmo?

Antes que Mina possa me deter, eu me inclino sobre o carrinho, tocando debaixo da bolsa de lenha. Na frente, aninhado de um dos lados, sinto algo rígido e retangular sob um pedaço de tecido. A costura parece ser algum tipo de bolso, mas não consigo descobrir como abri-lo. Começo a puxar.

— Não! — suplica Mina. Sua alegria finalmente desapareceu.

— O que é isso?

— Por favor, não. Eu vou contar tudo, mas se você pegar isso aqui, pode nos matar.

Eu paro. Nos matar? Isso, vindo de uma garota que acabou de contrabandear um bebê judeu nas ruas ocupadas de Amsterdã?

— O que é "tudo"? Conte agora. O que há dentro do carrinho? Armas? Explosivos?

Ela parece estar sofrendo.

— Uma câmera.

— Uma *câmera*?

Mina baixa a voz.

— Eu li sobre alguns fotógrafos nos jornais subversivos. Eles tiram fotos da ocupação. Documentam tudo, então, quando a guerra acabar, os alemães não poderão mentir sobre o que fizeram aqui.

— É um grupo? E você faz parte dele?

Mina cora.

— Não, eles são todos profissionais. Mas muitas fotógrafas são mulheres. Elas podem esconder as câmeras em suas bolsas ou nas sacolas de compras e tirar fotos sem que ninguém perceba o que estão fazendo. Foi isso que me deu a ideia.

— Em vez de uma bolsa, você usa um carrinho de bebê — digo. — As lentes?

— Cortei um pequeno buraco para a lente na frente. Não dá para ver, a menos que esteja realmente procurando. Agora, sempre que levo um bebê para um passeio, posso tirar fotos secretas. Tenho toda a guerra na minha câmera e em filmes.

— Que tipos de fotos secretas?

— *Razzias*. Soldados. Pessoas sendo amontoadas no teatro. Pessoas sendo tiradas de suas casas enquanto seus vizinhos não fazem nada para ajudá-las. Mas tenho coisas boas também. Fotografias da resistência para que as pessoas saibam que alguns de nós lutaram. Fotos dos espaços minúsculos onde os *onderduikers* estão escondidos. E de todas as crianças do teatro.

Eu tiro foto delas para ajudá-las a se reunir a suas famílias depois da guerra.

— Quantas fotografias você tem? — Esta é uma seção inteira da resistência da qual eu nunca tinha ouvido falar. Os nazistas nos proibiram de fotografá-los e, mesmo que a maioria de nós quisesse, é difícil encontrar filme. É uma das coisas que tenho mais dificuldade de encontrar no mercado ilegal.

— Centenas — diz Mina. — Filmes para câmera sempre foram tudo que eu pedi de aniversário desde os oito anos. Eu tenho muitos guardados.

— O que Judith acha do que você está fazendo?

O rosto de Mina fica sombrio.

— Ela não sabe. E não conte a ela, por favor. Judith, Ollie e todos os outros, eles não entenderiam. Porque é correr riscos sem salvar ativamente tantas vidas quanto possível. Mas eu ainda acho que é importante. Mesmo que não faça sentido. Parece que é assim que eu deveria ajudar.

Eu não respondo. Entendo o que é considerar algo importante mesmo que não faça sentido, mesmo quando outros acham que você está louca. É assim que têm sido todos os momentos para mim desde que concordei em ajudar a sra. Janssen. Mesmo que eu entenda o que ela está sentindo, uma coleção de fotografias é igual ao que estou fazendo? Essas fotografias ameaçariam a segurança de todos.

— Vou pensar — digo por fim. — Ainda não vou contar para ela.

Eu nem saberia o que dizer. Assisti a uma tarde inteira se desenrolar sob meu nariz e interpretei mal tudo o que estava acontecendo, do começo ao fim. Todas as pistas estavam na minha frente, mas ainda assim não as vi.

---

Judith está nos esperando na creche.

— Correu tudo bem?

— Tudo bem — garante Mina. — A família anfitriã é boa gente.

— Boa o suficiente, pelo menos. — Judith suspira. Ela gira a cabeça e esfrega a parte de trás do pescoço com a mão. Deve estar exausta, trabalhando na escola desde o início da manhã e depois, quando sai de lá, vindo para cá. Ela olha para mim.

— Eu tenho novidades para você. — Ela espera até que Mina volte ao berçário e verifique se as outras cuidadoras não estão perto o bastante para ouvir. — Conversei com meu contato. Ele olhou os registros dos últimos três dias. De acordo com os arquivos, ninguém chamada Mirjam Roodveldt passou pelo teatro.

— O seu contato tem certeza?

Ela sorri.

— Os nazistas insistem em ter registros excelentes. Todo mundo que chega tem documentos.

— Obrigada. Obrigada por verificar.

— Você não precisa me agradecer. E, Hanneke, eu disse que ela *ainda* não passou por aqui. Mas é apenas uma questão de tempo.

# DOZE

Quando chego em casa, Ollie está esperando na porta do meu prédio. Nós não nos falamos desde a noite passada, a noite dos soldados bêbados. É assim que vou pensar nela. "A noite dos soldados bêbados" é uma maneira muito mais fácil de me lembrar dela do que "a noite do beijo desesperado".

Depois do beijo, o soldado riu, dando tapinhas nas nossas costas, nos parabenizando, antes de seguir em frente com seu amigo. Ollie e eu ficamos parados, tremendo, observando as costas dos oficiais até que eles saíram do beco. Em seguida, nós dois, pegando a mesma deixa silenciosa, voltamos a caminhar novamente, com mais cautela dessa vez, caso alguma coisa surgisse na esquina.

Não conversamos sobre nada disso. Foi apenas algo que aconteceu, como as coisas acontecem agora, como provavelmente acontecerão mais uma vez. Quando chegamos aos degraus da frente, as cortinas pretas acima de nós flutuavam, o que significava que meus pais estavam observando pela janela, esperando para ver se eu chegava em casa.

Agora Ollie se levanta dos degraus para me cumprimentar.

— Eu trouxe de volta a bicicleta da sua mãe — diz ele. Mamãe a emprestou a ele ontem à noite, para que voltasse ao seu apartamento o mais rápido possível; jurou que conhecia uma rota que os soldados geralmente não patrulham. — E estive com Judith enquanto você estava com a Mina. Eu não sabia que elas levariam você junto. Gostaria que não tivessem feito isso. É muito cedo para envolver você em uma entrega sem o seu consentimento.

Eu levanto minhas sobrancelhas.

— Eu esqueci. Você é o único que tem permissão para me envolver em atividades da resistência sem o meu consentimento?

O rubor se espalha pelo rosto dele, da bochecha até as orelhas.

— Eu estive pensando nisso. Em como talvez eu devesse ter avisado a você. Eu sinto muito.

*Eu sinto muito.* Essa era uma coisa com a qual Bas nunca foi muito bom. Não era que ele odiasse se desculpar. Na verdade, ele odiava parar de brigar. Não havia nada que amasse mais do que um debate, ele me arrastava para discussões bobas, forçava a barra para que eu defendesse com paixão posições pelas quais eu realmente não me interessava.

— O que você achou disso tudo? — pergunta Ollie.

— Ainda estou pensando. — Por um minuto, considero dizer mais, mas acho que ainda não tenho palavras para tudo o que passa pela minha cabeça.

— Entendo.

— Judith e Mina são muito corajosas.

— Você também pode ser corajosa. Apenas pense nisso. Venha à nossa próxima reunião.

Eu desvio o olhar.

— Você só veio devolver a bicicleta ou gostaria de entrar?

Ele cruza os braços sobre o peito e move os pés. Eu me pergunto se ele se sente tão constrangido com o que aconteceu ontem à noite quanto eu.

— Tudo bem — concorda Ollie, me surpreendendo. — Mas não vou ficar muito tempo. É a minha vez de fazer o jantar; não posso deixar Willem com fome.

Lá em cima, ele fica de casaco até eu gesticular para que o tire e pendure no armário. Ele está usando seu uniforme de arquiteto, a camisa com as mangas enroladas, manchadas em torno dos punhos. Meu pai deixou um bilhete para mim na mesa dizendo que alguns vizinhos tiveram piedade dele com mamãe fora da cidade e o convidaram para jantar. Gostaria de saber que a casa estava vazia antes de convidar Ollie.

— Chá? — E rapidamente acrescento: — Não é de verdade.

— Não, obrigado.

Eu já estava indo para a cozinha quando ele recusou, e agora paro, em dúvida, no meio da sala. Se ele está recusando o chá, sobre qual banalidade vamos falar?

Ollie anda de um lado para outro na sala, olhando os livros do meu pai, se aproximando para ler os títulos, mas sem tirar nenhum deles das prateleiras.

— Eu tinha esse. — Ele aponta para minha coleção de ensaios fora de lugar entre os dicionários estrangeiros de papai. — Não sei onde foi parar meu exemplar.

— Acho provável que esse *seja* o seu exemplar. Bas me deu.

— Provavelmente estava tentando impressionar você. Não acho que ele tenha lido.

— Ouvi dizer que o exército alemão não está se saindo bem em Stalingrado — comento em voz baixa, para que os vizinhos não ouçam minha contribuição para este estranho diálogo. — Na BBC.

— Você fala inglês?

— Um pouco. Papai está me ensinando.

E ficamos mais uma vez sem assunto. É tão estranho como um beijo fora de hora pode transformar alguém em um completo estranho.

— Ollie. Sobre a noite passada. — Ele não diz nada, então continuo falando, como se eu achasse possível ele não se lembrar que nos beijamos para a diversão de soldados bêbados na rua. — Com os soldados. O que fizemos. Quando nós...

— Quando tivemos sorte — completa ele, rapidamente.

— Foi sorte termos pensado tão rápido.

— Você fez um bom trabalho com os soldados. Você se protege deles melhor do que eu.

Ele dá de ombros.

— É uma habilidade muito útil.

— Você não se cansa de atuar e fingir? — pergunto.

— Não se isso me mantém vivo.

Fico aliviada pela maneira prática que ele descarta o que aconteceu, mas também me sinto irritada. Sinto como se eu fosse uma menininha, dando muito valor a um beijo que não significou nada.

— Mina ajudou você com Mirjam? — pergunta Ollie, mudando o assunto como um cavalheiro.

— Preciso encontrar um garoto chamado Tobias. O pai dele é dentista. Vou começar a visitar os consultórios amanhã. — Ollie assente, mas não diz nada. — Sinto que estou correndo o mais rápido que posso, mas não sei quando meu tempo vai acabar — confesso. — A cada coisa que descubro, há outro problema a ser resolvido. Sinto que estou chegando tarde demais.

— Todos nós estamos — diz Ollie. — Para nós, para nosso pequeno grupo, para toda a resistência... esta guerra é uma corrida para ver quantas pessoas podemos salvar e se podemos fazer isso mais rápido do que os nazistas conseguem pegá-las.

— Se Mirjam for parar no Hollandsche Schouwburg, ela nunca vai sair de lá. Agora eu sei disso. Cheira a... — Eu começo a dizer *uitwerpselen*, mas percebo que *excremento* não é uma palavra forte o bastante.

— A quê?

— Deixa para lá.

Ollie faz uma pausa diante de uma das prateleiras, onde fica uma fotografia de família: nós três de férias no campo, mamãe e eu ao lado de papai, cada uma com uma das mãos no ombro dele. Pela foto, não dá para ver como meu nariz ficou vermelho naquele dia por causa do sol, mas eu me lembro disso. Ardia e a pele ficou dias descascando.

— Esse vestido me parece tão familiar — diz ele, apontando para a foto. — Por que eu me lembraria dele?

É um vestido de algodão com botões no colarinho. Olho para a roupa e sinto meu rosto ficar vermelho. Eu sei muito bem por que ele se lembra.

— Eu não sei — minto. Ele pega a fotografia para olhar mais de perto e, quando faz isso, a pequena ruga em sua testa é tão familiar que me deixa sem ar. — Você parece com ele — disparo. — Você se parece com Bas.

Ele estremece quase imperceptivelmente antes de responder.

— Na verdade, não.

— Nessa luz, parece — insisto. — À luz do meu apartamento, você se parece com ele.

— Talvez a sua família devesse trocar de apartamento com a minha. É provável que meus pais paguem muito dinheiro por essa luz. — A voz de Ollie é um pouco amarga, mas é acima de tudo triste. — Eles sentem muito a falta dele. Todos nós sentimos. Foi por isso que... — Ele se interrompe.

— Foi por isso que o quê?

Ele suspira.

— Quando vim aqui na primeira noite, eu esperava poder fazer você se juntar à resistência. E eu estava confirmando que você não trabalhava para o NSB ou isso colocaria Judith em perigo. Mas eu também estava preocupado com você. Quando Judith me contou o que você disse sobre Bas, fiquei tão triste por você. Achei que poderia estar realmente... traumatizada.

— Traumatizada — repito e não dói ouvir Ollie dizer isso. É quase um alívio ter alguém especulando sobre as coisas que sinto.

— Mas é normal sentir falta dele — diz Ollie. — Pia e eu falamos sobre Bas o tempo todo. Ele e suas piadas desagradáveis, sua risada, o que teria se tornado.

De repente, o apartamento parece muito quieto; eu me inclino para ouvir todas as palavras que saem da boca de Ollie.

— O que ele teria se tornado? — sussurro.

— Um advogado. E então um político. Municipal. Ele só gostaria de ocupar escritórios onde pudesse conhecer todos os seus eleitores. Ele patrocinaria encontros sociais e bailes. Amaria sua família. — Os olhos de Ollie estão marejados, e está me encarando. Há um nó em minha garganta. Seria muito fácil para nós sofrermos juntos.

— O vestido é daquele dia — sussurro. — É por isso que você se lembra dele. Eu estava com ele naquele dia.

Aquele dia. Não preciso dizer nada além disso. Ollie leva a mão ao estômago, como se eu tivesse dado um soco bem ali. O vestido é do dia em que descobrimos sobre Bas. Pia veio me contar. Corri para a casa dos Van de Kamp, e a sra. Van de Kamp me deu um tapa no rosto, com força, e Ollie ficou ali parado no meio da sala de estar, como se, caso se mexesse, o mundo sofreria um colapso. Fui para casa e as lágrimas rolaram pelo meu rosto por horas e horas, enquanto mamãe acariciava minhas costas, até que elas por fim pararam, porque eu estava toda seca por dentro, e essa foi a última vez que chorei.

— Ah — diz Ollie. — Eu não lembrava.

— Eu vou fazer chá — digo. — Você não precisa tomar se não quiser.

Ollie me segue até a cozinha. Ele fica atrás de mim, consigo sentir seus olhos seguindo meus movimentos. Minhas mãos estão tremendo quando pego a chaleira, e ele a estabiliza para mim, ajudando a colocá-la no fogão.

— O Hollandsche Schouwburg — diz finalmente.

— O que tem ele?

— Cheira a morte. — Ollie termina a frase que comecei mais cedo, mas não consegui completar. — É esse o cheiro lá de dentro. Morte e medo.

Medo. É verdade. Foi esse o cheiro que eu não consegui identificar antes. Esse é o cheiro do meu país, bonito e destruído.

---

Tem uma coisa que não estou contando, faço isso para me proteger. Até agora, todas as vezes que me lembrei do lenço com minhas lágrimas, o lenço que ficou molhado depois que Bas me disse que se juntaria aos militares, deixei um detalhe de fora.

Não gosto de lembrar que eram lágrimas de orgulho.

A Holanda tentou permanecer neutra. Queríamos ser como a Suécia, que nos permitissem ficar em paz. Hitler disse que deixaria. Até o dia em que invadiu nosso país, ele disse que nos deixaria em paz.

Fui eu que disse que se juntar aos militares seria, de alguma forma, um posicionamento simbólico contra os nazistas.

Fui eu, o tempo inteiro, que vinha dizendo como os alemães não deveriam poder fazer o que quisessem, conquistar um país após outro.

Fui eu que acompanhei Bas até o escritório da marinha e testemunhei seu alistamento. O oficial não parava de perguntar se ele tinha certeza. O alistamento não era necessário até os homens completarem dezoito anos, disse o oficial. No exército, eles nem aceitavam voluntários mais jovens do que isso. Por que Bas não ia para casa, sugeriu o oficial, e esperava um ano, para o caso de ele mudar de ideia?

Fui eu que disse ao oficial que Bas tinha ido à marinha, então ele não precisava esperar para ser corajoso. Convenci esse oficial a inscrevê-lo.

Bas não teria se alistado se não achasse que isso me deixaria feliz.

E isso me deixou feliz por um tempo. Até que me deixou triste.

Eu achava que sabia muito, naquela época. Eu achava que o mundo era preto no branco. Hitler era ruim, então devíamos nos levantar contra ele. Os nazistas eram imorais, então eles acabariam perdendo. Se eu tivesse mesmo prestado atenção, teria percebido que nosso pequeno país não tinha absolutamente nenhuma chance de se defender, não quando países maiores, como a Polônia, já haviam caído. Eu deveria ter adivinhado que, quando Hitler disse ao nosso país, em uma transmissão de rádio, que ele não tinha planos de nos invadir e que não precisávamos ter medo, isso significava que seus soldados já estavam empacotando os paraquedas e que tínhamos tudo a temer. Unir-se aos militares não era um posicionamento simbólico. Era uma empreitada idiota.

É por isso que fiquei dois anos sem falar com Ollie. É por isso que sonho com Bas vindo a mim, com raiva por eu nunca ter lido sua carta. É por isso que aprendi que ser corajoso às vezes é a coisa mais perigosa que se pode ser, que é uma característica a ser usada com moderação. É por isso que, se eu for sincera comigo mesma, fiquei obcecada por encontrar Mirjam. Porque parece uma troca justa e correta: salvar uma vida depois de ter destruído outra.

Eu sou culpada pela morte de Bas. Ele foi idiota por me amar. Fiz com que Bas morresse. Foi minha culpa.

# TREZE

Cinquenta e duas horas. Eu soube do desaparecimento de Mirjam Roodveldt há cinquenta e duas horas. Duas noites sem dormir. Três encontros com soldados alemães. Um bebê resgatado. Uma garota ainda desaparecida. Não vi a sra. Janssen desde que concordei em ajudar, então pedalo até a casa dela assim que Ollie sai, no crepúsculo, antes do toque de recolher, para contar a ela tudo o que aconteceu. A sra. Janssen logo me faz sentar à mesa da cozinha, servindo mais café de verdade e um prato de pequenos croissants. Quando mordo um, minha boca se enche de pasta de amêndoas. *Banketstaaf*, meu favorito. A sra. Janssen se lembrou do que falei da última vez e os deixou à minha espera.

— Também pensei em mais algumas coisas — diz ela, depois de eu apresentar o que consegui até o momento. — Sobre Mirjam. Tenho certeza de que não são úteis; são só coisas que não saem da minha cabeça. — Ela pega um pedaço de papel e estreita os olhos. — Primeira: você disse que seria perigoso ir aos vizinhos, mas Mirjam uma vez mencionou um funcionário simpático que trabalhava no antigo prédio dela. Talvez você pudesse conversar com ele? Segunda: ela gostava muito de cinema. Conhecia todas as estrelas. Ainda existem cinemas abertos? Você poderia tentar ver se alguém a viu por lá. Terceira: ela era uma menina reservada, Hanneke. Não gostava de falar sobre a família; isso a deixava triste demais. No entanto, não tinha medo de perguntar sobre a minha família. Nem mesmo sobre Jan. Algumas pessoas têm medo de perguntar sobre ele, mas Mirjam me fez muitas perguntas. Eu entrava para levar uma xícara de chá e conversávamos até tarde. E ela era educada. Odiava beterraba, mas nunca se queixava de comê-las, nem uma vez sequer. Ela nunca se queixou de nada.

A sra. Janssen olha para mim.

— Devo continuar?

— Não. Não, isso foi muito útil.

Muita coisa aconteceu hoje: a câmera escondida, e Ollie, e o horrível brilho vermelho do palco vazio do teatro. Eu quase não tive tempo de processar tudo isso, todos os meus sentimentos. E quando penso nisso agora, fico envergonhada.

Porque, quando falei à sra. Janssen que encontraria Mirjam, eu a via como um mistério que eu poderia tentar resolver. Uma maneira de trazer de volta alguma ordem ao meu pedaço de mundo. Uma maneira de me vingar do sistema nazista. Uma garota desaparecida, como um pacote de cigarros raros. Uma forma de encontrar a pessoa que eu era. Mas naquele horrível teatro, e agora na cozinha da sra. Janssen, a ouvindo falar sobre como Mirjam comia beterraba sem reclamar, finalmente penso nela como o que sei que ela tem sido o tempo todo: uma garota assustada. Uma entre muitas.

— É melhor eu queimar este papel agora? — pergunta a sra. Janssen, levantando as anotações que acabou de ler.

Eu hesito e depois assinto.

— Sim, é melhor.

— Tudo bem.

Ela procura os fósforos perto do fogão, mas não parece vê-los, mesmo que estejam a menos de trinta centímetros de sua mão.

— Sra. Janssen, onde estão seus óculos?

Seus dedos voam até o nariz, onde duas marcas profundas ainda são visíveis.

— Oh. Eu deixei cair. Atrás do armário.

— Quando?

— Naquela manhã, depois que você saiu.

— Isso foi há alguns dias.

— Eu sei onde fica tudo nesta casa, na maioria das vezes.

Sinto náusea diante da ideia dela tropeçando pela casa com sua bengala, meio cega, encomendando croissants de amêndoas para o caso de eu aparecer para comê-los, desejando que ainda tivesse alguém que perguntasse sobre seu filho. Ela está muito sozinha agora.

Eu bato as mãos para tirar as migalhas dos dedos.

— Me mostre o armário. Vou pegar seus óculos.

Ela me conduz pela casa até seu quarto enquanto fala:

— Ainda estou me acostumando a morar sozinha. Os meninos ou Hendrik teriam me ajudado com os óculos. E depois Mirjam, ela também teria feito isso. Sempre tive alguém por perto para me ajudar. Sabe, eu costumava ser uma jovem de carreira, como você. Quarenta anos atrás, quando quase nenhuma mulher trabalhava, conheci Hendrik porque ele me contratou para ser sua assistente na loja. Eu me achava tão independente, mas minha vida acabou mudando e passei a cuidar de outras pessoas. Agora não quero ficar sozinha. Eu nunca teria imaginado isso.

O armário da sra. Janssen é grande e pesado, feito de carvalho. Não vou conseguir arrastar tudo isso sozinha. Lá embaixo, consigo ver os óculos dela, mas o espaço é muito fino para eu enfiar meu braço.

— Eu ia pedir a Christoffel na próxima vez que ele viesse — diz ela. — Deve ser amanhã.

— Nós não precisamos de Christoffel. A senhora tem uma barra comprida? Uma bem fina, talvez para fechar as cortinas?

Depois de nós duas termos procurado alguma barra por vários minutos, a sra. Janssen some no jardim dos fundos e retorna com uma estaca de madeira, um pouco suja na ponta e um pacote de sementes preso no topo, onde está escrito "beterrabas".

— Isso serve?

Eu uso a haste para empurrar os óculos da sra. Janssen para o outro lado. Ela me agradece profusamente enquanto limpa a poeira deles e depois os ajusta no nariz, e em um minuto estamos sentadas de volta à mesa.

— Pode ser que tudo isso não signifique nada — digo a ela —, mas tenho alguns nomes. Pessoas que poderiam ter conhecido bem Mirjam. Tudo isso parece absurdo, mas Mirjam alguma vez falou sobre sua amiga Amalia?

Ela pressiona os lábios.

— Acho que não.

— Ursie? Zef?

— Ursie, talvez? Mas eu posso estar confundindo com minha costureira. O nome dela também é Ursie.

Guardei o mais promissor para o fim.

— Tobias? Ele podia ser namorado dela?

— Ela falou de um garoto de quem gostava, mas não lembro... Estou pensando.

Parece estranho imaginar Mirjam falando sobre um garoto enquanto estava escondida, de luto por sua família e temendo por sua vida. Mas imagino que o amor não pare, mesmo nas guerras. Há um limite para a quantidade de tempo que você pode passar temendo algo até que seu instinto humano de sentir emoções assuma o controle.

— Ah! — Uma luz se acende nos olhos da sra. Janssen. Ela pega a bengala, afastando a cadeira da mesa. — Acabei de me lembrar de uma coisa.

— O quê? O que é?

Ela se levanta e vai para a despensa. Eu ouço o barulho de frascos batendo, e quando ela volta, está carregando vários frascos de comida.

— Não estou com fome — digo, confusa, mas a sra. Janssen balança a cabeça; ela trouxe os frascos por outro motivo.

— No dia anterior ao desaparecimento de Mirjam, eu perguntei se ela me ajudaria limpando os frascos empoeirados da despensa — explica a sra. Janssen. — Eu tive que dispensar a mulher que costumava limpar para mim porque tive medo de que ela ouvisse Mirjam. Enfim, Mirjam tinha limpado a maior parte quando minha vizinha apareceu, então parou de limpar e foi se esconder. Foi assim que os que ela terminou ficaram. —

A sra. Janssen empurra um jarro limpo e liso. — Agora veja estes.

De início, pareciam iguais aos que Mirjam limpou. Mas, quando a luz na sala muda, algo parece diferente. Alguém fez um desenho na poeira, com o dedo indicador provavelmente, me lembra dos desenhos que eu costumava fazer nas janelas antes de limpá-las.

A sra. Janssen gira dois dos frascos, para que eu possa vê-los bem de cima. O desenho na poeira do primeiro frasco é um M. No segundo, é um T.

— Eu percebi ontem e achei que fossem só rabiscos — diz a sra. Janssen. — Mas não são. São um M e um T.

— Mirjam e Tobias — digo.

— Você acha que isso significa alguma coisa?

Eu acho que isso significa alguma coisa? Algo como Mirjam fugindo de um lugar seguro para tentar encontrar um garoto de quem ela gostava? Algo como Mirjam arriscando a vida por um relacionamento que nem sei se existe? Cuja única evidência até agora é uma carta enigmática, uma pista empoeirada em tampas de frascos e algumas flores que Mina diz que Mirjam recebeu uma vez na escola? Pareceria louco para pessoas racionais. Mas não é algo que eu teria feito? Mesmo quando fiquei meses sem ver Bas, ainda não estava pensando nele todos os dias, rastreando mentalmente seu nome em tudo o que via? Ainda não é o que estou fazendo agora?

O amor não é o oposto do racional?

A sra. Janssen limpa os óculos mais uma vez, enquanto espera que eu responda, esfregando partículas de poeira de quando ele ficou no chão, murmurando algo sobre a estaca do jardim.

— Hum? — falo distraída.

— Eu estava pensando que deveria manter a estaca do jardim dentro de casa. Aquela que você usou para pegar meus óculos, sabe? Ela pode ser útil quando eu precisar alcançar coisas em espaços pequenos.

Eu endireito minha coluna, como se um raio percorresse meu corpo.

— O que a senhora disse?

— Eu sinto muito. Você estava tentando se concentrar.

— Não, não. A senhora está ajudando. Essa estaca estava no jardim dos fundos?

— Isso. Tenho uma pequena horta. Não agora no inverno, claro. Mas no verão. Por quê?

— Preciso ver a porta dos fundos outra vez.

— *Por quê?*

Eu passo por ela, em direção ao corredor escuro e estreito da porta dos fundos. É exatamente como me lembro: quando não está bem encaixada, há uma fenda larga que deixa passar o ar, e a porta se abre. O trinco é pesado, preto e parece feito de ferro. O que estou imaginando poderia funcionar, tenho certeza. Pelo menos na teoria. Na prática, levanto o trinco e solto. Ele cai de volta, errando o fecho e falhando em trancar a porta. O mesmo acontece na próxima tentativa. É por isso que ela achou que seria impossível fechar a porta atrás de si. O trinco não se encaixaria.

A sra. Janssen está ficando impaciente atrás de mim.

— Eu não entendo — diz por fim.

— Shhh. — Levanto o trinco mais uma vez.

Estou prestes a concluir que devo ter me enganado. Então, na quarta tentativa, o trinco se fecha com um clique.

Viro-me para ver se a sra. Janssen percebeu.

— Viu? A senhora viu isso?

— Mas não importa se você conseguiu — protesta. — Você está de pé na frente da porta. Mirjam não poderia fazer isso do outro lado de uma porta trancada.

— Me dê a estaca do jardim. Vou lá fora um minuto. — A horta da sra. Janssen é apenas um pequeno quadrado de terra congelada. Na mortalha do inverno, nada está crescendo, mas as estacas com pacotes de sementes afixados no topo saem do chão, identificando ervas, legumes e verduras. Há um pequeno buraco vazio onde a estaca da beterraba devia estar. — Sra. Janssen? — Chamo pela porta fechada. — Cuidado, está bem? Vou enfiar isso pela porta.

Uso a estaca de vegetais para procurar a trava de ferro do lado de dentro da porta, quando a sinto, tento usar a estaca para puxar a trava para o lugar. Na primeira vez, ela balança de volta com um baque. Mas na quinta tentativa, consegui deixar o trinco exatamente no ângulo correto, então, quando o solto, ele trava com um ruído alto.

Tranquei uma porta impossível de trancar pelo lado de fora.

A sra. Janssen abre a porta, olhando para mim enquanto permaneço de pé no seu jardim dos fundos com sua estaca de madeira suja que acabei de usar para fazer o que ela achava impossível.

— Como você pensou nisso?

— Meninas apaixonadas farão coisas desesperadas e criativas.

Hoje foi um dia muito longo, mas solucionei duas coisas. Primeiro: descobri a identidade do T na carta de Mirjam. Segundo: ainda não sei onde Mirjam está, mas pelo menos já sei que não atravessou paredes para chegar lá.

# QUATORZE
*Sexta-feira*

Tobias ainda não voltou para a escola. É o que Mina me diz quando a visito na creche na tarde seguinte.

— Doente? — pergunto. — Ou desaparecido? Alguém sabe?

Ela não sabe de nada, só que ele não esteve na escola, o que pode significar que está com tosse, ou que precisou se esconder, ou que está morto. *Isso poderia significar que Mirjam também já está morta.* Depois da tarde de ontem na casa da sra. Janssen, eu estava muito otimista. Mas agora passei a manhã visitando um dentista após outro, procurando Tobias ou seu pai, sem sucesso. Por quanto tempo continuarei procurando Mirjam? Ela desapareceu há quatro dias. Quanto mais o tempo passa, qualquer pista que leve a ela só vai esfriar. Em que ponto fica tão fria que tenho de aceitar que Mirjam foi morta ou escorregou tão profundamente para o submundo que nunca mais a veremos? Ainda não. Ainda não cheguei nesse ponto. Mas quando? Será que saberei dizer quando eu chegar lá? Conseguirei deixar de lado?

*Ela não está morta*, digo a mim mesma.

Estou na creche há apenas alguns minutos quando Judith liga para falar de negócios com Mina.

— Guardei dois quilos de café *ersatz*. — Mina lhe conta ao telefone. — Eu estava pensando em dar uma pequena festa, se você souber de amigos que estão livres esta noite.

— Todo mundo que conheço está mais a fim de chá agora — ouço Judith dizer no outro lado da linha. — Ninguém quer café.

Mina já me explicou o código do telefone. *Chá* são crianças de pele clara, que parecem mais etnicamente holandesas, e o *café* são as mais morenas. As famílias querem crianças louras, cuja presença possa ser explicada com facilidade.

*Tenho que ir,* falo sem emitir som para que ela leia meus lábios. *Tenho tempo para visitar mais um dentista.*

Mina cobre o receptor do telefone com a mão.

— Judith está me dizendo que há uma reunião esta noite na casa de Leo. Ela quer que eu convide você.

— Vou pensar — respondo. Vou mesmo. Já estive pensando. Sei que eles precisam da minha ajuda, mas antes preciso encontrar Mirjam.

— *Eu* gostaria de poder ir. Eu iria se fosse mais velha — diz Mina.

— Talvez.

— Ela disse talvez — diz Mina a Judith. — Eu sei, eu sei, mas isso é tudo o que ela vai dizer. — Posso imaginar o que Judith está pensando no outro lado da linha: que ela e Mina são judias, com nomes judeus e Estrelas de Davi costuradas em suas roupas, e ainda assim arriscam suas vidas todos os dias. Eu sou loura de olhos verdes, com documentos imaculados, e ainda não concordei em ajudá-los. Ela pensará isso, e é verdade, porque o tempo está acabando. Ainda não estou pronta. Não completamente.

Mina desliga o telefone e parece um pouco envergonhada.

— Judith deu a entender que, se você não for esta noite, ela não vai usar seus contatos no teatro para perguntar sobre Mirjam de novo. Diz que o grupo tem muito trabalho importante a fazer para perder tempo ajudando pessoas que não oferecem nada em troca.

— Eu vou.

---

No início desta manhã, eu disse ao sr. Kreuk que precisava faltar ao trabalho para ir ao dentista. E então fui a seis deles. Um após outro, fingindo estar com dor de dente, perguntando pelo dr. Rosen a cada consultório. Comecei com os dois mais próximos dos bairros judeus, em seguida, fui me afastando aos poucos. Esta tarde, já marquei encontro com um possível contato, um padeiro no norte de Amsterdã, então atravesso o canal de barco e, depois de encontrar o padeiro, vou a um consultório odontológico em um elegante bairro residencial. Lá dentro, a recepcionista já está vestindo seu casaco.

— O doutor já estava de saída — diz ela. — São quase cinco horas.

— Meu dente está doendo mesmo. O dr. Rosen não tem apenas alguns minutos? — Espero que ela me diga que não há nenhum dr. Rosen ali, que foi o que aconteceu em todos os consultórios até agora.

Ela suspira.

— O dr. Rosen está doente. Você teria que se consultar com seu sócio, dr. Zimmer.

— Seu... o quê?

— O dr. Rosen está doente. Mas vou pedir ao dr. Zimmer para ver você. Você tem certeza de que é uma emergência?

Assim que ela some de vista, eu escorrego para trás de sua mesa. Uma grande agenda de consultas está aberta em cima dela. Num canto, há um organizador de correspondência de metal, cheio de contas. Eu as percorro rapidamente, esperando encontrar uma com o endereço residencial do dr. Rosen, enquanto escuto a recepcionista na sala ao lado. Nenhum endereço residencial. Tudo está endereçado à clínica. Meus olhos se movem pelas as paredes atrás da mesa, estudando diplomas e certificados. Num canto, há fotografias: um casal de cabelos escuros, que presumo que sejam os Rosen, de pé com... eu me aproximo um passo, para ter certeza de que estou vendo direito. O garoto de rosto redondo que piscou para mim no Liceu. O garoto audacioso e arrogante que me fez lembrar de Bas. *Tobias.*

— O que você está fazendo? — A recepcionista me olha da porta.

— Você teria um lenço de papel? Também sou recepcionista. Às vezes eu os guardo na minha mesa.

Ela franze a testa e pega um em seu bolso.

— O dr. Zimmer não pode vê-la hoje. Ele tem um compromisso pessoal depois do trabalho. Ele me disse para marcar uma consulta para amanhã à tarde. Ele geralmente não atende aos sábados, mas você pode vir à uma hora.

— E se... — Estou improvisando. — Talvez o dr. Rosen possa me ver em sua casa. Você tem o endereço?

Fui longe demais; ela parece muito desconfiada agora. Levo minha mão ao peito.

— Meu Deus, não sei o que deu em mim, pedindo o endereço da casa do dr. Rosen. Acho que as pessoas fazem qualquer coisa quando têm dor de dente. Amanhã, uma hora.

Uma balsa está chegando enquanto pedalo até o cais. Os passageiros que desembarcam são quase todos homens de negócios voltando do trabalho para casa, mas também jovens casais e mães com crianças pequenas. Uma multidão de jovens espera perto de mim para embarcar, brincando e se acotovelando, enquanto falam sobre a escola, os filmes e algum fazendeiro que eles deveriam ter buscado no caminho. Talvez eu devesse ter ficado no consultório do dr. Rosen. Talvez devesse ter sido honesta com a secretária do dr. Zimmer ou fingido estar preocupada com a família Rosen e perguntar onde eu poderia entregar um pote de sopa.

*Espere.* Reconheço uma das vozes na multidão de jovens. Eu percorro o grupo com os olhos até identificar uma cabeça loura familiar. É o entregador da sra. Janssen, aquele que vendeu sua *opklapbed* no dia em que ela me pediu para encontrar Mirjam.

— Christoffel!

Ele se vira e seu rosto fica vermelho quando me reconhece.

— Hanneke, certo?

Os alunos que o cercam, especialmente os meninos, ficam em silêncio, batendo uns nos outros com os cotovelos enquanto tentam descobrir quem eu sou e como Christoffel me conhece.

— Certo. Da casa da sra. Janssen — digo, tentando ignorar a multidão abobalhada.

— *Sr. Tof*, não vai me apresentar para a sua amiga? — grita atrás dele um garoto forte e de nariz largo.

Christoffel cora ao ouvir o apelido. *Tof*, o holandês para descolado. Ele é um garoto bonito que ainda não percebeu isso. Aposto que as meninas já começaram a notar. Ele parece jovem para sua idade, mas em um ano ou dois vencerá seu constrangimento e terá uma fila de candidatas a namoradas virando a esquina.

— Vou à casa da sra. Janssen mais tarde esta noite — diz ele. — Meu pai trouxe um presente para ela de Den Haag... ele vai e volta a trabalho... então eu disse que o levaria para ela.

Den Haag? Vai e volta de trem? Isso é impressionante. Deve ser um trabalho importante. Conseguir um bilhete é difícil para a maioria das pessoas, agora que os trens foram tomados pelo exército alemão para seu próprio transporte. Os homens holandeses geralmente os evitam porque os soldados vasculham nosso transporte público à procura de trabalhadores para enviar para suas fábricas de esforços de guerra. Então, ou o pai de Christoffel é um homem de negócios poderoso ou é membro da Cruz Vermelha, que tem um escritório em Den Haag. Ou ele é membro do NSB.

— Você veio aqui hoje em um passeio de escola? — pergunto. — Você se divertiu?

— Foi legal, mas não sei. Não gosto muito de grandes passeios em grupo. Na verdade, nem gosto de andar de bicicleta, mas não sei se posso dizer isso.

— Não, você não pode dizer isso e continuar sendo holandês.

— E você? — pergunta Christoffel. — O que você estava fazendo no norte de Amsterdã?

— Nada. Dentista.

— Espero que esteja tudo bem. Eu costumava chorar muito quando tinha que ir ao dentista.

— É assustador para crianças pequenas.

— Crianças pequenas? Isso foi no ano passado. — Ele cora ainda mais quando rio da sua piada e sorri por ter pensado nela. Um garoto doce e esperto. — Bem. Eu deveria voltar para o grupo. Eles já estão me perturbando porque não posso sair com eles esta noite. Papai sai amanhã cedo para voltar ao trabalho em Den Haag.

— Foi bom ver você — digo.

Ele se vira para se afastar, mas outra coisa sobre suas últimas palavras se agitam em minha mente. Sua segunda menção a Den Haag. Por que eu estava pensando naquela cidade? Algo a ver com Mirjam. Algo que Mina sabia.

— Espere, Christoffel. Tenho um favor a lhe pedir — digo. Ele volta. — Você acha que seu pai poderia fazer um pequeno desvio? Para um hotel em Kijkduin? Preciso entregar uma carta a alguém lá, e o correio levaria uma eternidade. Mas se o seu pai já vai para lá...

— Que tipo de carta? — pergunta ele.

Já estou pegando uma caneta e usando meus joelhos como apoio para rabiscar um bilhete. Será mais difícil para ele recusar se eu lhe entregar algo já pronto.

— Nada de mais — digo. — É só que o sistema postal é tão pouco confiável atualmente e estou tentando rastrear uma velha amiga por meio de uma conhecida em comum. Quero ter certeza de que a carta vai chegar lá.

Tudo o que escrevo tem que ser irrepreensível. Ao contrário de Ollie, que conheço há anos, não sei quase nada sobre Christoffel. Não importa se o pai dele é ou não do NSB, Christoffel poderia ser um simpatizante. Ele tem apenas dezesseis anos, mas vi membros da Nationale Jeugdstorm, a versão holandesa da Juventude Hitlerista, muito mais jovens do que Christoffel marchando em torno de praças públicas, em treinamento.

*Prezada Amalia,*

*Nunca nos conhecemos, mas entendo que temos alguns conhecidos em comum — Mirjam e Tobias. Você ouviu falar deles recentemente? Moro em Amsterdã agora e esperava poder apresentá-los a outros amigos que estão visitando. Por favor, responda o mais rápido possível; tenho pouco tempo.*

Acrescento meu nome à parte inferior da mensagem e digo que qualquer resposta pode ser enviada pelo mesmo homem que lhe entregou a carta. Então leio mais uma vez o curto bilhete, pesando se devo colocar mais detalhes. Minha caneta paira acima da página. Finalmente, decido acrescentar só mais uma frase.

*Eu sou uma amiga.*

Atrás de Christoffel, os outros alunos pedem que ele se apresse. Começo a dobrar o papel em três partes, como faria com uma carta normal, mas, em vez disso, decido dobrar o papel no complicado formato de estrela, como estava dobrada a carta de Mirjam para Amalia. Faço isso para Amalia acreditar que sou de confiança, que eu sou uma garota como ela. Eu também faço isso porque Christoffel não ousará desdobrar esta carta para lê-la — ele nunca saberia como dobrá-la outra vez. Na face à mostra, escrevo, em letras maiúsculas, HOTEL VERDE, KIJKDUIN. A/C AMALIA. Espero que não haja mais de um hotel verde.

— Obrigada — digo. A balsa quase terminou de atravessar o rio. Os passageiros estão começando a alinhar suas bicicletas para sair logo.

— Christoffel! Vamos! Vamos, *sr. Tof*!

Ele fica vermelho de novo por conta do apelido, que deve ser algum tipo de piada interna. Eu não espero que ele saia antes de abrir meu próprio caminho até a frente da fila para desembarcar. Não quero que ache que ainda tem a opção de me devolver o papel ou que tem outra opção além de me fazer esse favor.

## QUINZE

Todos, exceto Judith, estão na casa de Leo quando chego lá. Sento-me no banquinho no qual me sentei da última vez, ao lado de Sanne, que obviamente está encantada por eu ter aparecido e que logo me diz para fechar os olhos e estender as mãos. Quando o faço, ela me dá um pequeno copo cheio de um líquido com cheiro de zimbro.

— Gim? — Não consigo me lembrar da última vez que tomei uma boa bebida alcoólica.

— Ganhei uma pequena garrafa no meu aniversário, há cinco meses, e a escondi. Tão bem, aparentemente, que não consegui encontrá-la até esta manhã. Todo mundo ganhou dois dedinhos. — Eu inclino a cabeça para trás a fim de virar o gim de um gole só. Ele queima e faz com que meus olhos ardam.

— Você está aqui. — Ollie veio se agachar ao meu lado. Seus olhos parecem cansados, mas surpresos e felizes em me ver.

— Judith disse a Mina que eu tinha que vir.

— Estou feliz que tenha vindo. — Ele se aproxima e roça os nós dos dedos de leve na minha bochecha, um gesto afetuoso, um gesto típico da família Van de Kamp. O sr. Van de Kamp costumava fazer isso com as crianças. Bas costumava fazer isso comigo. O toque faz o calor percorrer minha pele e logo o afasto da minha mente.

Quando Judith não aparece no horário marcado, Willem brinca que ela perdeu o direito a um de seus dois dedinhos de gim e que ele deveria bebê-lo por ela. Quando ela não aparece dez minutos depois, Leo diz que vai querer o outro.

Mas quando ela não aparece dez minutos depois disso, a brincadeira termina e todos nós nos olhamos em silêncio.

— Provavelmente ela teve que ficar até mais tarde na escola ou no teatro — diz Willem. — Ou houve mais bloqueios de ruas.

— Eu aposto que ela está descendo a rua agora mesmo — diz Sanne, forçando um sorriso largo e pouco natural enquanto vai à janela para verificar. — Ela sempre fica com raiva de mim porque a atraso quando vamos aos lugares. Desta vez, vou mostrar a ela que nem sempre é minha culpa. Às vezes, Judith se atrasa por conta própria! — Sanne olha para fora por alguns minutos esperançosos antes de voltar para seu assento. O relógio tiquetaqueia mais alto e o silêncio se torna mais pesado.

Ouvimos passos do lado de fora da porta, e todos relaxamos, mas assim que se aproximam, eles desaparecem. Apenas alguém correndo para casa.

É Ollie quem fala em seguida, com uma voz abafada que ele luta para manter neutra.

— Alguém aqui sabe onde o tio de Judith mora? Estou pensando se não seria hora de nós...

Antes que ele possa terminar, a porta se escancara e Judith tropeça para dentro, carregando uma valise e espanando neve de seu casaco. Meu peito libera um suspiro que eu não sabia que estava segurando, e Sanne grita de alívio, saltando primeiro para abraçar e depois sacudir Judith.

— Estávamos *preocupados* — repreende Sanne.

— Desculpe. — Judith retribui o abraço de Sanne, mas seu sorriso parece forçado.

— Oh, você está toda *suada* — diz Sanne. As gotas escorrem pelo rosto de Judith... eu supus que fossem neve derretida, mas era suor.

— Corri para chegar aqui. Eu sabia que estava atrasada.

— Ela parece pálida e trêmula. Willem também percebe isso. Ele serve uma dose dupla de gim sem nem sequer perguntar se ela quer. Ela aceita, mas não bebe, segurando o copo com as duas mãos.

— Sente aqui no meu lugar — oferece ele, e certifica-se de que ela se sente.

A cor voltou ao rosto de Ollie. Ele pigarreia para chamar a atenção de todos.

— Vamos socializar depois da reunião. Precisamos começar — diz ele, todo focado nos negócios outra vez. — Leo diz que estamos tendo problemas para conseguir comida suficiente para os *onderduikers*. Principalmente carne. Estou feliz que Hanneke tenha vindo hoje. Eu estava esperando que ela pudesse saber...

— Espere. — Judith interrompe. — Nós ainda não decidimos. Não definimos o pretexto de nosso encontro de hoje. O que diremos às pessoas sobre o motivo de termos vindo aqui.

— Não é importante, Judith — diz Ollie. — Estamos atrasados. Isso não importa agora.

— Importa, sim. — Seus olhos parecem estranhamente brilhantes.

— Está bem. Você...

— Isto *é* importante. Eu tenho uma ideia. Do que comemorar. Poderia ser a minha festa de despedida.

— Sua o quê? — A voz de Sanne é tensa. — Do que você está falando, Judith?

Judith limpa as lágrimas com as costas da mão.

— Eles começaram a recolher os familiares dos membros do Conselho Judeu — diz ela. — Meu tio não pode mais me proteger. Recebi a notificação no fim desta tarde para me apresentar no Schouwburg para deportação. — Seu rosto desaba completamente.

Ollie é o primeiro a reagir, abraçando Judith, mais afetuoso do que jamais o vi ser. Sanne estende sua mão e pega a de Judith, e Willem e Leo pegam lenços de seus bolsos ao mesmo tempo. Não sei o que fazer. Não faz nem uma semana que conheci Judith. Eu não mereço estar tão comovida com esta notícia como todos os outros; não mereço estar nem um pouco comovida. Ela me pediu para ajudar e não concordei. Ela pediu mais uma vez, e não concordei. Não concordei, apesar de ter contatos, apesar de ser menos perigoso para mim do que para ela e para Mina. Só vim esta noite porque ela me disse que eu tinha que vir. Não importa se eu fosse acabar chegando a essa conclusão sozinha. Não cheguei a tempo.

— Aposto que esse sempre foi o plano nazista — diz Sanne com raiva. — Recrutar judeus importantes para o Conselho. Fazê-los acreditar que tinham influência real e que isso os permitiria ajudar suas famílias. E então, quando os nazistas conseguissem tudo que precisavam deles, deportar o Conselho também. O Conselho deveria estar *seguro*.

— É desprezível — diz Willem baixinho.

— É pior do que desprezível — diz Sanne. — É demoníaco.

— Tudo bem. — Ollie tenta recuperar o controle da sala. — Sabíamos que isso podia acontecer. — Ele olha para Judith. — Você tem tudo de que precisa?

Judith respira fundo, hesitante, antes de responder.

— O essencial, pelo menos. Um saco de coisas, e estou vestindo a maioria das minhas roupas. — Não é de admirar que esteja suando. Eu deveria ter notado que Judith parecia mais pesada do que o habitual. Os botões do seu casaco estão retesados e pelo menos duas outras saias aparecem por baixo daquela que está usando por cima. — Meu lugar está preparado?

Ollie assente.

— O toque de recolher está muito próximo, então é melhor não levar você esta noite. Você ficará com Willem e comigo hoje e nós iremos amanhã ou no dia seguinte, o que for mais seguro.

— Para onde? — pergunta Sanne. — Para onde você vai levá-la?

— Ele não pode contar — diz Judith, ao mesmo tempo que Ollie balança a cabeça. — Não até que eu tenha chegado lá em segurança. Quanto menos pessoas souberem, melhor. Você conhece as regras.

— Judith, e Mina? — É a primeira vez que falo nesta conversa. É uma pergunta horrível: sua prima, aquela com a risada alta e as covinhas nos cotovelos, que tira fotografias secretas das atrocidades alemãs, é agora uma prisioneira no mesmo teatro no qual tanto se esforçou para resgatar pessoas?

— Mina está segura. Ela também recebeu a notificação hoje. Estava esperando por ela quando chegou em casa. Eu a levei para o esconderijo antes de vir para cá; Ollie já tinha arranjado tudo. Os pais e irmãos dela irão para o deles amanhã. Tudo foi planejado há semanas. Apenas por precaução.

— Sinto muito — digo. Estou me desculpando por tantas coisas com essa frase, mas ela não volta a olhar para mim.

Num piscar de olhos, é quase a hora do toque de recolher. Precisamos começar a sair agora, em grupos de dois. Sanne e Leo se reúnem em torno de Judith, abraçando-a e sussurrando coisas em seu ouvido. Quando ela termina de se despedir, Ollie pega a valise que estava no tapete e leva a mão à maçaneta da porta.

— Você está pronta? — pergunta ele, baixinho.

— Estou pronta — diz ela, então eles saem para a noite.

# DEZESSEIS
*Sábado*

Quando acordo na manhã seguinte, minha mandíbula dói como se eu tivesse passado a noite trincando, rangendo os dentes. Sei que sonhei com Judith e Mirjam Roodveldt. "Por que você não foi uma amiga melhor?", Judith me perguntava, mas quando eu tentava responder a ela, Judith se tornava Elsbeth. "Por que você não vem e me encontra?", Mirjam perguntava, mas quando eu dizia que a estava procurando, ela na verdade era Bas. Acordei diversas vezes durante a noite, sempre sem ter certeza de onde estava, ou de que horas eram, ou de quem estava vivo e quem estava morto.

Quando me arrasto para fora do quarto, ainda de pijama, um som de golpes me alerta que mamãe está em um surto de limpeza. Isso acontece algumas vezes por ano. Esta manhã, ela está de pé em nossa varanda, batendo o tapete com uma vassoura. Papai está sentado à mesa com um pano, polindo toda a nossa prataria, que está arrumada em pilhas bem organizadas ao seu redor.

— Ela se nega a me dar comida até eu terminar — sussurra ele. — Eu... um inválido. Preciso ir para um esconderijo.

Tento não transparecer nada em meu rosto enquanto pego um pano e me sento ao lado dele. Esconderijo. *Judith*. Meu pai está sorrindo, e o ar está impregnado com o cheiro metálico de prata, e Judith e Mina foram recolhidas ao submundo de Amsterdã. Desapareceram.

Papai espera que eu responda. Tento lembrar o que costumo dizer a ele, mas nossa brincadeira usual não me vem com facilidade.

— Que mulher cruel — por fim consigo dizer, esfregando um dos castiçais. — Maltratando você desse jeito.

São nove da manhã. Dormi até mais tarde do que geralmente eles me permitem aos sábados. Ainda há mais de três horas para preencher antes de sair para minha consulta com o dr. Zimmer. E quem sabe quantas horas antes que eu possa descobrir se Judith chegou ao seu esconderijo. Vai ser uma manhã longa e horrível.

Terminei apenas dois castiçais quando mamãe traz o tapete de volta e vê o que estou fazendo.

— Que bom que você está acordada, Hannie. Tenho outro trabalho para você.

Eu paro, com o pano na minha mão.

— Eu não tenho que limpar?

— Seu armário — diz mamãe. — Tantos papéis, não é possível que você ainda precise de todos eles. Separe-os e veja quais podem ser usados para acender o fogo.

É um estranho alívio estar no meu quarto, separando papéis, enquanto meus pais cuidam de suas tarefas no cômodo ao lado. É familiar e mundano, e requer apenas concentração suficiente para me distrair do que aconteceu ontem à noite.

Depois de alguns minutos, mamãe bate na porta, trazendo pão e geleia.

— Está vendo? Não sou uma mulher *tão* cruel. — Ela finge uma cara feia, mas seus olhos não estão com raiva.

Mamãe se ajoelha ao meu lado e pega o item que acabei de pôr de lado, um cartão de aniversário de quando fiz dezesseis anos.

— Você se lembra desse aniversário? Todos fomos patinar no gelo. Elsbeth usou aquela saia de patinação curta, e Bas me desafiou para uma corrida porque achou que seria engraçado, ele contra sua mãe de quarenta anos...

— Mas você o derrotou. Ele não parava de dizer que você tinha trapaceado quando ninguém estava olhando.

Ela lê o cartão de novo, e por um minuto, não há nenhum barulho além do farfalhar de papéis enquanto os organizo em pilhas.

— Você deve pensar que sou mesmo cruel às vezes — diz ela baixinho. — Eu devo enlouquecer você com minha preocupação.

— Do que você está falando?

— Você sabe do que estou falando. O modo como sempre frustro você. O jeito como olha para o seu pai em busca de apoio quando não aguenta minhas perguntas.

Ela está certa; penso essas coisas pelo menos três vezes por dia. Digo isso a ela pelo menos uma vez. Mas não agora, quando seu rosto parece tão perdido e vulnerável.

— É só que já vi guerras, Hanneke — continua ela. — Eu sei o que pode acontecer nelas. Eu sei o que pode acontecer com as jovens garotas durante as guerras. Tento proteger você para que possa crescer e não tenha que se preocupar tanto quanto eu. Não há nada no mundo com que eu me importe mais do que com você. Você entende?

Assinto, confusa, mas antes que eu saiba como responder, mamãe pousa o cartão de aniversário, levantando-se e espanando o pó da saia. Ela beija o topo da minha cabeça, com leveza.

— Acabou o intervalo. De volta aos tapetes. — Momentos depois, os golpes na varanda recomeçam.

Mamãe estava certa sobre este armário ter se tornado uma bagunça; alguns desses papéis têm muitos anos. Papai e eu somos dois acumuladores: ele, por causa do sentimentalismo, e eu porque nunca quero jogar fora nada que possa valer alguma coisa. Atualmente encontramos jeitos para reaproveitar as coisas duas ou três vezes. Mamãe vai usar alguns desses papéis para acender fogo; outros serão usados para lavar janelas ou forrar nossos sapatos.

— Mamãe, onde está sua tesoura de costura? — Pergunto do corredor, pensando em como meus pés ficaram muito frios no outro dia quando tomei chuva. — Eu queria fazer alguns forros.

Depois que pego a tesoura, coloco meus sapatos em cima de uma folha de jornal. Antes de fazer o primeiro traço, porém, vejo que o jornal que estou prestes a destruir é o do dia do aniversário de mamãe. Papai não ia querer que eu usasse esse; ele guarda os jornais de nossos aniversários todos os anos. O que está embaixo é um exemplar de *Het Parool*, um que me lembro vagamente de ter recebido de um cliente há várias semanas, um que eu já deveria ter destruído há muito tempo em vez de guardá-lo em minha casa. Vou usá-lo para fazer forros. Eu gosto da ideia dessa pequena rebelião: carregar um pedaço de papel da resistência nos meus sapatos.

A tesoura de mamãe foi amolada recentemente e corta o papel de jornal como se não fosse nada. Estou no meio do corte do segundo forro. A tesoura escorrega das minhas mãos e cai no chão.

Não posso acreditar no que estou vendo.

Trago o jornal cortado para mais perto. *Estou imaginando coisas?* Mas não: Lá está, inadvertidamente, circundado pelo traço que fiz. Leio a matéria de novo, as palavras nadando na minha frente.

— Hannie, o que foi esse barulho?

A voz de mamãe soa como se eu a ouvisse de debaixo d'água, distante e abafada.

— O quê? — pergunto por fim, incapaz de afastar meus olhos do papel.

— O que aconteceu com meu piso? — Ela suspira, entrando no quarto. Olho para baixo. A tesoura está fincada no chão, abrindo um buraco no piso de bordo de mamãe. — Oh, Hannie. Vou pegar a cera; vamos ver se conseguimos...

— Eu tenho que ir. — Eu me levanto com esforço, vou até o armário procurar para uma saia limpa e tiro a camisola sem nem pedir a privacidade que costumo exigir enquanto me troco.

— Você tem que ir? Aonde?

Minha blusa e minha saia são uma combinação horrível; vesti as primeiras roupas em que pus as mãos.

— Você vai usar isso? — Mamãe franze a testa. — Por que está se trocando agora?

— Eu tenho que ir.

— Mas nós mal começamos as tarefas! Hanneke, essa blusa realmente não combina.

Eu esbarro nela ao passar e pego meu casaco no armário.

— Voltarei assim que puder.

— Hannie! — Mamãe ainda está me chamando enquanto corro para o andar de baixo, pego minha bicicleta e começo a descer a rua.

Pedalo furiosamente pela vizinhança, pegando as ruas esburacadas que costumo evitar porque sei que será mais rápido assim. É apenas coincidência? O que vi no jornal foi apenas coincidência? Não foi, no entanto. Eu sei que não foi.

Do outro lado da rua, uma antiga colega de turma faz compras na loja da sra. Bierman. Ela acena com a mão num cumprimento, mas não paro. Também não paro diante do cliente do sr. Kreuk que chama meu nome, querendo fazer um pedido para a entrega da próxima semana.

Quando chego à casa da sra. Janssen, deixo minha bicicleta encostada na parede externa, mais exposta do que normalmente eu deixaria, passando por ela assim que atende à porta.

— Há alguma coisa errada? — Ela não está com sua bengala e usa o braço do sofá para se equilibrar.

— Eu preciso entrar no esconderijo de novo.

— Por quê? O que você encontrou?

Na cozinha, abro a despensa, empurrando os produtos enlatados para o lado. A sra. Janssen vem mancando atrás de mim.

— Você acha que deixamos passar alguma coisa? — Ela me observa enquanto destravo a porta secreta, empurrando-a para o pequeno cômodo. — Hanneke, o que deixamos passar?

Não deixamos passar nada. Olhamos cada centímetro da sala estéril, a sra. Janssen com sua vista ruim, e eu com a minha ainda boa. Vimos tudo no quarto. Nós só não vimos tudo do jeito certo.

Por um segundo, me preocupo com a possibilidade de a sra. Janssen ter jogado fora o que estou procurando. Mas ainda está ali, o velho exemplar de *Het Parool* que Mirjam estava lendo no dia em que desapareceu, já ficando um pouco amarelado nas bordas.

Rapidamente, desdobro o papel que trouxe comigo de casa. Bem como pensei, é a mesma — uma edição do mês passado. Embora eu saiba que ambos os jornais serão idênticos em todas as páginas, levo a cópia de Mirjam de volta para a cozinha, onde está claro, e abro na mesma seção que eu, sem querer, circulei enquanto estava fazendo os forros.

— O que você está fazendo?

— Shhh, estou tentando pensar. — Ergo um dedo para silenciá-la.

A sra. Janssen sempre foi muito específica sobre a cronologia do desaparecimento de Mirjam: pouco antes de Mirjam ter desaparecido, a sra. Janssen lhe levou esta edição de *Het Parool*. Antes, eu achava que esses dois acontecimentos — a entrega do jornal e o desaparecimento — não tivessem nenhuma relação. Mas e se fossem uma reação em cadeia, na qual um tenha causado o outro? E se Mirjam viu algo no jornal que a fez fugir?

No primeiro dia, quando a sra. Janssen me contou sobre o desaparecimento de Mirjam, ela me contou que Mirjam adorava ler todas as linhas de *Het Parool*, até as propagandas.

Meus olhos encontram o item que eu tinha circulado em casa no meu próprio exemplar do jornal: um simples aviso de três linhas no meio da página.

**Elizabeth sente falta de sua Margaret,
mas está feliz por passar férias
em Kijkduin.**

Não pode ser coincidência. Durante todo esse tempo, achei que deveria entrar em contato com Amalia, porque ela poderia ter um palpite de para onde sua amiga poderia ter fugido. Nunca pensei que Mirjam fosse tentar correr para ela. Mirjam entrou em um trem rumo a Kijkduin?

— Hanneke, fale comigo — diz a sra. Janssen. Eu quase me esqueci de que ainda estava sentada em sua cozinha. — Você está olhando para o nada. Conte! O que está acontecendo?

— Eu acho que sei. Acho que sei o que aconteceu.

✤

A primeira vez que vi Elsbeth:

Ela tinha sete anos, eu tinha seis. Eu estava chorando porque era meu primeiro dia na escola e não conhecia ninguém, exceto um menino que morava no apartamento debaixo do meu e gostava de puxar meu cabelo.

— Qual o seu nome? — perguntou ela.
— Hanneke — respondi.

— Meu nome é Elsbeth.

Ela estava com uma linda fita no cabelo, e a tirou e a amarrou na minha trança.

— Você deveria ficar com isso. Fica mais bonito em cabelos louros mesmo — disse ela. — E não precisa chorar por causa daquele menino. Os meninos são bobos. A primeira coisa de que você precisa é uma melhor amiga.

# DEZESSETE

Idiota. Eu sou uma idiota. Deixei minhas lembranças de Bas ditarem meus pensamentos sobre Mirjam. Fui eu que presumi que, se Mirjam fugiu de um esconderijo, foi porque queria estar com Tobias. Por que não percebi que ela poderia ter corrido para alguém que ama tanto quanto a ele, mas de uma maneira diferente?

O vento açoita meu pescoço, descendo pela minha blusa até a clavícula. Não devo ter abotoado meu casaco; as laterais se agitam descontroladamente atrás de mim enquanto pedalo. Tento apertá-lo em volta do pescoço com uma das mãos, mas só consigo me desequilibrar e entrar na frente de um senhor. Ele corre para a rua e prageja atrás de mim.

O que aconteceu? Os pais de Amalia iam mandá-la para morar com a tia. Isso Mina me contou. Mas e depois? Em algum momento, depois que ela já estava com a tia, ela pôs uma mensagem para a amiga no jornal. Amalia sabia que Mirjam estava escondida na loja de móveis? Elas mantinham algum tipo de comunicação? Planejaram isso com antecedência, uma mensagem secreta nos classificados de um jornal subversivo? Era o sinal para que Mirjam fugisse ou ela apenas viu a mensagem de sua antiga amiga, foi tomada pela emoção e decidiu ir embora?

De qualquer forma, por que não disse nada à sra. Janssen? Ela devia saber como seu desaparecimento deixaria a senhora apavorada.

Eu pedalo loucamente pelas ruas. Agora que tenho uma pista, as engrenagens no meu cérebro começam a girar. Precisarei encontrar Christoffel, para saber se o pai dele chegou a Kijkduin e voltou com uma resposta de Amalia. Se o pai de Christoffel não chegou ao hotel, precisarei ir lá eu mesma e procurar em todos os quartos. De qualquer forma, eu deveria ir à estação de trem e ver se consigo encontrar o condutor habitual dessa rota. Uma garota de quinze anos, em um casaco azul brilhante, viajando sozinha, poderia ter chamado atenção. Mas como ela teria entrado no trem? O agente da estação não teria permissão de vender um bilhete para alguém cujos documentos estavam marcados como *Jood*. Eu preciso perguntar ao sr. Kreuk se posso tirar alguns dias de folga. Preciso descobrir se há um transporte secreto, outra forma pela qual Mirjam pudesse ter chegado a Kijkduin sem pegar o trem. Preciso voltar para casa primeiro, trocar de roupa e inventar uma história para contar a mamãe. Conduzo minha bicicleta nessa direção e estou tão perdida em meus planos que, a um quarteirão da minha casa, quase atropelo Ollie, que está parado no meio da rua e acenando com os braços para que eu pare.

Há algo errado.

É óbvio que há algo errado; ele está parado no meio da estrada, acenando como um lunático.

Mas ele não está acenando como um lunático. Ollie está agitando as mãos com indiferença, quase como se ele não quisesse que eu visse e parasse. Quando paro na frente dele, seus braços caem ao lado do corpo.

— O que você está fazendo aqui? — pergunto. — Eu estava mesmo pensando em você. Tenho novas informações e preciso da sua ajuda.

Ollie esfrega a mão na lateral do corpo; ele correu e agora está com cãibra.

— Acabei de ir procurar você na sua casa; sua mãe disse que tinha saído nesta direção. Preciso falar com você.

— Bom. Você me encontrou.

— É sério.

— Eu sei que é sério. Descobri algo na casa da sra. Janssen. Na verdade, descobri na minha casa, mas não percebi o que significava até... — Algo me impulsiona a continuar falando, porque, se eu estiver falando, Ollie não poderá me dizer o que é que o está fazendo torcer a boca como uma cicatriz.

— Eu tenho algumas notícias ruins — diz ele. — Acho que devemos encontrar um lugar para nos sentar.

— Eu não quero encontrar um lugar para me sentar. Descobri algo hoje. Nós não temos tempo para sentar. — Forço uma risada, como se ele fosse engraçado. — Ollie, recupere o fôlego e vamos lá.

— Não, Hanneke. Aconteceu uma coisa.

— Aconteceu mesmo. Eu sei onde está Mirjam. Vamos.

Ele não me segue. Tampouco tenta me convencer. Apenas fica parado ali, deixando-me absorver todos os protestos, deixando-me perceber quanto o clima entre nós ficou mais pesado.

— Eu posso levá-la de volta aos seus pais se você quiser. Ou podemos ir à minha casa.

— O que foi, Ollie? É... — Mesmo agora, eu paro, porque até que eu diga as palavras, elas não são verdade. — É Judith? Aconteceu alguma coisa no caminho até o esconderijo dela?

— Judith ainda está na minha casa. Não é Judith.

— É Willem? — Vou arrancar os nomes como um curativo, começando com os que doeriam mais. *Permita que seja Leo*, penso. Permita que seja a pessoa que conheço menos. Há algo de errado comigo por pensar assim, por desejar má sorte a Leo, mas sei que tudo na vida deve ter um preço.

— Hanneke. Escute. Fui ao teatro tentar falar com o tio de Judith. Aconteceu, Hanneke. Na noite passada, Mirjam foi levada ao Hollandsche Schouwburg.

## DEZOITO

— O quê? — Eu empurro Ollie para longe de mim, repelindo tudo o que ele acabou de dizer. — Você está enganado.

É claro que ele está enganado. Mirjam não está no Schouwburg. Meus braços se agitam, batendo nele, querendo fazer com que ele retire o que disse.

— Hanneke, houve uma grande busca ontem, tarde da noite. — Ele aperta meus pulsos e os segura contra seu peito. — Eles estavam procurando pessoas cujos nomes estavam na lista, mas quando não conseguiram completar a cota, começaram a levar qualquer pessoa com documentos judeus que encontraram. Foram levadas dezenas de pessoas que ainda não estavam agendadas para serem deportadas. Um dos nomes da lista é M. Roodveldt. Mirjam está no teatro e será transferida em dois dias.

— Mas eu sei para onde ela está indo agora — insisto. — Ela foi para Den Haag. Eles não poderiam tê-la pegado, porque ela não está mais em Amsterdã. Ela não...

— Talvez tenha saído da cidade, mas foi capturada e trazida de volta. Ou talvez o esconderijo temporário tenha sido descoberto antes de ela partir. Muitas coisas podem ter acontecido. Tudo o que sabemos é que alguém com o nome dela está lá.

*Busca. Descoberto. Roodveldt.* As palavras dele flutuam sobre mim, mas nenhuma delas faz sentido. O coração de Ollie bate rápido debaixo de minhas mãos.

— Então temos que descobrir o que fazer agora — digo finalmente. — Para começar, temos que ir ao teatro. Você vai distrair os guardas. Nós temos que ir buscá-la agora mesmo.

— Hanneke. Ouça o que está dizendo.

— Você está certo. Primeiro vamos conseguir ajuda com o tio de Judith. Ele vai...

Ollie aperta mais minhas mãos.

— Não.

— Me solte. Você não precisa ir comigo, mas tem que me deixar ir.

— *Não* — diz ele. — Hanneke, você quer que pessoas sejam mortas? Você não pode arriscar a rede de contatos que levamos um ano para construir, só para voltar lá e fazer perguntas sobre uma garota. Nós não temos mais ninguém infiltrado agora. Judith e Mina estão fora. O tio de Judith não vai nos ajudar. Ele está apavorado, temendo pela própria vida; o Conselho não tem nada da influência que pensávamos que tinha. Se você aparecer lá agora sem saber de nada, estará colocando toda a operação em risco.

— Mas...

— *Não.*

Ele tem razão. Mesmo por trás da minha raiva e frustração, entendo que ele está certo. É um argumento lógico que eu mesma poderia usar se isso fosse sobre qualquer outra pessoa que não aquela que eu estava me esforçando tanto para encontrar. Por que não fui ao Schouwburg ontem à noite? Eu estava me parabenizando por ter rastreado o pai de Tobias, e, em vez disso, deveria ter ido ao Schouwburg.

— Tudo o que fiz foi um desperdício. Tudo... visitar os dentistas, conversar com colegas de escola... eu deveria ter ficado plantada do lado de fora do teatro no segundo em que você me contou sobre ele. Talvez eu a tivesse visto entrar e pudesse ajudá-la.

Ollie tira as mãos da minha e segura meu rosto, sustentando meu olhar.

— Você não sabia qual era a coisa certa a fazer. Amsterdã é uma cidade grande, e Mirjam poderia estar em qualquer lugar.

— Mas, Ollie, e se *não* for ela no teatro?

— Hanneke, eu queria que não fosse ela, mas é.

— Não, *ouça*. M. Roodveldt? Talvez seja um nome diferente. Margot ou Mozes ou... muitos nomes começam com *M*, Ollie. Há alguém no teatro que a viu ou falou com ela, que possa nos dizer com certeza?

— Não consigo descobrir sem fazer perguntas que nos entregariam. Nós decidimos que precisamos fazer uma pausa e nos reagrupar, agora que estão deportando as famílias do Conselho.

*Pense*, digo a mim mesma. *Pense racionalmente.* Se eu não posso entrar no teatro, de que outra forma posso conseguir informações?

— Talvez se encontrar alguém que more do outro lado da rua ou trabalhe nas proximidades. Talvez eles possam tê-la visto entrar.

A boca de Ollie se abre, um movimento rápido que ele tenta esconder.

— O que foi?

— Nada — diz ele, mas tem alguma coisa.

— Ollie, o que é? Existe alguém que possa ter visto algo?

— Eu não posso dizer — protesta ele. — É contra as regras.

— Que se danem as regras, apenas me diga. Quem viu alguma coisa? Por favor, Ollie.

— Hanneke, nós temos as regras por um motivo. Precisamos pensar no bem maior.

Mas ouço uma abertura no que ele está dizendo e me agarro a ela.

— Conheço seu "bem maior", Ollie, mas se o bem pelo qual vocês estão se esforçando tanto é um que não funciona para resgatar uma garota de quinze anos, então vale a pena? Que tipo de sociedade você está tentando salvar?

Finalmente ele exala, com raiva. Eu o irritei com meu apelo.

— Nós não vamos ajudar você a tirar Mirjam do teatro — diz ele. — Não podemos. Mas vou fazer uma coisa, *uma coisa*, para verificar se ela está mesmo lá, para que você não passe o resto da guerra sem saber. E eu só vou fazer isso porque você sairia perguntando aos trabalhadores do escritório se a viram... e isso nos coloca em risco.

Meus ombros se curvam com alívio.

— Obrigada, Ollie. Obrigada.

— Só isso. Não peça mais nada.

Ele olha em volta para se certificar de que ninguém está olhando, então tira um pedaço de papel do bolso e rabisca algo nele. Um endereço, vejo de cabeça para baixo.

— Decore e destrua o papel — instrui ele. — É onde Mina está. Talvez ela possa ajudar.

— Por que Mina poderia...?

Ollie olha para o relógio.

— Eu tenho que ir agora mesmo. Não posso correr o risco de me atrasar para levar Judith para o esconderijo. Virei encontrar você quando eu puder. Pode ser tarde.

— Mas...

— Mais tarde, Hanneke. — Ele parece quase imediatamente arrependido; já está questionando a ajuda que me deu. Tento sorrir, para mostrar que estou grata, que ele tomou a decisão certa, mas não consigo aguentar por muito tempo.

Depois que ele sai, levo minha bicicleta para um beco, para que eu possa decorar o endereço, como Ollie pediu que eu fizesse. Assim que leio os números no papel, sei que Ollie cometeu um erro. O endereço que ele me deu não pode ser o certo. Já estive lá antes. Vou lá todas as semanas.

# DEZENOVE

A campainha toca, mas ninguém vem atender. Parece que não há ninguém em casa, mas quando encosto minha orelha na porta, há um leve som de arranhões, como cadeiras afastadas de uma mesa. Finalmente, a corrente da porta tilinta enquanto alguém a abre. Um olho azul aparece no espaço entre a porta e o batente.

— Sra. De Vries — digo.

— Hanneke. — Ela arqueia uma sobrancelha. — Eu não encomendei nada. Não estava esperando você.

— Não estou aqui para fazer uma entrega. Estou aqui por outro motivo. Você pode me deixar entrar para conversarmos?

— Acho que não. Não é um bom momento.

Ela espia além de mim no corredor vazio, como se quisesse que eu fosse embora. Não consigo nem imaginar como estou: roupas que não combinam, cabelos soltos e embaraçados, a meia com fio puxado.

— Está tudo bem, sra. De Vries — digo, inclinando-me para perto. — Eu sei.

— Você sabe? O que *você* sabe?

Novamente me pergunto se Ollie me deu o endereço errado. A sra. De Vries está tão altiva quanto sempre, um ser humano de gelo. Baixo a voz para quase um sussurro.

— Sou amiga de Mina.

Seus olhos cintilam. Ela leva a mão ao pescoço, mas disfarça o gesto, ajustando o broche no colarinho.

— Você deve ir embora, Hanneke. Hoje não preciso de nada de você.

— Por favor, me deixe entrar.

— Realmente, isso é bastante fora do comum — sibila ela. — Vou falar com o sr. Kreuk sobre isso na próxima vez que o vir.

— Podemos telefonar para ele agora, se a senhora quiser. Mas vou ficar aqui até que a senhora me deixar entrar. Vou cumprimentar todos os seus vizinhos.

Por fim, ela fecha a porta para destravar a corrente, e quando torna a abrir, entro antes que ela possa mudar de ideia. Lá dentro, os gêmeos estão sentados no chão, brincando com carrinhos. Tudo parece normal, exatamente como este apartamento pareceu todas as vezes que o visitei. Nenhum som suspeito. Nada fora do lugar.

A sra. De Vries olha para mim, pegando um cigarro enquanto permaneço de pé no hall. Ela não se oferece para pegar meu casaco. Nenhuma de nós sabe o que dizer à outra.

— Eu vim ver Mina — digo finalmente. — Onde ela está? É importante.

— Há algo errado? A polícia suspeita do meu apartamento?

— É um assunto pessoal.

A sra. De Vries exala uma trilha de fumaça antes de virar as costas para mim. Por um minuto, acho que ela vai me mandar sair de seu apartamento, mas percebo que quer que eu a siga. Nunca fui convidada a ir tão longe, descendo um longo corredor com várias portas de cada lado. A família De Vries é ainda mais rica do que eu tinha percebido; os móveis nos cômodos pelos quais passamos são ornamentados e caros, com quadros pendurados e papel de parede rico e texturizado. Ela para na porta do que suponho que seja a sala de brincar dos gêmeos; há dois cavalinhos de balanço em um canto e estantes de tamanho infantil repletas de livros e brinquedos.

— Hanneke? Me dá uma ajudinha? — A sra. De Vries caminhou até uma dessas estantes e está olhando para mim com irritação, esperando que eu a ajude a empurrá-la.

Finco meus pés no tapete, arrastando a prateleira. Atrás dela, recortada na parede, há uma pequena porta de armário, grande o suficiente para uma pessoa se espremer por ela, mas apenas de joelhos. A sra. De Vries acena com a cabeça me dando permissão para abri-la e, quando faço isso, vejo dois sapatos Oxford e meias três quartos. Mina rapidamente cai de joelhos e passa a cabeça pelo espaço em que é preciso rastejar.

— Hanneke! Eu achei que tivesse ouvido sua voz!

Depois que ela está livre do armário, Mina joga os braços em volta de mim.

— Eu não achei que fosse ver alguém. Judith disse que era muito perigoso. Ollie a levou para o esconderijo? O que aconteceu desde que vim para cá? Parece que faz um ano, embora seja apenas um dia.

Antes que eu possa decidir a qual pergunta responder primeiro, outro som de arranhão vem do espaço baixo. Mina também ouve.

— Tudo bem, vocês dois — diz ela. — É seguro.

— Você não está sozinha? — disparo.

Outro par de pernas, usando sapatos masculinos, aparece no espaço pelo qual Mina acabou de se arrastar. Eles pertencem a um homem velho de barba branca, que pisca na luz. Ele é seguido por uma mulher mais velha, de ar temperamental, com cabelo impecável e maquiagem.

— Estes são o sr. e a sra. Cohen — explica Mina. Ambos assentem desconfiados em saudação. — Esta é minha amiga Hanneke Bakker.

— Prazer em conhecê-los — murmuro, enquanto tento descobrir por que o nome me parece familiar.

— Está tudo bem, Dorothea? — pergunta a sra. Cohen à sra. De Vries. — As paredes internas neste prédio sempre foram tão finas, não pudemos deixar de ouvir.

Volto-me para a sra. De Vries.

— Os Cohen são...

— Meus vizinhos. Sim. Eles estão aqui comigo há alguns dias.

O sr. Cohen estende a mão. Ele cheira levemente a cigarros e couro, um cheiro reconfortante que lembra meu avô.

— Mas quando sua outra vizinha esteve aqui... — eu me interrompo. Quando a mulher com pele de raposa esteve aqui, a sra. De Vries agiu como se estivesse satisfeita com o fato de os Cohen terem desaparecido. Mas também, o que mais ela poderia fazer?

Os Cohen assentem gentilmente para mim, e então a sra. Cohen sugere ao marido que Mina e eu talvez gostássemos de ter alguma privacidade. Eles saem; a sra. De Vries permanece, como se não estivesse disposta a permitir em sua casa conversas das quais ela não possa ter conhecimento.

— Venha, vou mostrar o nosso esconderijo — diz Mina, pegando minha mão e me puxando para a entrada do armário antes que eu tenha a chance de dizer não.

A entrada tem cheiro de tinta, a única pista de que este esconderijo foi construído recentemente. A marcenaria é impecável. Do lado de fora, parece que foi construído na mesma época que o restante do apartamento. Há até marcas de desgaste nos rodapés. A despensa escondida da sra. Janssen é amadora se comparada a isso.

— Nós só temos que entrar aqui quando chegam estranhos — explica Mina. — No restante do tempo, podemos nos mover pelo apartamento. — Ela fecha novamente a porta do armário e a entrada quase desaparece. — Quando cheguei ontem, eles me fizeram treinar várias vezes, vendo com que rapidez todos conseguimos reunir nossas coisas, entrar no esconderijo, garantindo que não deixamos para trás nada que pudesse nos entregar. Você devia ver um de nossos treinos.

— Eu adoraria, mas não agora — murmuro, distraída. Quando Mina fechou a porta do esconderijo, uma brisa fez com que a cortina da janela se abrisse e revelasse a vista de um edifício de pedra grande e familiar.

— O Schouwburg — sussurro. — Este prédio fica exatamente do outro lado da rua do Schouwburg.

Eu só tinha visto as janelas da frente do prédio dos De Vries. Porque nunca fora convidada para entrar além da sala de estar, nunca deduzi qual seria a vista dos fundos. Agora sei por que Ollie me deu esse endereço.

— Mina. Você... — Minha boca ficou seca. Eu engulo e começo de novo. — Você viu o grupo chegar ontem depois da *razzia*?

Mina assente.

— Foi logo depois que eu vim para cá. Houve muitos gritos. Fiquei atrás da cortina e vi tudo, me senti muito culpada porque estava segura e todas aquelas pessoas não.

— Isto é importante: você viu Mirjam? Viu Mirjam ser trazida com essas pessoas?

— Mirjam estava naquele grupo?

— Eu não sei. Alguém com o sobrenome dela estava. Então você não a viu? Você tem certeza?

— Me desculpe, me desculpe. — Os olhos de Mina se enchem de lágrimas. — Eu não sabia que tinha que procurar por ela.

Outra porta se fecha. Outra esperança que desaparece.

— Eu tirei fotos — ela oferece, usando a manga para limpar os olhos.

— Você tirou *fotos*?

— Deixei várias roupas para trás para que minha nova câmera pudesse caber na mala. Eu queria continuar a fazer alguma coisa. Mesmo que esteja presa aqui, ainda posso tirar fotos de tudo o que acontece lá fora.

— Posso ver suas fotos?

O rosto dela murcha.

— Elas ainda não estão reveladas. Eu tirei ontem.

— Então vamos encontrar alguém para revelar. Tenho certeza de que podemos encontrar alguém de confiança. — Mentalmente, percorro minha lista de clientes do mercado clandestino, pensando naqueles de veia artística que podem ter salas escuras no porão. Teve um dono de uma galeria de arte uma vez, mas quando fui a casa dele, vi panfletos com o rosto de Adolf Hitler sobre a mesinha de centro.

Mina balança a cabeça.

— Não podemos... são Anscochrome.

— O que isso quer dizer? — Nunca ouvi essa palavra antes.

— Elas são Anscochrome. É um filme em cores, a marca especial que eu estava esperando para ganhar no meu aniversário. A maioria dos fotógrafos nunca trabalhou com esse tipo de filme; é uma marca meio alemã e meio americana. Mesmo que quiséssemos arriscar e enviar o filme pela fronteira para um simpático fotógrafo alemão, levaria semanas para voltar.

— Mas talvez um professor em uma escola de arte, ou alguém que trabalhe em um jornal... eles poderiam fazer mais rápido, ou...

— Não é uma questão de rapidez. É que os fotógrafos que não conhecem podem estragar o filme.

— Mas... — eu me interrompo, frustrada. Posso pensar em formas de encontrar quase qualquer coisa. Mas não sei como encontrar um fotógrafo para revelar um filme do qual nunca ouvi falar.

— Me dê a câmera — diz a sra. De Vries. Fazia tanto tempo que ela não falava, que quase esqueci que ainda estava no quarto. Mas ali está ela, no canto, os braços cruzados elegantemente. — Me dê — repete ela, uma nota de irritação em sua voz. — Vou levar até um dos contatos de negócios do meu marido.

— Seus contatos de negócios? — repito, inexpressiva.

— Ele publica uma revista — ela me lembra. — Uma revista de moda, cheia de fotografias.

— Mas Mina acabou de dizer que é um filme especial.

— E ele tem contatos especiais. — Ela levanta uma sobrancelha. — Ele conhece todos os tipos de pessoas com acesso à tecnologia e salas escuras particulares. Não vou prometer, mas vou tentar. Me dê isso.

Mina olha para mim de novo e eu gesticulo com a cabeça para que ela entregue a câmera à sra. De Vries.

— Por favor, tenha cuidado — implora ela. — É tão cara, e essas fotografias são perigosas.

A sra. De Vries olha para ela. Ela conhece o perigo; ela está escondendo três judeus em sua casa.

— Você pode ir agora? — pergunto. — Pode ir esta tarde? Ollie disse que a próxima transferência será em dois dias. Preciso saber se a garota que estou procurando está no teatro o mais rápido possível. Você pode ir agora? — Não sei se é porque a sra. De Vries sabe que conheço seu segredo e acha que deve me obedecer, ou se é porque ela quer que isso acabe logo, para que eu saia do apartamento dela. Seja qual for o motivo, ela sai rapidamente do quarto, os saltos altos batendo nos pisos de parquê e, quando a alcanço, já está colocando um chapéu azul-marinho.

— Volto logo — diz ela. E então, porque ainda é sra. De Vries, acrescenta: — Por favor, evite tocar em muitas coisas enquanto eu estiver fora.

Ela veste o casaco, e ficamos apenas Mina e eu, e não há mais para fazer além de esperar.

# VINTE

Mina e eu ficamos na sala de brinquedos das crianças, empoleiradas desconfortavelmente em móveis de tamanho infantil, enquanto o sr. Cohen brinca com os meninos, ajoelhado no chão e os deixando dirigir os carrinhos em suas pernas e em seus braços. A sra. Cohen, sendo útil, lava os pratos na cozinha e nos prepara uma xícara após outra de chá *ersatz*.

— Você tem que ser a outra montanha — diz um dos gêmeos para mim, rolando o carrinho no meu sapato. — Assim cada um de nós pode ter a sua.

Eu afasto meu pé.

— Cada um de vocês poderia *ser* sua própria montanha.

O sr. Cohen sorri.

— Que tal eu contar uma história em vez disso? Haverá muitos carros rápidos, cavalos velozes e montanhas nela. — Ele é tão paciente com os meninos; pergunto-me se tem netos.

— Hanneke, estou preocupada com uma coisa — diz Mina, aproximando sua cadeira da minha.

— Com o quê?

Ela olha para o sr. Cohen e os gêmeos e baixa a voz:

— Aquela *coisa* que mostrei a você quando fizemos uma caminhada. Ainda está *lá*. — Ela lê minha expressão desconcertada e leva as duas mãos ao rosto, imitando um gesto que eu imediatamente reconheço. Sua outra câmera. Está no carrinho de bebê, e ela não teve tempo de recuperá-la. — Você acha que está tudo bem? — pergunta.

Mesmo que não achasse, não vejo o que poderia ser feito a respeito disso ou que utilidade teria eu a deixar ainda mais preocupada do que já está.

— Tenho certeza de que, se uma de suas colegas de trabalho encontrar, vai guardar para você. — Tento tranquilizá-la. De qualquer forma, os guardas parecem não mexer muito com a creche.

Depois de um tempo, os meninos começam a reclamar que estão com fome. Mina encontra batatas e cenouras brancas na despensa e as cozinha com folhas de couve. Todos comemos em silêncio. As crianças começam a bocejar e o sr. Cohen vai levá-las para a cama.

— Hanneke, você vai perder o toque de recolher — avisa a sra. Cohen. — Devia ir embora.

É tarde demais para sair agora. Quero estar aqui no segundo em que houver notícias. Tomei a atitude certa, pressionando a sra. De Vries para sair do jeito que fiz? A sra. Cohen pega uma porção de meias da pilha de remendos da sra. De Vries e, com calma, começa a cerzi-las. O sr. Cohen lê um livro. A noite se arrasta. O céu lá fora passa de arroxeado como um hematoma para negro como breu.

Meus pais devem ter começado a se preocupar uma hora atrás, com mamãe ficando pálida e papai fazendo piadas em voz alta para disfarçar a própria preocupação. Depois a preocupação se tornará raiva: mamãe fica com raiva de mim, por ser tão egoísta e não controlar a hora, e papai fica com raiva porque eu preocupei a mamãe e bravo consigo mesmo por não poder sair e me encontrar. Não sei o que vem depois do estágio da raiva. Nunca testei a paciência deles o suficiente para descobrir. Esta noite terei que fazer isso.

Ao longe, o relógio da igreja marca mais uma hora. Nós quatro trocamos olhares preocupados, e a culpa começa a corroer o fundo do meu estômago. Por que não pedimos o endereço do amigo do fotógrafo da sra. De Vries, ou pelo menos um nome? Por que eu insisti em que ela tinha que ir esta noite, quando amanhã de manhã não teria feito muita diferença? Não gosto da sra. De Vries, mas não quero que nada aconteça com ela.

— Ela não estava fazendo nada ilegal — diz Mina. — Não é ilegal visitar um amigo.

— Eu só espero que, se ela tiver sido parada, tenha sido a caminho do fotógrafo e não no caminho de volta para casa — diz a sra. Cohen. Seu batom perfeitamente aplicado começou a desbotar. — Eles podem não questionar um rolo de filme não revelado, mas se...

— Shh, Rebekkah — o sr. Cohen a interrompe. — Você não vê...?

Ele não termina. O trinco da porta começa a girar. Nós quatro congelamos em nossos assentos. A sra. De Vries entra, suas bochechas coradas, mas ilesa. Ollie a acompanha para dentro.

— Voltei há uma hora — explica a sra. De Vries. — Mas havia soldados marchando na esquina. Não achei que fosse seguro passar por eles, então me escondi em um beco como um mendigo até eles saírem.

— Eu já estava escondido no beco do outro lado da rua — explica Ollie quando Mina corre para abraçá-lo. — Até consegui ver a sra. De Vries nas sombras em seu beco, mas não me atrevi a chamá-la; era completamente absurdo, como se fôssemos atores encenando uma farsa. Eu pensei que os soldados nunca mais iriam embora.

— Você levou Judith? Ela está bem? — pergunta Mina.

Ollie assente. A fazenda para onde a levou está lotada, diz ele, e já tem seis pessoas escondidas lá, dormindo em um celeiro. Mas é segura, com apenas alguns soldados designados para patrulhar a região.

A sra. De Vries tira o chapéu, passando a mão pelos cabelos.

— As crianças estão na cama?

— Dormindo. — A sra. Cohen a tranquiliza.

— Você encontrou seu amigo? — pergunto. Agora que ela está segura, eu me sinto menos culpada por ter pedido que ela fosse. — Seu amigo fotógrafo?

A sra. De Vries tira um pequeno pacote do bolso do casaco. O envelope parece do tamanho errado para conter fotografias de um rolo de filme inteiro.

— Slides — explica ela. — Pelo que entendi, é assim que o filme funciona? — Ela levanta uma sobrancelha para Mina, que assente. — Eu não tenho um projetor. O colega do meu marido disse que nos empresta o dele, mas, obviamente, eu não podia trazer aquela coisa pelas ruas hoje à noite. Você pode, pelo menos, olhar nos slides para ver se encontra sua amiga.

Ela não espera um agradecimento, em vez disso murmura que precisa de um banho quente. Os Cohen também se retiram. Está tão tarde que o céu já mudou de cor e os dois mal conseguiam ficar em pé. Depois que todos os outros foram se deitar, Mina, Ollie e eu nos aproximamos de uma mesa no estúdio vazio do sr. De Vries e tiramos as lâminas do envelope: imagens translúcidas, cada uma com apenas uma polegada de largura. Os quadrados são tão pequenos e há tantas pessoas que seria quase impossível identificar uma na multidão.

— Se colocarmos os slides contra uma lâmpada, vamos conseguir ver as imagens um pouco melhor — sugere Mina. Ela se certifica de que as cortinas pesadas estejam bem fechadas antes de acender a lâmpada na mesa do sr. De Vries. Gentilmente, usando apenas as pontas dos dedos, ela começa a pegar as lâminas uma a uma.

— São coloridas! — exclama Ollie.

Mina assente com orgulho.

— Eu já tinha dito a Hanneke. Meus pais compraram ilegalmente. Não consigo imaginar quanto custa.

Nem eu. Nunca me pediram para encontrar isso, mas deve ser escandalosamente caro.

— Está na ordem certa? — pergunto.

— Está, foi nessa ordem que eu tirei.

Juntos, nós três nos inclinamos sobre as lâminas. As imagens não começam com a busca de Mirjam, como eu esperava. Em vez disso, a primeira imagem é do verão, de um parque público, com grama e flores, e em primeiro plano, uma fileira de homens com estrelas amarelas em seus casacos e as mãos no ar, e em seus rostos, o terror é evidente, mesmo em miniatura.

— Essa foi a primeira vez que usei minha câmera nova — sussurra Mina. — Foi a primeira *razzia* que vi. Passei por ela na rua. Alguém me disse mais tarde aqueles homens tinham sido executados.

— Todas as fotos que você tira são assim? — pergunto.

— Eu economizo o filme colorido, porque é muito caro — responde ela. — Mas as fotografias em preto e branco são assim também, mostram as mesmas coisas.

Mesmo que Mina já tivesse dito que o filme era em cores, não consegui imaginar como as imagens seriam impressionantes. Elas mostram os cantos da guerra sobre os quais não devemos falar. Uma criança com fome. Dois soldados zombando de um homem judeu assustado. Um porão cheio de *onderduikers*, acenando para a câmera para mostrar que estão bem. A cor torna tudo tão saturado, tão próximo como a vida real. Quando olho para fotos em preto e branco, parece que estou olhando algo do passado. Mas isto não é passado. Está acontecendo neste momento. Agora o trabalho de Mina faz sentido para mim. Cada imagem é sua própria pequena rebelião.

Finalmente, chegamos às fotografias de ontem no teatro. Elas contam uma história em miniatura: na primeira, um bonde tinha acabado de chegar, um bonde de rua, reaproveitado para esse tipo de transporte. Está cheio de pessoas usando *Jodensters*, carregando malas ou bolsas de pano. Uma mulher de chapéu cor-de-rosa segura o braço de um homem com um fedora colorido. Duas senhoras curvadas que poderiam ser irmãs estão usando roupas lilás combinando. As cores são lindas e fazem meus olhos doerem.

Na segunda imagem, todas as pessoas do bonde estão de pé perto da entrada dos fundos do teatro. Um soldado tem o braço estendido, obviamente organizando todos em filas. Em primeiro plano, posso distinguir um adolescente com um casaco cor de chocolate mostrando a língua para o soldado, num gesto de desafio que nunca vi.

Passamos vários minutos examinando cada foto. A história continua a se desenrolar: uma multidão confusa de pessoas se transforma em filas bem organizadas, os casais segurando a mão um do outro em busca de apoio mútuo.

Pêssego e vermelho. Verde e preto.

Só faltam mais três fotos quando encontro o que estou procurando. A imagem mostra a mesma cena que as outras: pessoas assustadas carregando malas. Há os prisioneiros capturados, três ou quatro ao lado, entrando no teatro.

Ali, no canto inferior, está Mirjam.

## VINTE E UM

Certa vez, um rato ficou preso em nossas paredes. Ele só parecia fazer barulho quando eu estava sozinha no quarto; papai e mamãe nunca o ouviram e, se eu tocasse no assunto, eles olhavam por cima da minha cabeça e diziam: "Certo. Seu *rato*." Eu devia ter uns nove anos e, por fim, comecei a achar que o rato não era real. Era um amigo imaginário que eu tinha inventado para ter companhia. Então, um dia, Elsbeth veio brincar na minha casa, o rato apareceu perto da cadeira dela, e ela gritou como se estivesse morrendo. Esse foi o momento em que o rato se tornou real, real de verdade. Quando outra pessoa o viu. Quando eu não estava sozinha.

— É ela. — Eu aponto para o slide.

— O quê? — pergunta Mina. — Onde?

— No canto. À direita.

Ela se aproxima, roçando o ombro contra o meu.

— Você tem certeza? Está tão pequena e desfocada.

Quase fora do quadro está uma garota de cabelo encaracolado usando um casaco da cor do céu. O rosto *está* desfocado, não que vê-lo fosse me ajudar de qualquer maneira, só conheço essa garota pela descrição. O que não está embaçado é o casaco azul brilhante e, se eu fixar bem o olhar, duas fileiras de minúsculos botões prateados na frente. Ali está ela, a garota que fugiu de um esconderijo seguro, a garota que era um pouco mimada, que amava um garoto e tinha uma melhor amiga, que se saía bem na escola só para agradar os pais. Talvez seu rosto esteja desfocado porque ela está fazendo exatamente o que gosto de pensar que eu estaria fazendo: procurando uma rota de fuga em vez de seguir as regras.

— Você acha que a sra. De Vries tem uma lupa? — pergunta Ollie. — Existe alguma forma de olhar um pouco mais de perto?

Na gaveta da mesa do sr. De Vries, Mina encontra uma lupa antiga com cabo de madeira esculpido. Chego o mais perto que consigo, passando a fotografia milímetro por milímetro, em busca de qualquer outra coisa que possa ser útil, mas não encontro mais nada.

— Ainda é tão difícil de ver — diz Mina.

— É ela — digo com firmeza. É ela porque sinto uma dor no coração quando olho para essa fotografia. Todas as outras pessoas que estão sendo agrupadas no teatro parecem estar com outras pessoas, famílias ou vizinhos. Ela está sozinha.

— Ela está bem ali, Ollie — digo. Da janela da sala em que estou sentada, eu poderia ver o prédio onde ela está presa, a menos de cem metros de distância.

— É ela — diz Ollie sem emoção. Ele está me observando, me perguntando o que vou fazer em seguida. — É o que nós já achávamos.

— Nós temos que tirar Mirjam de lá.

Ele está balançando a cabeça mesmo antes de eu terminar a frase. Ele esperava por isso.

— Temos que fazer isso, Ollie — continuo. — Olhe para ela. Deve estar aterrorizada.

— Hanneke, nada mudou desde que eu disse que não poderíamos ajudar você.

— *Mudou*, sim. Temos um lugar seguro para ela, aqui mesmo, do outro lado da rua. Mina e Judith conhecem o teatro. Por que você não me ajuda, Ollie?

— Eu não entendo você, Hanneke — dispara ele. — Todos nós estávamos esperando, nos últimos quatro dias, que nos ajudasse com a resistência, com coisas que podem realmente fazer a diferença não apenas para uma pessoa, mas para *centenas*. E agora aqui está você, me dizendo que tenho que arriscar a vida de todos os meus outros amigos para ajudar você? Você é mesmo...

— Eu sou o quê? — Eu o desafio, furiosa, mas mantendo minha voz baixa. — Louca? *Traumatizada?*

— Eu me senti mal por você, Hanneke. Pelo fato de ter tido que sofrer por Bas sozinha. Eu senti muito por você e também achei que poderia ser útil para nós na resistência. Mas se eu tivesse percebido quão cabeça-dura você pode ser, eu não a teria levado para aquela primeira reunião.

— Bas me ajudaria. — É cruel comparar Ollie com seu irmão agora, mas não posso evitar. É verdade. — Ele ajudaria. Ele se perguntaria por que ainda estamos tendo essa conversa quando sabemos exatamente onde ela está. Diria que devíamos ir buscá-la agora mesmo. Você se lembra da festa dele naquele verão, quando meus pais não me deixaram ir porque eu estava doente? Ele se esgueirou pela tubulação só para me levar bolo depois. Bas não seria capaz de suportar que alguém tivesse pedido ajuda para encontrar especificamente essa garota e nós estivéssemos ignorando isso.

— *E ele estaria morto.*

Eu chego para trás, olhando para Ollie.

— O que você acabou de dizer?

— Hanneke. Bas tinha mil qualidades. Um milhão de qualidades. Mas ele era impetuoso e imprudente, e nunca pensava antes de agir. Sabe essa noite da festa, quando ele levou bolo para você? *Você* ficou feliz, mas ele foi punido. Meus pais ficaram furiosos por ele ter ficado fora até tão tarde. E agora? Agora Bas tentaria ajudar a salvar essa garota, e os nazistas o pegariam e ele morreria.

— Você não tem como saber isso — respondo.

— Acha que eu não quero ajudar você? Você não sabe como é difícil pensar no que poderia acontecer com aquela garota, sozinha? Quero ser como Bas o tempo todo, porque ele era encantador e divertido. Mas não era perfeito. Alguém tem que ser cuidadoso. Alguém tem que pensar, a cada momento de cada dia, o quão perigoso poderia ser um único deslize.

O cabelo dele está grudado de um lado do rosto; ele tem olheiras. Deve estar exausto. Não sei quantos quilômetros teve que pedalar pelo campo para levar Judith ao esconderijo, e depois veio direto para cá. Olhar para ele me faz perceber o quanto eu também estou cansada. Uma infinidade de coisas aconteceu desde a última vez que nós dois dormimos.

— Hanneke? Ollie? — É Mina, ainda sentada à mesa do sr. De Vries, ainda segurando as fotos. Ela, obviamente, não estava sequer ouvindo nossa conversa.

Seu rosto está congelado de horror.

— Mina? O que foi? — pergunto. Ela aponta para as fotos, em direção à última série de imagens que ainda não olhamos.
— Mirjam também está nessas? — Eu volto para a mesa, inclinando-me para ver o que ela está apontando. — Me deixe ver.
— Não é isso. É que... eles estão fechando a creche. — Ela me entrega a lupa antes de continuar. — Olhe, nesta aqui... são as outras ajudantes, levando todas as crianças para o teatro. Elas nunca saem em grupos grandes assim. Eles vão fechar o berçário e transportar as crianças com Mirjam. — Eu forço os olhos e vejo um desfile de crianças pequenas e duas das jovens que eu vira trabalhando na creche com Mina.
— Sinto muito — digo a Mina. — Eu sei que você as conhecia bem. — Mas ela está balançando a cabeça, apontando de novo para o slide.
— Não. Olhe — diz ela. — *Olhe*.
Eu olho. E finalmente entendo do que ela está falando. As crianças mais velhas da creche estão entrando no teatro. Duas das mais novas estão em carrinhos. E um carrinho específico. Aquele que carrega as fotografias da guerra brutal e da resistência secreta e de todos que conheci e com quem passei e me importar nos últimos dias.
— Eles vão encontrar a câmera em um minuto — diz Mina. — Os nazistas. Quando o carrinho for para o campo de trânsito. E vão descobrir todos nós.
Ollie parece completamente confuso; ele nunca ouviu falar da câmera e não tem ideia sobre o que Mina está falando. Mas eu sei. E sei que há alguns minutos, quando vimos Mirjam nas fotografias e Ollie me disse que nada havia mudado — ele estava errado. Tudo mudou.

## *Domingo*

— O que vamos fazer? — pergunta Sanne pela quinta vez e, pela quinta vez, ninguém tem uma resposta.

Ollie correu pela cidade com sua bicicleta para reunir todos aqui. Primeiro, foi até o seu apartamento, onde Willem já tinha saído bem cedo para uma aula, e depois até o de Leo, que prometeu buscar Sanne e ir direto para a casa da sra. De Vries. Agora, todos estão aqui, exceto Willem e Judith, que conhece o teatro melhor do que qualquer outra pessoa e que pode nunca mais voltar a participar de uma reunião.

— Não acredito que você foi tão estúpida — Leo repreende Mina. — Eu não tinha a menor ideia que você estava tirando fotos. Estávamos tentando salvar vidas de verdade e você passeando por aí com sua câmera? Eu disse a todos que você era muito nova.

— Não grite com ela — avisa Ollie. — Não grite de jeito nenhum. — Ele inclina a cabeça para a porta fechada do estúdio. A sra. De Vries está furiosa por estarmos todos aqui. Ela não saiu um instante da janela da frente, prometendo que colocará todos nós para fora na mesma hora, se ouvir um barulho vindo do estúdio.

— Já está feito, Leo, ok? — diz Sanne. — É tarde demais para mudar o fato de que ela fez isso. Agora temos que descobrir o seguinte: o que vamos fazer?

— Vamos encontrar uma solução — diz Ollie. — Talvez ninguém encontre a câmera. Havia meses que Mina a estava usando e as outras voluntárias na creche não perceberam. É possível que isso aconteça, Mina?

Mina inclina a cabeça, parece estar sofrendo.

— Você sabe que não. Quando chegam aos campos de trânsito, eles revistam os itens pessoais de todo mundo... às vezes as pessoas tentam costurar joias ou dinheiro dentro de seus casacos e malas. Os guardas vão rasgar as costuras do carrinho. E quando fizerem isso...

Todos sabemos o que acontecerá quando eles fizerem isso. Fotos dos ativistas da resistência. Fotos de dezenas de interações secretas, de crianças se escondendo, de pessoas inocentes.

— Mas como você sabe que eles vão levar o carrinho para a estação? — pergunta Sanne. — Quando as pessoas são convocadas para o transporte, geralmente só têm autorização de levar uma mala. Por que os guardas deixariam uma família levar um carrinho? Talvez seja deixado no teatro.

— Como isso melhora as coisas? — emenda Leo. — Você acha que a câmera não será encontrada lá com a mesma facilidade?

— Não melhora as coisas — diz Sanne na defensiva. — Só estou dizendo que não temos certeza de que o carrinho será revistado, quando ou por quem. Nós nem temos certeza de que todas as crianças estarão nessa leva. Eu sei que eles costumam levar os prisioneiros na ordem em que eles chegam, mas às vezes não. Existe alguma forma de entrar no teatro?

Ollie balança a cabeça.

— Eles conhecem todos que trabalham lá e não vão quebrar nenhuma regra para deixar novas pessoas entrarem agora. Tudo mudou desde que os membros do Conselho e suas famílias começaram a ser chamados.

— E se perguntássemos a Walter? — sugere Leo. Sei que Walter é o homem que supervisiona o teatro, que ajuda a falsificar documentos para as crianças na creche.

O tom de voz de Ollie é definitivo.

— Não. Esta não é uma missão da resistência. Isso fomos nós ferrando com tudo. Nossa própria estupidez. Nós não vamos envolvê-lo nisso antes de termos tentado consertar nós mesmos.

— Eles *vão* levar o carrinho para a estação de trem — sussurra Mina. — Eu sei disso. Nunca deixam nada para trás no teatro; está lotado lá e eles estão sempre tentando colocar mais pessoas. O carrinho vai para a estação de trem; vocês têm que acreditar em mim.

Sanne estremece, então respira fundo e começa de novo:

— Ok. Você está dizendo que nós teríamos que recuperar a câmera, mas não enquanto ela estivar no teatro. Teríamos que pegá-la quando o transporte sair do teatro, a caminho da estação. E teria que ser em segredo. E ninguém poderia nos ver. Certo?

— Nós estaríamos do lado fora depois do toque de recolher — diz Leo. — Precisamos pelo menos de documentos especiais.

— Ou de um disfarce — diz Sanne. — Um uniforme da Gestapo seria melhor... de nível alto o suficiente para percorrer a cidade após o toque de recolher sem ser questionado.

— Não temos como conseguir um — diz Ollie, taxativo. — Se tivéssemos, esse plano poderia funcionar. Mas não temos. Sei que outros grupos da resistência roubaram uniformes alemães para usar em suas operações, mas não conhecemos ninguém que tenha um agora e não vamos conseguir organizar uma segunda operação secreta para conseguir um. Com certeza não nos dois dias que temos antes da transferência. Vamos pensar em outra coisa.

— Vocês estão todos sendo estúpidos — diz Mina, balançando a cabeça. — Claro que há uma forma de entrar no teatro. Eu deveria estar lá agora mesmo. Eu deveria me apresentar para transferência. E é o que vou fazer. Vou me apresentar para transferência e, depois que entrar, vou encontrar a câmera e destruí-la.

— E vai ser enviada para um campo — diz Ollie em voz baixa.

— E?

— Mina... — começa Sanne.

— O quê? — interrompe ela, feroz, sua voz falhando. — É minha culpa e de mais ninguém! Leo acabou de dizer isso. E vocês sempre falam como a missão é mais importante do que qualquer um de nós. Eu vou fazer isso. Vou me apresentar esta tarde.

Sanne abre e fecha a boca mais uma vez. Ollie enterrou a cabeça nas mãos e Leo olha fixamente para a mesa. Ninguém diz nada. Ninguém precisa. A proposta de Mina é horrível, mas também é a melhor opção que eles têm.

Eu pigarreio.

— Eu posso conseguir um.

É a primeira vez que falo em toda esta conversa. Todo mundo se vira em minha direção. Há tantas coisas que fiz errado nesta guerra. Começando com Bas, lá no início. Mas durante todo o tempo. As vezes em que eu soube que as coisas estavam erradas disse a mim mesma que o melhor era ignorá-las.

— Mina não precisa se entregar. Posso ajudar vocês a pegarem a câmera — continuo. — Mas quando fizer isso, também quero tirar Mirjam Roodveldt de lá. Não pedirei a nenhum de vocês que me ajudem com essa parte. Eu mesma assumirei os riscos; se for pega, direi que estou agindo sozinha.

Ninguém responde.

— Vocês estão dizendo que precisam de um uniforme para pegar a câmera — digo por fim. — E eu estou dizendo que sei como conseguir um uniforme.

※

A penúltima vez que vi Elsbeth:

Ela tinha dezoito anos, eu tinha dezessete, Bas estava morto. Ela já conhecia seu soldado nessa época. A mãe dela não se importou com o relacionamento. Seus pais apoiavam a ocupação alemã, embora não deixassem isso óbvio. Era um apoio privado e obsequioso.

Isso foi seis meses depois da invasão. Minhas notas tinham caído, enquanto o restante da escola tentava se equilibrar, como se tudo estivesse normal. Elsbeth era a única amiga que eu ainda via. Ela vinha religiosamente, todos os dias, mesmo que eu só olhasse para a parede e não dissesse nada. Ela mexia nos meus cabelos, ou me contava as últimas fofocas, ou trazia presentes aleatórios que não serviram para nada além de produzir uma sombra de sorriso: um brinquedo de liquidação. Um cartão engraçado. Um batom do tom mais horrível de coral, com o qual ela pintou toda a boca, franzindo os lábios e dando uma volta pelo meu quarto, me dizendo para beijá-la.

Certa tarde, Elsbeth veio e se sentou no chão do meu quarto, folheando as revistas que tinha trazido, seu último esforço para me animar. Ela estava mais calada que o habitual. Olhei para meus pés e Elsbeth sorriu como uma esfinge, como se alguma coisa tivesse acontecido e ela quisesse que eu adivinhasse o que era. Finalmente, ela não conseguiu mais se conter.

— Rolf me ama — disse ela. — Ele me disse ontem, e eu respondi que também o amo.

— Não, você não o ama — respondi automaticamente. — Você não o ama. Você flerta com todos.

Ela franziu os lábios, e percebi que estava buscando paciência antes de responder.

— Flertei com garotos suficientes para saber a diferença. Eu amo Rolf. Ele quer se casar comigo. Depois da guerra, vou com ele para a Alemanha.

— Você não pode — falei para ela, mas, mesmo enquanto dizia isso, não tinha certeza sobre o que eu estava falando que ela não podia fazer. Casar-se com um alemão? Sair do país? Ter alguém quando eu não tinha ninguém? Suas palavras doeram em mim, fizeram doer até as partes que eu achava que já estivessem mortas. Como ela poderia querer se casar com um deles? — Você não pode, Elsbeth. Quer que eu fique feliz por você, mas não consigo. Não posso perdoar você por amar o lado que matou Bas.

— Rolf não matou Bas. Rolf nem queria *estar* neste país. Ele quer que a guerra acabe para poder ir para casa — disse ela. — Ele não concorda com o que a Alemanha está fazendo... ele foi enviado para cá. Você só está chateada agora.

— *Claro* que estou chateada agora — explodi. — Você consegue ouvir o que está dizendo? Quer se casar com um nazista, depois do que eles fizeram com Bas.

— Sinto muito, Hanneke, por não poder me sentar com você e ficar deprimida para sempre — cuspiu ela. — Sinto muito por estar seguindo em frente com minha vida.

— Eu também sinto muito. Sinto muito, porque era o seu namorado que devia estar morto, não o meu. Espero que ele morra em breve.

Ela olhou para mim por quase um minuto inteiro antes de voltar a falar:

— Talvez seja melhor eu ir agora — disse por fim. — Tenho mesmo que me encontrar com Rolf.

— Vá — eu disse. — E não volte nunca mais.

## VINTE E DOIS

As ruas ainda estão silenciosas quando saio da casa da sra. De Vries. Algumas crianças indo para a escola, alguns leiteiros e varredores de rua, mas, fora isso, nossa reunião matinal acabou antes da hora que eu normalmente saio para o trabalho. Estou um pouco eufórica e meio morta; moscas volantes flutuam diante dos meus olhos sempre que olho muito tempo para uma coisa.

Talvez meus pais ainda não estejam acordados. Talvez eles tenham ido dormir na noite passada e deixado a porta destrancada para mim. Eles já fizeram isso antes. Não com frequência. Mas pelo menos duas vezes foram se deitar cedo sem se certificar de que eu havia entrado antes do toque de recolher. Tiro os sapatos na entrada do meu prédio e subo as escadas na ponta dos pés.

Quando estou a três passos da porta, ela se abre.

— Onde você estava? — Minha mãe me esmaga contra seu peito. — Onde você *estava*?

— Me desculpe — digo automaticamente. — Eu sinto muito; eu estava com algumas pessoas, e não percebi como tinha ficado tarde. Como já tinha passado do toque de recolher, tive que ficar.

— Que pessoas? — Atrás da minha mãe, em sua cadeira, o rosto do meu pai está inexpressivo e frio. Ele quase nunca se irrita, mas quando o faz, é muito mais terrível do que minha mãe. — Que amigo deixaria você preocupar seus pais?

— Alguém do trabalho — invento. — Eu estava ajudando o sr. Kreuk. Foi para um funeral. Ele precisou que eu fosse conversar com a família. Foi por isso que saí daqui correndo tanto ontem; eu quase esqueci. Eles estavam sofrendo, e não senti que eu poderia ir embora, e então o toque de recolher passou e fiquei presa.

— Sr. Kreuk? — diz ela.

— Ele também pediu desculpas.

— Eu vou vê-lo agora mesmo. Eu vou vê-lo agora e dizer a ele...

— Claro — interponho. — É claro que você deve ir visitar o sr. Kreuk. Só espero que ele não sinta que precisa contratar outra pessoa, já que não pode contar comigo para trabalhar à noite em casos de emergência. — Estou rezando para que ela não vá ver o sr. Kreuk. Ela não ia querer fazer nada para pôr em risco meu emprego.

— Você tem alguma ideia do que nos fez passar? — pergunta meu pai. — Tem ideia de como foi a noite passada?

— Tenho. Eu posso imaginar. Mas estou bem. Eu estou bem.

Mamãe me solta do abraço, virando-se para meu pai. Suas mãos cobrem e esfregam o rosto. Ela está chorando? Quando ela se vira para mim, não há lágrimas, mas seu rosto está corado e com manchas vermelhas.

— Me desculpe — começo a dizer mais uma vez, mas ela me silencia com um aceno de cabeça.

— Vá trocar de roupa e volte para o café da manhã.

— Vá... o quê?

— Suas roupas. Eu vou preparar o café da manhã. Você vai tomar café da manhã. Nunca vai passar a noite fora sem nos avisar, nunca mais. Mas agora, você vai trocar de roupas, pentear seus cabelos e não falaremos sobre a noite passada.

Não sei por que ela está me oferecendo essa chance, talvez seja só porque está tão exausta quanto eu, talvez não queira brigar hoje, de qualquer forma, mas vou aceitar.

No quarto, passo um pente pelos cabelos e coloco um vestido xadrez que minha mãe adora, mas eu odeio. É um gesto de conciliação, e ela vai entender. Minha cama ainda está desfeita da manhã de ontem e desejo desesperadamente me arrastar para ela. Em vez disso, vou ao banheiro jogar água fria no rosto e trago um pouco de cor de volta às minhas bochechas. Quero ver Ollie e o resto do grupo para que possamos continuar a fazer planos. Mas ficamos acordados por tanto tempo que decidimos que era melhor descansar e trocar de roupa. Ollie disse que me encontraria mais tarde.

Quando saio do meu quarto, mamãe está andando pela cozinha, pegando comida nos armários, não apenas o mingau que costumamos tomar no café da manhã, mas o restante de nossos ovos e um pedaço de presunto que eu nem tinha percebido que ela estava guardando. Em vez do pensamento cuidadoso e responsável que ela geralmente tem, mamãe está preparando o café da manhã como se não houvesse uma guerra, como se tudo estivesse normal.

— Pão? — pergunta ela quando me ouve entrar, a parte de cima do seu corpo enfiada na despensa. — Se eu fatiasse pão, você comeria?

Olho para papai, tentando descobrir como devo responder, mas ele não encontra meu olhar.

— Se você quiser, fatie. Vou comer qualquer coisa que fizer.

Nós nos sentamos à mesa com mais comida do que normalmente comemos em uma semana. Posso perceber que papai não acredita na minha mentira. A cada mordida que dou, os olhos dele continuam fixos em mim. E o mesmo acontece enquanto falo sobre qualquer bobagem em que consigo pensar — o tempo, o botão solto na minha saia, os nabos que vi a preço bom — e, na minha mente, me pergunto quanto tempo terei que esperar até que Ollie chegue. Será que vai tentar entrar em contato com Judith primeiro, para ver se ela tem alguma ideia? Ele disse especificamente que viria a mim, ou eu deveria encontrá-lo? Estou tão cansada que nem penso com clareza. Devo ir ao apartamento de Leo e esperar?

É domingo, não é um dia em que eu costumo trabalhar, então não tenho nenhuma desculpa para sair de casa. E, de qualquer modo, mamãe está me observando como um falcão. Em vez de fugir, ajudo com as tarefas de ontem. Lavamos as janelas, varremos o chão e terminamos de polir a prataria. Quando ficamos sem cera, sugiro, esperançosa, que posso pedir um pouco emprestada com um vizinho, mamãe, triunfante, pega outro frasco. Quando sugiro que posso ir comprar um jornal para todos nós, é papai quem me impede, dizendo que ele tem uma ideia melhor do que ouvir as notícias.

— Por que você não toca um pouco, Gerda — diz ele à minha mãe, como um incentivo.

— Ah, um vizinho pode estar cochilando e preciso descascar as beterrabas para o almoço — protesta minha mãe.

— Toque alguma coisa, mamãe. Eu vou descascar as beterrabas.

A princípio, sugiro isso porque acho que a música a deixará de bom humor. Mas quando ela se senta ao piano, também tenho vontade ouvi-la tocar, como costumava fazer. Antes da guerra, eu conseguia ouvir a música no meio do quarteirão, primeiro uma melodia tocada por minha mãe e, alguns segundos depois, uma versão lenta e atrapalhada de um aluno.

Ela não começa a tocar de imediato, apenas deixa as mãos descansarem nas teclas. Quando finalmente começa, é uma melodia simples, uma que até eu consegui aprender antes que mamãe admitisse que eu não tinha talento musical. É básica e simples, não o tipo de música que você tocaria para se exibir. A faca de descascar paira na minha mão. Essa música me faz lembrar de ser jovem e despreocupada. Mamãe a toca de novo e de novo, cada vez adicionando uma nova variação que torna a melodia mais complexa, até que a simples melodia original só seja audível sob os sons tremulados e os acordes acima dela. No entanto, ela ainda está lá, quando escuto com atenção.

Depois de uma hora, mamãe está perdida na música e papai cochila na cadeira. Acho que minha transgressão está quase perdoada. Em mais uma hora, vou tentar sair. Direi a eles que fiz planos com Ollie. Meus pais gostam dele. Assim que estabeleço esse plano, ouço um barulho, mesmo com o som da música de mamãe. Ela também ouve e para, seus dedos a alguns centímetros das teclas.

— Hanneke! — O chamado vem do andar de baixo e, como a voz é meio sussurrante, é difícil distinguir a quem pertence.

Abro a janela com os dedos manchados de beterraba, inclinando meu tronco para ver quem está de pé em nossa entrada.

— Ollie? Você está aí?

— Não, sou eu. — Uma figura alta, ao lado de uma bicicleta, recua e tira o chapéu.

— Willem? O que você está fazendo aqui?

— Me desculpe — diz ele, sussurrando, tentando não incomodar os vizinhos. — Ollie me deu seu endereço, mas não disse o número do seu apartamento. Eu não sabia qual campainha tocar.

— Eu já vou descer.

Assim que fecho a janela, mamãe se levanta, o banco de piano raspando o chão.

— Quem é?

— Um amigo. Ele não sabia o número do apartamento. — Começo a vestir meu casaco. — Eu disse a ele que já vou descer.

— Não, você não vai descer. Não com um rapaz que não conheço.

— É Willem, ele é o colega de quarto de Ollie. — A tigela de beterraba ainda está no chão, onde eu terminava de descascá-las. — Você quer que eu coloque isso no fogão?

— *Não*. — Mamãe bate a tampa no piano, fazendo um terrível barulho de madeira estalando. — Eu proíbo isso. Você ficou fora a noite toda de ontem.

— Eu não ficarei fora a noite toda desta vez — explico pacientemente. — Só quero falar com Willem por um instante.

O queixo dela treme e seus olhos têm um ar selvagem.

— Eu proíbo você de sair desta casa de novo. Você ainda é minha filha, Hannie.

— Ah, mãe, eu não sou mais criança. — É o tipo de coisa que eu gritaria com raiva, só que quando digo isso agora, apenas me sinto cansada e triste. — Eu trago o dinheiro para esta casa. Compro os alimentos, resolvo todas as coisas. Mamãe, sou *eu* que cuido de *vocês*.

O rosto de mamãe se enruga e toda a boa vontade que conquistamos durante o café da manhã e enquanto ela tocava piano desaparece.

— A filha que conheço nunca teria falado comigo dessa maneira.

Não é nada que ela não tenha me dito dezenas de vezes, mas desta vez dói. Estou farta dessas comparações com a garota que eu era antes da guerra. Estou cansada de repassar todas as formas de como eu era melhor e todas as coisas que nunca voltarei a ter.

— Essa filha não existe mais — digo a mamãe, e minha voz é resignada. — Ela se foi e nunca mais voltará.

## VINTE E TRÊS

— Você está bem?

Willem pega meu braço assim que eu saio. Pergunto-me se ele ouviu a discussão pela janela ou se está apenas vendo a perturbação em meu rosto.

— Estou bem.

— É assim que você fica quando está bem? — pergunta ele, em tom de brincadeira.

— Não, é assim que fico quando não quero falar sobre um assunto.

Se eu dissesse isso a Bas, ele teria erguido as mãos, imitando garras de gato, sibilando e fingindo atacar o ar até eu rir. Se eu dissesse isso a Ollie, ele responderia algo igualmente sarcástico, dando o melhor de si. Quando digo isso a Willem, ele só assente, preocupado.

— Desculpe — digo. Não quero pensar no olhar magoado de mamãe quando saí pela porta. — Ollie mandou você?

Willem explica que Ollie viria pessoalmente, mas ele pediu que Willem o deixasse dormir por vinte minutos antes.

— Eu vou deixá-lo dormir por algumas horas em vez disso — diz ele. — Ele vai ficar furioso quando acordar, mas quase não estava falando coisa com coisa. Se o deixasse vir até sua casa, nós teríamos que pescá-lo de um canal esta tarde. Ele trabalha demais. Então, sou só eu e, com sua ajuda, você e eu.

— Você e eu para o quê?

— Sanne e Leo estão trazendo comida para algumas das crianças escondidas. Quando Ollie acordar, ele vai ao esconderijo de Judith tentar descobrir qualquer coisa que puder sobre os soldados que costumam liderar o transporte. Você se ofereceu para conseguir o uniforme. E espero que me ajude a fazer o meu trabalho também.

— Qual é o seu trabalho?

— Meu trabalho é encontrar a rota de fuga.

Nem de longe eu conheço Willem tão bem quanto Ollie, mas ele tem uma bondade reconfortante que logo parece familiar. Enquanto caminhamos pelo meu bairro, ele mantém a cabeça inclinada em direção à minha, como se estivéssemos tendo uma conversa íntima, mas o que realmente está fazendo é explicando o Schouwburg.

Um pouco disso eu já conheço. O teatro é apenas um lugar de parada; judeus são levados para lá por alguns dias ou semanas. Depois do teatro, o próximo destino é um campo de trânsito em outros lugares da Holanda. Os prisioneiros também não ficam nesses lugares por muito tempo, explica Willem. São apenas estações antes que sejam tirados do país, para outros campos com nomes estrangeiros, para lugares onde jovens saudáveis podem morrer de doenças misteriosas.

Mas antes que tudo isso aconteça, os judeus são amontoados em trens numa estação nos arredores da cidade. E para chegar à estação ferroviária, soldados às vezes colocam os prisioneiros em bondes ou caminhões. Mas, muitas vezes, só os obrigam a caminhar.

Não é muito longe, cerca de dois quilômetros. Eles não bloqueiam as ruas nem fazem preparações especiais para o transporte. Às vezes, fazem isso de noite, enquanto o restante da cidade finge dormir atrás de suas cortinas grossas. Às vezes, eles fazem isso em plena luz do dia.

Então essa é a nossa chance. Em algum momento entre o Hollandsche Schouwburg e a estação de trem, precisamos tirar a câmera do carrinho — que provavelmente terá um bebê nele. É preciso encontrar Mirjam, distrair os guardas e correr com ela para um local seguro sem que ninguém perceba. Só isso.

— Mas e os soldados?

— Isso é com Ollie e Judith — responde Willem. — Esse é o trabalho deles hoje. Você e eu, nosso trabalho é apenas a geografia. Nós vamos conseguir fazer isso. Tudo vai ficar bem.

Eu quero acreditar nele. Ele parece seguro, e me apego a essa certeza. Não porque eu ache que ele está certo, mas porque é bom ter alguém me dizendo que tudo vai ficar bem.

Ao meu lado, Willem olha o relógio e começa a andar mais rápido.

— Precisamos nos apressar. — Ele pega minha mão para me puxar. — As deportações para Westerbork costumam acontecer na ordem em que as pessoas chegaram. Os prisioneiros da busca em que Mirjam e o carrinho foram pegos devem ser transferidos em um transporte noturno amanhã. Gostaria que pudéssemos praticar observando outro acontecendo à noite, mas não há nenhum... teremos que seguir um esta tarde para descobrir o caminho que eles percorrem.

— E se não houver nenhuma brecha na rota? — pergunto.
— Há pelo menos uma.
— Qual?
— Eles provavelmente não acham que alguém seja estúpido o suficiente para se passar por nazista e parar um transporte. Então não estarão esperando por isso.

Paramos no final do quarteirão do Schouwburg, perto o suficiente para ver a entrada do teatro sem parecer que estamos de fato observando. Willem se inclina sobre sua bicicleta; ele desencaixou a correia e agora finge que a está consertando, colocando-a de volta sobre a roda dentada. Isso nos dá um motivo para demorar ali. Enquanto ele finge trabalhar, observo a pesada porta do teatro.

É um pouco antes das quatro horas. Às quatro em ponto, a porta se abre. Cutuco Willem com o pé, e ele facilmente desliza a corrente de volta ao lugar, suspirando, como se sentisse muito por sua bicicleta quebrada ter nos segurado ali por tanto tempo. Os soldados aparecem primeiro, dois deles, um mais jovem e outro que lembra o irmão mais velho do meu pai, aquele que ainda mora na Bélgica e costumava mandar dinheiro no meu aniversário.

Os prisioneiros os seguem, carregando malas, desgrenhados e cansados, como se não dormissem há dias. A multidão é grande, talvez setenta pessoas, e os soldados a conduzem pelo meio da rua. É um lindo dia de inverno em Amsterdã, e embora existam outras pessoas na rua, casais como eu e Willem, ninguém age como se o desfile forçado de pessoas seja algo fora do comum. Nosso senso de normalidade tornou-se aterrorizante.

Mirjam não está ali, mas há garotas da idade dela ou mais novas, cercadas por jovens casais e homens de meia-idade. Um deles passa por nós, vestindo um casaco de tweed verde e chapéu de feltro. Ele mantém os olhos fixos à frente, mas algo neles é familiar, algo neles me faz pensar em pó de giz. É meu professor da terceira série. Aquele que costumava levar uma caixa de doces às quartas-feiras e dá-los aos alunos, um a um, à medida que saíamos. Não consigo lembrar o nome dele. Eu não sabia que era judeu.

O soldado que parece meu tio grita alguma coisa. Fala rápido em alemão; não consigo entender as palavras, mas posso entender o significado enquanto ele gesticula para o fim do quarteirão. Na minha frente, uma mulher mais velha tropeça na multidão. O homem ao lado dela — seu marido, pelo jeito familiar e amável com que a toca — tenta ajudá-la a se levantar, e o soldado ergue a arma e gesticula para que o homem continue andando. Ele se mexe mais uma vez para ajudar a esposa; o soldado vira a arma, usando a ponta dela para empurrar o homem para a frente. Ele cambaleia para a frente, e agora é a esposa quem o ajuda. Eu tento não olhar.

— Queria que a rota deles não tivesse tantos espaços abertos — diz Willem, andando de bicicleta em um ritmo lento. Ainda estamos fingindo ter uma conversa casual. Ainda estamos fingindo não notar a violência que nos rodeia. — Isso não é muito bom para nós.

Não, esta rota não é boa para nós. É a distância mais curta até a estação ferroviária, o que faz sentido. Mas também significa que estamos seguindo por grandes ruas, com espaços abertos e longos quarteirões que não são interrompidos por becos.

Não há muitos lugares ao longo desta rota que dariam um bom esconderijo, e precisamos de um bom esconderijo. Um uniforme só nos levará até metade do caminho.

— Enquanto caminhamos, pense no que você vê. — Os olhos de Willem correm furtivamente para a esquerda e para a direita, varrendo o horizonte. — Qual rota seria melhor para fugirmos com a menor chance de alguém ver?

— Vamos passar pelo Oosterpark — sugiro. É um parque municipal grande e bem cuidado, e seria fácil para várias pessoas desaparecerem na escuridão do Oosterpark.

Willem pensa.

— Mas nós não temos nenhum contato perto do parque. Ninguém no nosso grupo mora lá. Uma vez que você chegasse lá, para onde iria? — Ele está certo. Além disso, o Oosterpark não chega até termos cruzado dois canais. Não é uma boa ideia para uma rota de fuga contar com pontes; elas são facilmente fechadas ou bloqueadas.

— Precisa ser antes do Plantage Muidergracht — penso em voz alta. — Perto o suficiente para voltar para a casa da sra. De Vries. Devemos tentar pegar Mirjam e o carrinho o mais rápido possível, logo que eles saírem do Schouwburg.

— Eu acho que você está certa. Se chegarmos até a ponte, não teremos chance.

*Concentre-se em rotas de fuga*, penso. *Concentre-se em quão perto você está de salvar Mirjam. Concentre-se naquela vida.* Eu tenho que me concentrar em Mirjam porque não quero pensar no meu professor da terceira série, que eu não vou salvar, ou no sr. Bierman, que eu não vou salvar, nem em nenhum dos colegas de turma de Mirjam ou todo o grupo de pessoas caminhando tão perto de nós agora. Não ajudarei nenhuma dessas pessoas.

— E aqui? — Willem para de andar, apontando para um prédio como se ele simplesmente se interessasse em mostrar a arquitetura.

Chegamos a um cruzamento de três ruas, um lugar de ângulos estranhos, que faz com que a linha de visão seja cortada depois de menos de vinte e cinco metros. Se Mirjam e eu fugirmos a partir daqui, estaríamos fora de vista em cinco segundos, e dois soldados — presumindo que haveria apenas dois soldados, presumindo um monte de coisas — não seriam suficientes para descobrir a direção que tomamos.

Olhando bem os prédios que ladeiam a rua, meus olhos pousam em um açougue. Um grande toldo paira sobre a entrada, laranja, a cor da nossa monarquia exilada. De alguma forma, parece ser um bom presságio.

— Esse açougue. — Eu inclino a cabeça na direção dele. — Sob o toldo. — A loja em si é muito mais recuada da rua do que as lojas ao seu lado, provendo uma cobertura mais natural. Sob o toldo há uma grande vaca de gesso, tamanho real, grande o bastante para que uma ou duas pessoas se escondam atrás dela.

Willem dá um suspiro alto, agachando-se no chão fingindo irritação com a correia de sua bicicleta, enquanto na verdade está observando o açougue.

— Bom — ele diz. — Por conta da vaca e da forma como a porta é construída, só seria possível encontrar alguém ali se a pessoa soubesse que alguém estaria ali.

Ele realmente acha que é bom? Eu acho? Ou só quero que funcione? Não sei dizer. Este cruzamento que Willem e eu escolhemos — este toldo e esta vaca de gesso — fica a mais de um quilômetro da estação de Muiderpoort. Parece uma longa distância. É espaço suficiente para salvar uma vida?

O transporte agora passou a nossa frente. Filas solenes e silenciosas de pessoas que estão sendo levadas a Deus sabem onde, e nós as encaramos, impotentes. Então somos só Willem e eu.

— Você está bem? — pergunta ele. — Com a sua parte? Com o uniforme?

— Vai dar certo.

— Se precisar de mim para tentar colocar você em contato com alguém... Não sei se conheço as pessoas certas, mas eu poderia...

— Está tudo bem, Willem.

Ele assente e hesita antes de voltar a falar:

— Hanneke, espero que você não interprete isso mal. É só que conseguir um uniforme é o tipo de coisa que planejaríamos por semanas. Eu gosto de você. Acho que você é uma pessoa forte. Mas Ollie... Ele é meu melhor amigo e não posso deixar que nada aconteça com ele. Com qualquer um deles. Você não estava muito disposta a nos ajudar. Quero que me diga que estamos certos em confiar em você.

Passei dois anos sem querer que ninguém confiasse em mim, sem querer que contassem comigo. Mas agora vi um transporte, vi um centro de deportação, vi a caligrafia esperançosa de uma menina assustada, vi pessoas corajosas forçadas a se esconderem e pessoas mesquinhas se tornarem secretamente corajosas, então quando abro minha boca, digo a Willem:

— Vocês podem confiar. Vou fazer o melhor que puder, Willem.

Minha garganta começa a apertar, e desvio o olhar, e quando por fim volto, Willem ainda está me encarando, adequadamente educado e dolorosamente preocupado.

— Espero que esteja tudo bem com você, Hanneke — diz ele. — Se quiser falar sobre alguma coisa, não preciso dizer aos outros.

Mordo a parte de dentro da minha bochecha com força, porque a pergunta de Willem é muito sincera e porque, depois de tudo o que aconteceu nas últimas vinte e quatro horas, eu já me sinto muito ferida.

— Não é nada. Estou bem. Eu só... não durmo bem — digo por fim. — Eu não durmo bem e não choro desde que Bas morreu.

Uma meia explicação. Mais do que já disse em voz alta para qualquer outra pessoa.

Willem põe a mão no meu braço mais uma vez.

— Isso não vai trazer Bas de volta, Hanneke. Eu sei que já sabe disso. Mas apenas no caso de sua mente tentar fazer você acreditar no contrário. Você poderia resgatar Mirjam e ainda não conseguir dormir à noite.

# VINTE E QUATRO

A campainha mudou. Costumava ser um barulho zumbido, como o de engrenagem, e agora é um toque de sino claro. No começo, achei que pudesse ter me confundido, mas como eu poderia confundir um som que tinha ouvido cem, duzentas, quinhentas vezes na minha vida?

Elsbeth deve ter instalado uma nova campainha quando seus pais se mudaram com sua avó, e ela e Rolf assumiram a casa onde ela cresceu. É estranho pensar nela desse jeito, como uma esposa que toma decisões domésticas sobre como sua casa é administrada. Eu me pergunto se também trocou o papel de parede na sala de estar. Provavelmente teria dinheiro para fazer isso, e ela sempre o achou feio.

Ninguém atende à porta, então toco a campainha mais uma vez, pressionando o rosto perto do vidro. A mesma sala de estar. O mesmo papel de parede.

Eu sabia que vir aqui me deixaria nervosa. Sabia que seria desconfortável. No entanto, não previ o peso do medo que se espalha pela minha barriga. Eu não sabia que teria que fincar os pés no chão com tanta força, só para me certificar de que não vou fugir.

Nada — nenhum barulho do lado de dentro, nenhum brilho de abajur. Não tem ninguém em casa. É melhor assim, digo a mim mesma. Mais seguro. Mais fácil. Eu planejei um milhão de contingências: ela em casa, ele em casa, os dois em casa, e este é o cenário que sei que seria melhor para mim. Foi por isso que vim agora, porque a família de Elsbeth sempre teve um grande jantar de domingo na casa de sua avó, e aposto que essa tradição continua mesmo durante a guerra. Então, por que uma parte de mim se sente tão desapontada por não ver o rosto dela?

Outra coisa que não mudou sobre esta casa: a chave reserva no alto do batente da porta, levemente enferrujada, fria em minha mão.

Tudo tem o mesmo cheiro: toda a casa, como alho e sabão em pó, como sempre, o cheiro característico da família Vos, aquele que conheço o suficiente para que seja reconfortante. Mas desta vez não sou convidada, procuro me lembrar. Desta vez estou trabalhando.

Antes que eu possa pensar duas vezes, percorro todo o caminho para dentro. O quarto principal fica no andar de cima, no fim do corredor. Quase nunca entrei nele, apesar de Elsbeth ocasionalmente se esgueirar e voltar com o ruge de sua mãe para treinar a aplicação. Assim que entro, no entanto, sei que algo está errado. Este quarto não parece ocupado; sobre a cama há um projeto de costura inacabado.

Meu coração dói. Se Elsbeth e Rolf não se mudaram para o quarto principal, isso significa que tenho que ir a um quarto que esperava poder evitar. De volta à escada. A primeira porta à direita.

Abro a porta e sou invadida por fantasmas. O quarto de Elsbeth foi onde passei tantas tardes: dançando, fingindo fazer o dever de casa, classificando nossas estrelas de cinema favoritas. Falando sobre como cresceríamos e teríamos bebês ao mesmo tempo e, por fim, envelheceríamos juntas, caminhando pela praça e segurando o braço uma da outra para dar apoio. *Pare. Pare.*

O roupão dela está pendurado na porta. Ainda tem um buraco na manga, desde o dia em que fumamos cigarros escondidas na varanda.

Para me blindar contra a emoção, me apego aos aspectos práticos de infringir a lei. Elsbeth costumava dividir este quarto com sua irmã mais velha. O guarda-roupa de Nellie era à esquerda e o de Elsbeth, à direita. Quando o marido veio morar em sua casa, aposto que deu a ele o antigo espaço de Nellie. Isso parece algo que Elsbeth faria, dizer para ele afastar as coisas, arrumar um espaço para si em qualquer lugar. Ele encontraria um dos sutiãs esquecidos de Nellie, e Elsbeth riria de seu constrangimento.

Deslizo a porta do armário esquerdo. Eu estou certa. No interior, roupas, calças e camisas de homens bem penduradas, em uma fileira. Estas são as roupas que o marido de Elsbeth usa. Marido dela. Rolf. De sua nova vida, da qual não faço parte.

No entanto, nenhum uniforme. O uniforme não está aqui; verifico duas vezes. Ele deve ter pelo menos dois — um para usar enquanto o outro lava —, mas não há nada aqui. Nada dobrado sobre as cadeiras, nada na cama rapidamente feita. Onde poderia estar?

De volta ao corredor, abro o armário de roupa de cama. Lá dentro, encontro uma cesta de vime, cheia de toalhas e lençóis amassados, esperando serem lavados. Eu procuro mais fundo, à procura de flashes de cinza e preto, a cor da morte, a cor da Gestapo. Bem no fundo, vejo algo de cor escura, então o pego.

Como eu poderia ter esquecido? A avó de Elsbeth dava presentes aos pares. O Amígdala não lhe servia, e Elsbeth o deu para mim, rindo da minha cara quando eu abri o vestido horrível. Mas Elsbeth teve que manter seu companheiro, outro vestido roxo-acinzentado lúgubre.

Tem o cheiro dela, talco e perfume, e tenho dezenas de lembranças de Elsbeth neste vestido. Fazendo caretas quando sua mãe sugeriu que ela o usasse para uma festa. Usando-o mesmo assim, mas tentando derramar poncho nele "por acidente". Fofocando na festa sobre como Henk beijava bem, sabiamente me dizendo que um primeiro beijo nunca era tão bom quanto o segundo.

*Eu beijei Ollie*, quero dizer a ela. Eu beijei Ollie, e Bas ainda está morto, e como você está, e foi estúpido que nossa amizade terminasse porque você amava um rapaz ou é isso mesmo que acontece?

Enfio o vestido de volta no cesto de roupa e pego o colarinho preto que aparece no fundo. A camisa de Rolf. E quando estou pegando as calças do conjunto logo embaixo, a porta da frente se abre.

Sem nem pensar, mergulho no armário de roupa de cama, apertando-me ao lado do cesto de roupa, com o uniforme amarrotado de Rolf seguro em minhas mãos. Com cuidado, fecho a porta que range, deixando apenas uma fresta — estou com muito medo do barulho que posso fazer se a fechar por completo. Meu coração está pulsando tão alto que tenho certeza de que alguém poderia ouvi-lo, eu ordeno que desacelere, mas ele não vai obedecer.

— Eu não acredito que você esqueceu o bolo. Não vale a pena ter jantar sem bolo..

Mais uma coisa que não mudou: a voz de Elsbeth, provocante e animada, me atingindo como um soco no estômago. Minha boca se abre em um gemido. Eu cubro os lábios com o maldito uniforme de Rolf.

— Aparentemente, a vida não vale a pena sem bolo se você é minha esposa — provoca ele.

— Então eu gosto das coisas mais doces da vida. — Ela ri.

— Você precisa pegar mais alguma coisa enquanto estamos aqui? — pergunta Rolf.

— Eu também devia pegar um suéter, já que a casa da vovó é um gelo.

Eles são tão normais juntos. Eu não estava esperando isso. Eles não soam como a guerra. Soam como brincadeiras e beijos, como os amigos que eu ainda deveria ter. Ouço os passos dela nas escadas, o rangido do quarto degrau. Seu quarto é antes do armário de roupas de cama; ela não terá motivos para passar aqui. Ao lado, eu a ouço abrir o guarda-roupa, arrastando cabides, cantarolando algo sem afinação. Elsbeth nunca soube cantar.

— Você viu meu suéter amarelo? — Ela grita para a cozinha lá embaixo.

— Você não colocou no cesto?

Saliva se acumula na minha boca. Vejo os tornozelos finos de Elsbeth se aproximarem, mais perto, e meu nariz sente cócegas pelo seu talco. Ela põe a mão na maçaneta. O que vou fazer quando ela me encontrar? Percorro os cenários de fuga que uso com todos os nazistas, exceto que, neste caso, seriam insanos. Eu poderia acertá-la. Eu poderia abraçá-la. Eu poderia cumprimentá-la como se os últimos dois anos nunca tivessem acontecido. Mas eles aconteceram, e agora não apenas odeio, amo e sinto saudade de Elsbeth; também tenho que temê-la.

— Elsbeth, está aqui — diz Rolf. — Seu suéter estava na cadeira.

Ela se afasta, saltos batendo no chão. Meu coração parece pular, nervoso, com raiva e tristeza. E então ela se foi de novo, minha antiga melhor amiga.

---

Quando chego em casa nessa noite, mamãe e papai já estão na cama. É muito cedo para eles já estarem dormindo, mas não se dão o trabalho de sair. Durante anos, implorei por isso — que simplesmente fossem para a cama sem esperar por mim —, mas agora eu os imagino em suas roupas de dormir, me ouvindo pendurar meu casaco, e isso faz com que eu me sinta insegura. Algo mudou entre nós, depois da última briga, quando fui encontrar com Willem. Eu ainda sou filha deles, mas não sou mais criança.

Há uma carta apoiada contra um livro na minha mesa de cabeceira. Não reconheço a letra no envelope, e quando a abro, um pequeno bilhete dobrado em forma de estrela cai. Christoffel deve ter deixado isso enquanto eu estava fora, depois que seu pai voltou de Den Haag. Uma resposta de Amalia. Exatamente o que eu achava que queria alguns dias atrás, e agora não tem importância nenhuma.

*Cara Hanneke*, leio enquanto desdobro a folha de caderno nova. *Não sei onde ela está. Eu queria saber. Também sinto falta de minha amiga.*

Eu imagino Mirjam alegremente se reunindo com a amiga, carregando uma pilha de revistas, levando semanas de pensamentos e sentimentos para compartilhar, tendo o reencontro que Elsbeth e eu nunca teremos.

Quando adormeço, volto a ter um velho pesadelo, aquele que eu costumava ter o tempo todo depois que Bas morreu. Ele vem até mim, em seu uniforme, com a carta que rasguei. No sonho, ele a reconstruiu e está com raiva por eu nunca ter lido. "Isso significa que você se esqueceu de mim", diz ele. "Não", tento lhe dizer. "Não significa nada disso. Penso em você todos os dias."

"Olhe", digo para ele. "Eu vou ler agora mesmo. Eu vou ler neste minuto se isso é importante para você." Mas a cada palavra que tento ler, Bas se torna um pouco mais pálido e um pouco mais cinza. Quando estou no meio da carta, ele é um cadáver parado na minha frente, e não consigo terminar de ler, porque estou chorando. Quando acordo, meus olhos estão secos — meus olhos estão sempre secos —, mas meus lençóis estão enrolados ao redor do meu corpo e encharcados de suor.

Na noite seguinte, pouco antes do toque de recolher, Ollie bate à minha porta. Quando minha mãe atende, ele explica: A mãe dele não está bem. Ele e o pai precisam levá-la ao hospital. Pia está com medo de ficar em casa sozinha; posso ir passar a noite com ela?

Minha mãe não concorda nem discorda; ela nem olha para mim. Ela vira a cabeça e diz:

— Faça o que quiser, Hanneke.

— Eu devo ir, então, pela mãe de Ollie — digo.

Só que, é claro, a mãe de Ollie está bem e Pia provavelmente está em casa agora mesmo, fazendo seu trabalho escolar. O transporte de Mirjam está programado para começar em duas horas.

# VINTE E CINCO
*Segunda-feira*

Temos que ficar muito próximos e em silêncio, debaixo do toldo do açougue. No entanto, é um bom local. O toldo e a vaca ridícula nos cobrem tanto quanto eu esperava: dois pares de soldados passaram sem perceber que estamos aqui. Só espero que o céu continue claro. Se começar a chover ou a nevar, um deles pode correr para debaixo da cobertura.

Não consigo ver Willem, mas sei que ele não está longe, a poucos quarteirões daqui, escondido com uma muda de roupas para Ollie.

Porque Ollie — Olivier, Laurence Olivier, quando Bas ficava bobo — agora está usando o uniforme cinza da Gestapo do marido de Elsbeth. É grande demais nos ombros. Se alguém olhasse com muita atenção para Ollie, perceberia que ele estava todo errado, e se alguém que conhecesse Ollie passasse e questionasse seu uniforme, seria ainda pior.

Então, este é o plano: Ollie e eu esperamos no toldo até o transporte chegar. Ele vai parar o soldado que lidera o caminho, e dizer a ele que tem ordens para procurar um carrinho de bebê usado para contrabando. Ele pegará a câmera. Ele se encontrará com Willem para tirar o uniforme para que os vizinhos desconfiados não o vejam com a roupa. Ollie deve estar nervoso, mas não demonstra. Olha para a frente, para a noite, para as pessoas que se apressam em seu caminho para casa. Nós temos tempo. Meia hora pelo menos, já que nos posicionamos logo antes do toque de recolher, e vamos gastar esse tempo repassando o plano e outras observações.

— Você só vai ter um minuto para pegar Mirjam — diz Ollie, abruptamente. — Vou perguntar aos soldados sobre o carrinho, mostrando as falsas ordens criadas por Willem. Vou estender isso o máximo que puder, mas você quase não terá tempo, e eles definitivamente não podem vê-la.

— Eu sei, Ollie.

— E depois corre para a rua dobrando a esquina, onde vou encontrar você e...

— Ollie.

Nós dois ficamos em silêncio de novo. Sei tudo sobre o que ele pode me alertar, porque passamos todas as variações do plano que pudemos pensar, e porque já fui avisada várias vezes: se eu não conseguir encontrar Mirjam ou convencê-la a vir comigo no tempo que ele levar para tirar a câmera do carrinho de bebê, então ela não vai ser resgatada.

E eu terei falhado com ela.

— No que você está pensando? — pergunta ele.

— Nada. No que você está pensando?

Ele se afasta um pouco e, nas sombras da noite, é o suficiente para mascarar sua expressão.

— Estou pensando em Bas.

— Está?

— Você não?

Também estou. Sempre estou. Bas patinando no gelo com minha mãe. Bas me trazendo bolo. Bas me deixando irritada. Bas vivo. Bas morto.

— Esta noite estou pensando... — Ele para e engole em seco. — Estou pensando no que devia estar passando pela cabeça de Bas durante a invasão, quando ele percebeu que provavelmente ia morrer...

— Ele estava apenas pensando em como estava assustado? — sugiro, e é fácil para mim terminar o pensamento de Ollie porque eu mesma o tive tantas vezes. — Quão assustado estava e quanto queria poder estar em casa?

— Ele estava com dor? — pergunta Ollie.

— Com raiva?

— Ou estava apenas se sentindo sozinho?

— Foi minha culpa — sussurro. As palavras caem, quebrando na minha frente para que nós dois vejamos. — É minha culpa que Bas esteja morto.

Nas sombras, o rosto de Ollie é impossível de ler.

— O que você disse? — pergunta ele.

— Bas. É minha culpa que Bas esteja morto.

É a coisa mais terrível, e agora eu a disse em voz alta, e a enormidade disso me faz engasgar. Quando você diz uma coisa terrível, deveria ser como um peso tirado de seu peito, mas dar voz a esse pensamento só fez o peso aumentar.

— Do que está falando? O que aconteceu com Bas não foi culpa sua. Você estava a quilômetros de distância. Você não puxou o gatilho. Você não lançou uma bomba.

— Eu sei que não puxei o gatilho. — Foi a mesma coisa que meus pais me disseram. Que eu não estava lá. Que eu não atirei nele, nem o bombardeei, ou o afoguei, ou fiz o que quer que tenha exatamente feito com que Bas não existisse mais. — Mas eu o mandei para lá. Eu disse para ele se alistar.

— Hanneke, você conheceu Bas. Você o conheceu tão bem quanto eu. Acha mesmo que ele não queria ir? Acha que ele teria se alistado se, no fundo, não quisesses isso?

Ele está tentando fazer com que eu me sinta melhor, e só me sinto pior. Estou prestes a contar a Ollie o segredo que nunca quis contar.

— Ele me *disse* que não queria — falo. — Durante a festa. Saí e ele correu atrás de mim e me disse que não queria ir, e eu disse que ele tinha que ir. Eu disse que era seu dever. E ele me deu uma carta para ler caso morresse, mas eu não li. Cheguei em casa e a joguei fora, porque tinha certeza de que ele voltaria, e eu estava tão errada, porque ele não voltou. Você entende, Ollie? *Eu o fiz ir.*

Minha garganta está dolorida, como se as palavras causassem dor física ao saírem da minha boca. Agora eu disse tudo. Não consigo olhar para Ollie, porque estou cheia de vergonha. Ele está parado, muito quieto, mas posso ouvi-lo engolir os nós em sua garganta. Quando volta a falar, sua voz é grossa:

— Minha última conversa com Bas também foi depois da festa. Era tarde. Todos tinham ido embora. Ele entrou no meu quarto e perguntei por que ele não estava na cama, já que precisava levantar tão cedo para o treinamento.

— Você falou com ele *depois* de mim? — Não sei por que isso nunca me ocorreu. Obviamente, a família de Bas teria conversado com ele... eles moravam juntos. Na minha cabeça, no entanto, eu tinha sido a última pessoa. Falei com ele e depois ele morreu. É como imagino e o que me deixa acordada durante as noites.

— Várias horas depois. O sol estava prestes a nascer.

Eu não ouso respirar.

— Sobre o que vocês falaram?

— Perguntei como ele estava se sentindo. Perguntei se estava com medo. Eu disse que não o julgaria se estivesse, que eu também estaria, em seu lugar. Ele admitiu que estava com medo, mas disse que, se ele não fosse, não seria verdadeiramente corajoso, não é? E disse que eu era uma florzinha delicada por não me voluntariar. E perguntei que tipo de flor. E ele disse que com certeza não uma tulipa, porque eu não era tão bonito quanto elas.

E agora Ollie está sorrindo, diante dessa lembrança do bobo e valente Bas, e, surpreendentemente, também estou sorrindo, mesmo que ambos estejamos tão tristes.

— E ele também me deu uma carta.

Eu congelo. Ollie enfia a mão no bolso da calça. A carta que ele pega está escrita em uma folha de caderno, do tipo que as crianças usam para exercícios de gramática, o tipo que Elsbeth e eu, Amalia e Mirjam, e os jovens em todos os lugares usam para compartilhar segredos. Ele a estende.

— Vá em frente.

A carta foi dobrada muitas vezes, carregada em tantos bolsos que as dobras estão moles e esfarrapadas. No escuro, tenho que segurá-la a centímetros do meu nariz, me esforçando para ler cada letra.

*Laurence,*

*Desculpe-me por ter sido tão bobo. Você foi um bom irmão mais velho. Diga a mamãe que pelo menos ela ficou com o filho bom, mesmo que ela não acredite nisso num primeiro momento (quem a culparia?). Há um pouco de dinheiro no meu colchão e você pode ficar com ele. Mas eu disse a mesma coisa à Pia, então você terá que ver qual dos dois é mais rápido. Diga a Hanneke que eu a amo. E para ela seguir em frente. Não muito rápido. Talvez depois de dois ou três meses.*

*– B.*

Agora estou rindo de verdade, cobrindo a boca com a mão, porque é uma carta tão insatisfatória, o que, por sua vez, a faz ser a cara de Bas: solene num minuto e ridículo no seguinte. Autodepreciativo e doce.

— Por que você não me mostrou isso antes?

— Porque achei que você tivesse sua própria carta. E porque nunca veio nos visitar, depois de tudo. Pensei que não quisesse nada com minha família.

— Eu achei que todos vocês me odiassem.

— Eu não odiava você.

— Ollie... — começo. — Acha que Bas sentia mesmo o que disse para você? Sobre estar com medo, mas feliz por ir?

— Você acha que ele sentia mesmo que disse para *você*? Sobre não querer ir?

Eu não sei. Por dois anos e meio, achei que soubesse.

— Não tenho certeza.

— Talvez Bas também não tivesse certeza — diz Ollie. — Talvez ele quisesse ir num minuto e ficar no outro.

*Diga a ela para seguir em frente*, disse Bas. Outra coisa que eu não consegui dar a ele.

Ollie passa os braços em volta de mim. Sua bochecha pressiona minha testa. Sua respiração está no meu cabelo, e no meu pescoço, e antes que eu possa pensar no que estou fazendo, inclino meu rosto de modo que me pego olhando diretamente para ele. Ele sorri para mim, e movo meus lábios em direção aos dele. Não é que eu queira Ollie. É que finalmente me sinto, pela primeira vez em mais de dois anos, livre de qualquer culpa que me impus. Meus lábios roçam os dele e...

— Hanneke, o que você está fazendo? — Ollie recua, estendendo as palmas das mãos para impedir que eu me aproxime.

Minha mão voa até minha boca.

— Desculpe, Ollie. Eu... eu interpretei mal a situação.

Ele balança a cabeça rapidamente; eu quase posso vê-lo corando, mesmo no escuro.

— É só que eu não penso em você assim, Hanneke.

— Não. Claro que não. Você só estava sendo gentil. Eu sou a namorada do seu irmão.

— Não é isso. — Ele parece estar sofrendo. — Eu amo outra pessoa.

Estou muito envergonhada. Ollie tem sido gentil comigo diversas vezes na última semana... e acabei de trair essa gentileza tentando beijá-lo. E ele está apaixonado por outra pessoa. Por que não me falou antes?

— Judith? — chuto. — Você ama Judith?

— Judith? Não. — Ollie balança a cabeça. — Eu não amo Judith.

— Então quem?

Ele suspira.

— Como posso explicar? É mais ou menos assim: você ajudou a resistência por uma pessoa, Hanneke. Eu também me juntei por uma pessoa... Porque os judeus não são os únicos que sofrem por causa dos nazistas. Eu não amo Judith. Eu amo Willem.

— Você ama... *Willem?* — Meu cérebro dá um nó com essa ideia. — Você ama Willem?

— Ninguém mais sabe.

Tento organizar meus pensamentos. Eu sei que os nazistas capturaram homossexuais e prisioneiros políticos. Mas nunca conheci ninguém que fosse *assim*.

— Você tem certeza? — disparo. — Você me beijou, há apenas alguns dias, na frente da Polícia Verde.

— Eu beijei você. E depois que fiz isso, você me disse que eu era um bom ator. Eu sou. Melhor do que você, provavelmente. Você finge para os alemães, durante a guerra. Eu finjo para todo mundo, todos os dias. Eu não contei a mais ninguém. Eu também sou um *onderduiker*. O mundo é meu subterrâneo.

— Mas eu não entendo. Como você sabia? Como sabia que você... com Willem?

— Como você sabia que amava Bas?

— Porque eu amava — respondo.

— Eu sei porque eu amo. Eu sei há muito tempo.

— Você está em perigo? — pergunto, porque estou surpresa demais para pensar nas dezenas de outras perguntas que com certeza tenho.

— Você vai contar para alguém?

— Claro que não.

— Então não. Desde que ninguém saiba. — O corpo dele enrijece. — O transporte. Está aqui.

## VINTE E SEIS

O som de fileiras e fileiras de passos. É alto, ainda mais quando você está amarrando sua vida a isso. A ideia de ter Ollie aqui comigo me conforta e depois me assusta. Muitas pessoas estão se arriscando. Willem, nas sombras. A sra. De Vries com Mina, esperando para receber Mirjam até que possamos levá-la para a sra. Janssen. A sra. Janssen, rezando em sua casa.

— Casaco azul — sussurro, como se eu precisasse do lembrete. — Eu preciso procurar o casaco azul.

E se ela não estiver com ele? E se achar que a noite está muito quente, ou se o tiver dado para alguém, ou ter sido roubada? E o carrinho? E se o carrinho nem sequer estiver sendo transportado? E se foi deixado para trás, no teatro? Ollie não pode usar um uniforme da Gestapo para sempre e parar todos os transportes. Todas as contingências que não pudemos prever passam pela minha cabeça enquanto penso em quão frágil é o plano em que apostamos todas as nossas esperanças.

Dois guardas acompanham os prisioneiros, os mesmos do transporte de ontem: o homem mais velho, de feições duras com rugas profundas e que parece que meu tio, vai à frente, e o jovem segue os prisioneiros. Filas e filas deles. Meu coração para. Não vejo Mirjam; é difícil ver qualquer pessoa que não esteja na fileira mais próxima de mim. Além disso, todos estão espremidos, e os rostos ficam visíveis somente pela luz da lua cheia.

Mas em uma das fileiras de trás, grande, evidente e fazendo barulho enquanto rola sobre os paralelepípedos: um carrinho de bebê. E na fileira atrás dele, outro.

*Dois*. Qual deles é o de Mina? Eu poderia reconhecer se estivesse mais perto; já o vi antes. Mas Ollie nunca o viu. O que vai fazer? Devo tentar sussurrar uma descrição para ele? Antes que eu possa fazer isso, ele se foi, os calcanhares de suas botas batendo bruscamente nas pedras.

— Espere — grita ele com seu sotaque alemão perfeito. O jovem soldado o ouve e olha ao redor, confuso, pela fonte dessa interrupção. — Espere — diz Ollie mais uma vez, agitando os papéis que Willem arrumou com uma falsa recomendação. — Há um problema com este transporte.

— Parem! — grita o soldado mais velho. Seus prisioneiros param, hesitantes, no meio da rua enquanto o soldado empunha uma lanterna na direção de Ollie. — Nós não sabemos de problema algum — grita ele para Ollie.

— Não acho que a Gestapo seja obrigada a comunicar aos guardas do teatro nossas operações de inteligência — dispara ele. — Esta ordem vem diretamente de Schreieder.

À menção do alto oficial da Gestapo, os soldados trocam um rápido olhar e se apressam na direção de Ollie.

— Não *toquem* nisso — diz Ollie quando um deles estende a mão para seus papéis. — Vocês acham que quero que sujem meus papéis?

Meus olhos se prendem aos prisioneiros encurralados atrás dos soldados, grudados em suas fileiras, e procuram desesperadamente por um tecido da cor do céu. Agora ambos os soldados estão olhando o papel falso de Ollie. Nenhum deles está olhando para mim. Eu corro.

Corro diretamente para o transporte nazista.

Eu me espremo no fundo, ao lado de uma mulher que se encolhe quando me aperto contra seu ombro.

— Mirjam Roodveldt — murmuro sem mexer os lábios. — Casaco azul? — Ela balança a cabeça enquanto sigo para a próxima fila. — Garota de quinze anos? Cabelo escuro.

Eu corro até a próxima fileira, repetindo o nome. A maioria das pessoas me ignora.

— Mirjam Roodveldt? — Algumas pessoas balançam a cabeça com rigidez, me implorando com os olhos para parar de chamar a atenção para o lugar onde estão.

— Mamãe, isso significa que vamos voltar para casa agora? — pergunta um menino próximo a mim, puxando o casaco de sua mãe. — Se esse homem disse que tem um problema? Podemos ir?

— Silêncio! — grita o soldado mais velho, interrompendo sua conversa com Ollie sem erguer os olhos. — Faça esse garoto ficar quieto ou eu mesmo vou fazer.

*Ele está só brincando*, a mulher aterrorizada desenha as palavras com a boca para o filho, enquanto a cobre com a mão.

— Mirjam? — sussurro, passando para a próxima fileira. A mãe olha para mim agora. *Pare*, ela fala, sem emitir som.

Perto de Ollie, os soldados estão tendo um desentendimento. Um deles quer ouvir Ollie; o outro diz que devem voltar ao teatro e receber confirmação. *Um flash de azul — azul celeste brilhante*. Eu o vejo e logo o perco outra vez no escuro. Foi depois da mulher com o chapéu cor-de-rosa. Foi antes da família com o pai estoico carregando a menina sonolenta.

— Mirjam? — sussurro. — Mirjam! — Um pouco mais alto.

— Por favor, fique quieta — sussurra a mulher com o chapéu.

— Você vai matar todos nós — implora o homem ao lado dela, sua voz tremendo.

— *Silêncio* — o soldado mais velho grita mais uma vez.

— Kurt — ele instrui o soldado mais novo ao lado dele. — Atire no próximo que você ouvir falar.

Todos os prisioneiros congelam no lugar, a respiração fria e branca contra a noite.

Mas eu vi algo. Um movimento, na última vez que chamei o nome dela. Algumas filas à minha frente, uma garota virou a cabeça apenas um centímetro. Mesmo no escuro, seu casaco é da cor do céu. O sangue lateja em meus ouvidos enquanto passo para outra fileira. Mais uma, e agora estou bem atrás dela. Meu coração está batendo muito rápido e desta vez não só de medo, mas de alegria pelo que quase fiz. Eu a encontrei. Ela vai ficar segura.

À minha esquerda, outro movimento. Os soldados resolveram seu desentendimento sobre os papéis de Ollie e agora os três estão caminhando com determinação para a primeira mulher com o carrinho. Eles gesticulam para que ela tire logo a criança. Enquanto suas lanternas estão apontadas para a mulher,

Ollie ergue os olhos, me procurando freneticamente na multidão. *Vá*, ele gesticula quando me vê. *Depressa.*

Eu toco a parte de trás do casaco de Mirjam, e ela gira para me olhar.

— Mirjam. — Estou apenas movendo meus lábios. — Venha comigo.

Mirjam recua, balançando a cabeça com medo. A poucos metros, Ollie diz aos guardas que aquele não é o carrinho certo; ele precisa ver o outro. Consigo ouvir seus sapatos batendo nas pedras e sei que ele está tentando caminhar o mais devagar possível para me dar alguns segundos extras. *Obrigada, Ollie.*

— Mirjam, está tudo bem. Sei quem você é.

*Não*, diz ela, sem som.

Perto de Ollie, a mulher que empurra o segundo carrinho tira o bebê dele. A criança começa a chorar, um gemido fino e cortante, mas o som fornece cobertura suficiente para que eu possa murmurar instruções para Mirjam.

— Nós temos que correr. Me siga. Há pessoas esperando. — Eu estendo a mão e entrelaço meus dedos aos de Mirjam. Sua mão parece pequena e frágil como um pássaro em minha mão. Ela é tão jovem.

Ollie está com a câmera e o filme, a câmera que representa centenas de vidas. Ele está passando por nós e, à luz da lua, seu rosto está cheio de terror, implorando-me em silêncio para correr, correr agora, deixar Mirjam para trás se ela não me seguir. Não posso. Cheguei muito longe. Estou segurando sua mão.

— Agora — sibilo. Pego a mão de Mirjam, puxando-a para o lado. Mirjam resiste. — *Agora* — eu imploro.

Os soldados tomam seus lugares novamente.

— Depressa — diz um deles. — Andem.

E agora todos estão marchando mais uma vez, e eu estou marchando com eles. O que eu fiz? Por que Mirjam não me ouviu? Ollie está ficando para trás, mais distante nas sombras com a carga preciosa que ele veio buscar, e eu estou me aproximando da ponte, com seus espaços abertos e mortais. Se chegarmos até a estação de trem, eles podem me fazer embarcar. Temos que tentar fugir.

Mais quarenta passos até a ponte. Trinta e cinco. Estamos chegando ao último beco, o último lugar onde poderíamos fugir antes da ponte. Começo a puxar Mirjam em direção a ele. Por que ela não me segue? Algo está errado. Sua mão se contorce na minha, luta, se solta.

Ela está correndo, mas não na mesma direção que eu. Ela está correndo diretamente para a ponte aberta. *Oh Deus, oh Deus, o que ela está fazendo?* É a pior direção para a qual ela poderia ter corrido. Seu casaco azul voa atrás dela, batendo no frio, correndo, fugindo de mim.

— Pare! — Eu grito ao mesmo tempo que um soldado grita:

— Pare!

— *Pare* — ele grita mais uma vez, suas botas retinindo contra os paralelepípedos. O que devo fazer? Tentar distraí-los? Correr atrás dela? Dizer a todos os outros neste transporte que corram também?

— Pare — começo a dizer novamente, no meio do caminho entre o beco e o transporte.

De repente, perco o ar quando um par de braços fortes envolvem minha cintura e me arrastam de volta para o beco.

— Me solte!

— Soltar você? — grunhe Ollie em voz alta e feroz. — Acho que não. Eu vi você tentar escapar.

Mirjam ainda está correndo pela rua de paralelepípedos, depois para ponte com seus grossos trilhos de ferro. Suas pernas são compridas e finas. Seus sapatos batem de leve contra as tábuas de madeira, por baixo do som mais alto das botas dos soldados. Agarro as mãos de Ollie em volta da minha cintura, tentando soltá-las. A câmera se afunda no meu quadril, e ele me segura com mais força.

— Estou acima desses guardas nesta questão! Está claro que você faz parte disso... dessa *conspiração*. Eu vou levá-la para interrogatório imediatamente!

— Por favor — peço e nunca ouvi minha voz parecer tão desesperada.

— *Não* — sussurra ele e desta vez é Ollie de verdade, falando comigo, e não o Ollie fingindo ser um soldado. — Você não pode.

— Por favor — imploro a Ollie. — Eles vão...

*Bang.*

E eles fazem. Eles atiraram nela. No meio da ponte, na nuca, de modo que o sangue explode de sua garganta, uma mancha brilhante à luz da lua.

— Não — eu grito, mas minhas palavras são abafadas por outro tiro.

Os joelhos de Mirjam se curvam enquanto as mãos dela correm até o pescoço, mas eu sei que está morta antes mesmo de cair no chão. É o modo como ela não se importa em aparar a própria queda, o jeito como desaba no chão, com a cabeça e os ombros batendo nos paralelepípedos.

Os prisioneiros olham fixamente para frente, boquiabertos, para o corpo no meio da ponte, alguns deles soltam gritos chocados, outros apertam as mãos em um horror silencioso. O menino que falou com a mãe pouco antes está chorando, e ela ainda tem a mão sobre a boca dele para que as lágrimas e os soluços sejam abafados sob seus dedos.

O jovem guarda, o que atirou nela, volta para seu lugar.

— Um aviso — grita ele. Sua voz treme; ele não esperava que isso acontecesse, e não sabe o que fazer agora. — Vamos — ordena. — Depressa.

Ele nem vai retirar o corpo dali. Vai fazer os outros prisioneiros caminharem ao redor dela, deixando-a no meio da ponte para que os leiteiros e os limpadores de rua a encontrem pela manhã.

Ollie me puxa para longe da ponte, um braço envolto em minha cintura e o outro segurando a câmera.

— Ande, Hanneke — dita ele. — Você precisa andar.

Não consigo ver para onde ele está me levando, porque estou chorando. Soluços sacodem meu corpo, as primeiras lágrimas que choro desde que Bas morreu. Elas me cegam e têm um gosto salgado e desconhecido em meus lábios.

Estou chorando por Mirjam, a garota que eu deveria salvar, mas não pude, e nem sequer conhecia. E pela mãe que estava silenciando seu filho, e pelo homem que me implorou que parasse de falar. Estou chorando pela sra. Janssen, que não tem ninguém, e que eu prometi ajudar, e que confiou em mim e com quem eu falhei. Estou chorando por Bas. Estou chorando por Elsbeth e pelo soldado alemão que ela escolheu em vez de sua melhor amiga, e por Ollie, que não pode ficar com Willem e por todas as pessoas em todo o país que viram os tanques entrarem no início da ocupação e ainda não o viram ir embora.

## VINTE E SETE

Ollie me conduz de volta por becos e ruas escuras. Não consigo nem dizer se o caminho que ele está escolhendo é seguro, se estamos indo em direção a Willem. Não sei se mais alguém entende o que aconteceu ou se todos ainda estão esperando que voltemos, pensando que o plano funcionou como deveria. Meus pés se movem mecanicamente ao lado dele. Por fim, ele me conduz por um curto lance de escadas, e percebo que estamos no que deve ser o apartamento dele e de Willem.

— Chá? — pergunta ele.

É a primeira frase que ele diz. Suas mãos tremem enquanto ele abre e fecha as portas do armário, esquecendo onde guarda as xícaras. Ele olha para a porta várias vezes. Willem está lá fora. Willem e Mirjam.

— Willem ainda está... — começo a dizer.

— Eu sei — Ollie me interrompe e, pelo modo como seus olhos cintilam, percebo que não quer falar sobre isso. Finalmente, ele para de procurar nos armários, inclinando-se sobre o balcão e agarrando as bordas com tanta força que os nós dos dedos ficam brancos. — Você está bem? — pergunta, ainda de costas para mim.

Eu não respondo. Como eu deveria responder? Ollie bate as mãos contra o balcão; eu dou um pulo com o barulho.

— Droga. *Droga.*

— O que você está fazendo? — pergunto enquanto ele começa a voltar para a porta.

— Tenho que ter certeza de que Willem está bem.

— Ollie, você não sabe onde ele está.

Ele veste o casaco, abotoando-o para cobrir o uniforme da Gestapo.

— Eu não vou simplesmente *ficar* aqui. Não vou deixá-lo. Tenho que ir buscar Willem.

— Eu vou com você. — Eu me levanto, desajeitada. — Também não posso deixar Mirjam. Não posso deixar seu corpo.

— Não. — A mão dele já está na maçaneta. — Você não pode voltar. Acabou de ser vista sendo escoltada por um membro da Gestapo.

— Mas eu prometi que ia encontrá-la. Ela está lá fora, sozinha. Posso levá-la à loja do sr. Kreuk. Tenho uma chave. Vou levá-la para lá. — Minha voz está fora de controle e nem parece ser minha.

Ollie encosta a testa contra a porta, de costas para mim. Seus ombros se sacodem para cima e para baixo.

— Eu vou buscá-la — diz calmamente. — Willem e eu iremos.

— Mas por que você faria isso? — Meus olhos mais uma vez se enchem de lágrimas. — Eu fui imprudente e egoísta. Por que você faria isso por mim?

Ele põe a mão ao lado da cabeça na porta.

— Porque quando ela caiu na ponte... nós nunca vimos Bas depois que ele morreu. Nunca o vimos.

Não há como responder a essa bondade.

— Tenha cuidado — digo. — Fique em segurança.

— Me dê sua chave — ele pede, e então, depois que está com ela: — Espere aqui. Não vá embora.

— Eu não vou — respondo.

Espero muito tempo.

---

## *Terça-feira*

Acordo e não estou no sofá de Ollie, que é o último lugar em que me lembro de ter sentado. Em vez disso, estou em uma cama, e o sol entra pelas janelas, e Ollie está sentado em uma poltrona, do outro lado do quarto. Eu me levanto com um pulo. Não me lembro de adormecer, e odeio meu corpo por deixar isso acontecer. Eu devo ter desligado, de preocupação, tristeza e exaustão, enquanto Ollie se esgueirava de volta para a noite.

— Ollie — sussurro. Minha garganta arde por tanto choro ontem à noite.

— Bom dia.

— O que aconteceu? Onde está Willem?

Meu pânico se apaga quando Willem aparece na porta.

— Estou aqui; estou a salvo.

*A salvo*. Não houve mais mortes na noite passada, exceto por Mirjam. Ela não está a salvo e nunca estará.

— Vocês conseguiram... — Não sei como terminar essa frase. *Vocês conseguiram tirar Mirjam da ponte?*

— Está feito — diz Ollie. — Não foi fácil. Mas está feito.

— Ela está na loja do sr. Kreuk?

— Está. A sra. De Vries sabe o que aconteceu. E achamos que tudo o que os nazistas sabem é que duas garotas tentaram fugir e eles atiraram em uma e pegaram a outra.

Olho ao redor do quarto em que estou, com duas mesas, uma das quais tem uma foto dos pais de Ollie.

— Vocês me deram a sua cama.

— Willem a trouxe para cá — diz Ollie. — Dormimos no chão.

— Eu sinto muito. Sinto muito que tenham tido que ir buscar Mirjam. Sinto muito por não ter corrido quando devia. Eu... — Há muito mais coisas pelas quais devo me desculpar: minha negligência, a maneira como perdi a cabeça e tentei arrastar todos comigo.

— Pelo menos nós pegamos a câmera — diz Willem, muito gentilmente.

— O que vão fazer com ela? Entregá-la de volta para Mina ou destruir o filme?

Eles olham um para o outro.

— Nós não decidimos — diz Ollie. Ele me entrega uma caneca que estava pousada em seu apoio de braço. — Beba. — Levanto a xícara de modo automático, mas quando o líquido desliza pela minha garganta, nem sequer registro o que é. Nas últimas doze horas, senti tudo o que poderia sentir. Agora estou entorpecida.

— Eu tenho que ir. — Estou com as mesmas roupas da noite passada, embora alguém tenha tirado meus sapatos. Estou amassada e suja. Há um fio puxado nas minhas meias, meu último par. Quando tento ficar de pé, minha cabeça gira.

Willem olha para Ollie, preocupado.

— Ela deveria tomar café da manhã. Não é, Ollie?

— Eu tenho que ir à casa da sra. Janssen. Tenho que contar a ela o que aconteceu.

Nenhuma parte do meu corpo quer fazer essa visita, mas adiar isso só vai ser pior. Às vezes, a esperança pode ser venenosa. Preciso tirar a sra. Janssen de seu sofrimento o mais rápido possível.

Willem traz meus sapatos, repetindo sem parar que posso ficar mais um pouco. Por fim, ele percebe que não me fará mudar de ideia e envolve um pouco de pão e uma maçã em um guardanapo para que eu leve. Não consigo pensar em comer agora, mas não quero dizer isso a ele. Vou colocar a comida na minha bolsa assim que sair do apartamento.

Minha bicicleta está... eu nem sei onde minha bicicleta está. Ainda no hall do apartamento da sra. De Vries, suponho, onde a deixei antes de Ollie e eu assumirmos nossa posição no açougue. Em uma versão mais feliz da história, eu teria pedalado para casa esta manhã, depois de deixar Mirjam lá, sã e salva.

Sem uma bicicleta, tenho que caminhar até a casa da sra. Janssen, o que leva quase uma hora. Tenho algumas moedas no bolso e poderia pegar um bonde, mas acho que mereço a dor. No caminho, penso em como vou contar a ela. Se é melhor simplesmente dizer "Ela está morta, sra. Janssen", ou se devo começar do início, explicando o que aconteceu e onde o plano falhou.

Acontece que não preciso dizer nada. A sra. Janssen sabe, pelos meus ombros caídos ou pelas minhas roupas amassadas, ou talvez apenas pelo jeito como estou caminhando. Ela estava esperando na janela da frente de sua casa e quando me vê caminhar sozinha na rua, deixa a cabeça cair em direção ao peito.

— Como aconteceu? — pergunta ela quando abre a porta. Parece errado dar a notícia nos degraus. Mas tudo isso parece errado.

Cada palavra machuca minha garganta enquanto a forço a sair.

— Ela correu. Tentei fazer com que me seguisse, mas ela correu. Eles a pegaram. Ela está morta. — Eu acrescento a última frase porque "pegaram" pode significar apenas que ela foi capturada. Não quero ter que explicar duas vezes que Mirjam nunca voltará para esta casa.

A sra. Janssen se apoia pesadamente na bengala, e sinto que estou vendo outro pedaço dela se quebrar. Entorpecida, pego o cotovelo dela e a ajudo a voltar para dentro de sua própria casa. Ambas nos sentamos no sofá feio da sala de estar.

— O que aconteceu? — pergunta ela. — Por que ela fugiu de você? — Seu sofrimento é silencioso e digno, e de alguma forma isso torna tudo pior. Acho que seria mais fácil se ela ficasse completamente arrasada, como eu fiquei na noite passada, quando Ollie teve que me arrastar para casa porque eu não conseguia nem raciocinar direito. Mas a sra. Janssen sofre de uma maneira prática, como alguém que está acostumado a perder coisas.

Por que Mirjam *fugiu* de mim? Se ela estava disposta a correr para escapar dos nazistas, por que ela não fugiu comigo, a pessoa que acabara de dizer que estava lá para ajudá-la?

— Eu não sei — admito. — Mas eu era uma estranha me aproximando dela no meio da noite, segurando sua mão e dizendo para me seguir. Talvez ela tenha ficado assustada. A noite foi muito confusa. Estávamos todos assustados.

— Você acha que ela pensou que você era uma infiltrada, trabalhando para os soldados? Ou talvez ela não tivesse certeza de qual direção você estava dizendo para ela correr?

— Eu não sei. Eu não sei.

— Eu deveria ter ido. — O rosto dela está abatido. — Ela não conhecia você, mas me conhecia.

— A senhora não poderia ter ajudado — digo com firmeza. — Nenhuma de nós poderia ter feito nada. — No entanto, não sei se é verdade. Eu deveria ter mencionado o nome da sra. Janssen para Mirjam? Isso teria ajudado? *Por que ela não me seguiu?* Por fim, ofereço o único conforto que tenho, por menor que seja.

— Estamos com o corpo dela. Meus amigos conseguiram resgatá-lo. Está na loja do sr. Kreuk.

— Quem está com ela?

— Agora, ninguém. O sr. Kreuk costuma chegar às oito e meia. Quando ele chegar, vou pedir que cuide dela. Pedirei que encontre um lugar para enterrá-la.

— Eu vou pagar — ela diz de imediato.

— Eu é que vou pagar — digo. Vou pagar com o dinheiro que a sra. Janssen me deu para encontrá-la. É a única coisa que posso fazer. Deve dar para comprar uma lápide com esse dinheiro. Simples, mas bonita.

— Você deve ir para a funerária — diz a sra. Janssen.

— Eu posso ficar. Posso lhe fazer companhia.

— Você deve ir, Hanneke — diz ela. — Não quero que ela fique sozinha.

---

Mas antes disso, vou à casa da sra. De Vries. Eles já sabem o que aconteceu na noite passada.

— Hanneke, eu sinto muito — diz a sra. De Vries quando abre a porta, soando o mais simpática que acho que é capaz de ser. Ela deve ter me visto entrar no prédio, porque nenhum dos *onderduikers* se esconde. Os Cohen estão sentados no sofá, de mãos dadas. Mina vem correndo por trás da sra. De Vries e me abraça.

— Nós vimos o transporte sair do Schouwburg ontem à noite. — Seu rosto está enterrado em meu pescoço. — Depois não vimos mais nada. Ficamos esperando que vocês chegassem aqui, mas só tivemos certeza de que algo tinha dado errado horas depois, quando Willem veio até nós, procurando por vocês.

As crianças estão acordadas, ainda de pijamas, parecendo estupefatas atrás de sua mãe, assistindo nossa conversa e, obviamente, tentando descobrir o que está acontecendo. A sra. De Vries percebe isso e manda os meninos voltarem a brincar no quarto, e os Cohen se mexem para ajudá-la.

Mina e eu continuamos de pé na entrada, abraçadas, por um longo tempo. Nos fundos do apartamento, os gêmeos riem. Fecho meus olhos e tento abafar o som, que parece muito inadequado agora. Quero me arrastar para a cama e ficar lá por dias. Eu quero desistir.

Até Mina está chorando. A corajosa e otimista Mina, que queria resistir, mesmo quando precisou se esconder. E que bem isso causou? Que bem qualquer um de nós pode fazer contra a monstruosa máquina que atira em meninas pelas costas enquanto elas correm com medo?

Sinto um tapinha leve no meu ombro. É a sra. Cohen, segurando o que parece ser uma toalha de mesa branca dobrada. Ela se desculpa por me incomodar e estende o tecido para que eu o pegue.

— Para a sua amiga — explica. — Eu não sei se você sabia... pessoas de nossa fé costumam ser enterradas com roupas tradicionais. Isto é apenas uma toalha de mesa; hoje em dia, não podemos manter todas as nossas tradições. Mas achei que talvez você fosse gostar de ter algo com que envolver sua amiga antes de ela ser enterrada. Só se você quiser. Não quero forçar nada.

Em silêncio, pego a toalha de mesa dela, o linho macio roça meus dedos.

— Também teríamos um guardião com o corpo, para que o falecido não precisasse ficar sozinho. Não poderemos estar lá para o enterro, é claro — diz a sra. Cohen. — Mas se você nos disser para que horas está programado, meu marido e eu faremos a oração de luto.

— Obrigada. — Por conta desse gesto, eu quase começo a chorar de novo. Eu mal conheço os Cohen; não sei nem quanto eles sabem sobre o que eu vinha fazendo ou por quê. — Obrigada — repito, porque não sei o que mais dizer.

# VINTE E OITO

O sr. Kreuk não me faz perguntas sobre quem era Mirjam ou por que quero cuidar de seu corpo, e fico grata por isso. É uma retribuição, imagino, por todas as perguntas que não lhe fiz quando nos conhecemos. No escritório, ele apenas me dá um tapinha no ombro e dobra com cuidado as mangas de sua camisa, do jeito que sempre faz antes de começar a trabalhar. Algumas horas depois, ele me diz que o corpo já foi vestido, com exceção de meias e sapatos.

Ao sair da casa da sra. De Vries, fui para a minha e procurei alguma roupa para Mirjam. Meus pais tinham ido à consulta de rotina com o médico de papai. Escolhi um vestido que eles me deram de aniversário há alguns anos. Ele ainda me serve — uma das raras coisas boas que ainda tenho —, mas eu o dobrei mesmo assim, e pus meus sapatos de couro favoritos em uma bolsa.

— Posso? — sussurro para o sr. Kreuk. — Posso ser eu a fazer isso?

Ele parece assustado. Esta é a primeira vez que peço para estar na mesma sala que um corpo. Normalmente, eles são trazidos pela entrada dos fundos, limpos, vestidos e colocados em seus caixões. Eu nem entro naquela sala.

— Você tem certeza?

Assinto.

— É importante para mim. — Porque eu falhei com ela. Porque a encontrei muito tarde. Porque seu casaco azul está destruído, coberto de sangue.

Ele me leva para a pequena sala branca. Eu carrego os sapatos, as meias e a toalha de linho que a sra. Cohen me deu. Eu deveria ter pedido a ela que me explicasse o que fazer com isso. Deve ser enrolado em volta de Mirjam ou só posto sobre ela? Eu deveria ter trazido as outras roupas ou ela deveria usar apenas a mortalha? Isso ao menos tem importância? A sra. Janssen disse que os Roodveldt não eram ortodoxos.

O sr. Kreuk fica a alguns metros de mim enquanto olho para o corpo que costumava ser Mirjam, deitado na mesa fria. Só estive com uma pessoa morta duas vezes antes, nos funerais dos meus avós, quando eu tinha onze e doze anos, e naqueles momentos havia iluminação fraca e música. Agora há apenas silêncio e Mirjam. Ela é tão pequena.

Aqui está ela, o corpo dela, e é a primeira vez que a vejo. O rosto tem formato de coração, com os cabelos escuros fazendo um bico na testa, e o queixo tem uma ponta fina, com uma pequena marca de nascença à esquerda. Os cílios são grossos e longos. Ninguém me disse isso ao descrevê-la, quão aveludados eram seus cílios. O nariz é embotado na ponta, um pouco curto demais para o rosto dela. Ninguém me disse isso também. Logo abaixo do colarinho do vestido de cetim, a ponta de um curativo branco cobre a ferida por onde a bala que a matou saiu. Eu ajeito o colarinho, escondendo isso.

— Você fez... você fez um belo trabalho. Obrigada. Ela parece quase... — Eu deveria dizer que ela parece quase como parecia em vida, que é o que as pessoas dizem ao sr. Kreuk quando querem agradecer com o maior elogio. Mas não posso dizer isso, já que não tenho ideia de como ela parecia em vida. — Ela parece em paz.

— Existe mais alguma coisa que eu possa fazer por você? Ou pela sua amiga?

— Acho que não.

— Os arranjos funerários. Você vai precisar de um lugar tradicional ou... ou algo especial?

Esta deve ser sua maneira de me perguntar se Mirjam precisa ser enterrada em um cemitério judeu. Sei como seria difícil para ele encontrar um lugar desses.

— Apenas algum lugar bonito. Não haverá funeral. Apenas o enterro.

Ele hesita, como se tentasse decidir se deve falar, e por fim sai sem dizer nada.

Eu não consigo tocá-la ainda. Em vez disso, viro-me para onde seu casaco azul está perfeitamente dobrado sobre uma mesa. O colarinho e os botões superiores estão cobertos de sangue seco, respingado também pelo restante do casaco, enferrujado e marrom. O sr. Kreuk já verificou os bolsos e colocou seus pertences em cima do casaco. Seus documentos de identificação, marcados pelo tiro e também com cor de ferrugem, e uma carta, que devia estar no bolso lateral, porque o papel está limpo e branco.

*Se eu pudesse voltar no tempo e nunca conhecer T, eu faria isso agora mesmo. Foi uma coisa muito idiota para ficar entre nós. Vou consertar as coisas com você quando nos encontramos de novo.*

*Com amor, Margaret*

O último bilhete adolescente de Mirjam sobre seu último drama. Por que ela escreveu isso? Amalia estava chateada porque Mirjam estava passando muito tempo com Tobias? Amalia conheceu Tobias e não o aprovou? É incrível como tudo isso importa pouco agora.

Como o sr. Kreuk prometeu, Mirjam está vestida, exceto por suas pernas e pés, que repousam nuas abaixo do vestido que vai até a canela. Pego uma meia branca e começo a deslizá-la sobre os dedos dos pés e o calcanhar. Seus pés estão muito frios. Seus pés estão muito frios, e apenas algumas horas atrás estavam correndo pelas ruas de paralelepípedo e, de repente, as lágrimas escorrem pelo meu rosto. Todos os jogos que costumava jogar para tentar me convencer de que Bas não morrera sozinho. Mas, no fim das contas, todos morremos sozinhos.

Os sapatos que trouxe para ela são os melhores que tenho. Meus sapatos de festa para as festas a que não vou mais, com bico de cetim. Meus pés são um pouco maiores que os dela, então os sapatos não cabem perfeitamente, mas ela nunca vai notar a diferença. Quando termino de arrumá-la, pego uma das mãos de Mirjam e a dobro por cima da outra, afasto alguns fios de cabelos soltos do seu rosto e ajeito a bainha do vestido, que subiu nas pernas enquanto eu lutava com uma das meias. Minhas lágrimas começam a correr pelos motivos mais estranhos. A forma como seus lábios estão rachados, como os lábios de todos nós racham no inverno. Ou seus joelhos. Seus joelhos brancos perfeitos, expostos e vulneráveis até eu puxar o vestido de volta sobre eles.

Eu digo ao sr. Kreuk que estou passando mal e preciso ir para casa. Ele sabe que estou mentindo, mas não diz nada além de que espera que eu melhore em breve e que seria útil saber quantas pessoas irão ao enterro de Mirjam.

— Apenas eu — digo. — O mais rápido possível.

Ele diz que já conseguiu um lugar no cemitério e que pode arrumar para que a cova seja aberta amanhã de manhã. Ele me diz a hora em que devo chegar ao cemitério. Não sei como ele encontrou uma vaga tão rápido, a menos que pertencesse a outra pessoa e que essa pessoa já não tenha mais um lugar para ser enterrada.

Antes de sair do escritório, o sr. Kreuk pega minha mão e pressiona algo nela. Olho para baixo. Uma grande barra de chocolate belga, uma marca conhecida, melhor que qualquer outra que vi desde que a guerra começou. Ele poderia vendê-la por vinte vezes o seu valor no mercado ilegal e é por isso que eu sei que ele se importa. Doar os produtos que podem ser vendidos é o maior sacrifício do contrabandista.

Eu me dirijo para casa. Eu deveria ter pensado em pegar minha bicicleta na casa da sra. De Vries quando estive lá, mas não pensei. Caminhei até todos os lugares em que estive esta manhã, quilômetros e quilômetros, e de alguma forma mal percebi. O frio penetrando pelo meu casaco e as pedras castigando meus pés: parecem dores bem-vindas, muito mais fáceis de lidar do que a dor do vazio no meu coração. Quando finalmente chego em casa, depois de quarenta minutos de caminhada penosa, minha bicicleta está esperando por mim do lado de fora do meu prédio, e Ollie também está lá. Sua voz cansada mantém uma conversa tensa e trivial com meus pais.

— Eu ia apenas deixar sua bicicleta — explica ele. — Mas sua mãe me viu pela janela. Eu estava agora mesmo contando a ela como você me deixou pegá-la emprestada para ir ao hospital com minha mãe e meu pai. Pia está muito agradecida por você ter podido ir ficar com ela.

— Foi bom vê-la novamente. E fico feliz que o mal-estar de sua mãe tenha sido um alarme falso.

Parece estranho que eu passe por tudo isso e mamãe e papai nunca fiquem sabendo do que aconteceu. Essas mentiras que contei a eles, sobre onde eu estava e quem estava doente e para qual hospital a mãe de Ollie foi — todas parecem besteira agora. Sento-me ao lado de Ollie enquanto mamãe traz o almoço. A mão dele encontra a minha sob a mesa. É quente e reconfortante, e quando a aperto, ele aperta de volta.

— Sr. Kreuk arranjou tudo para o enterro — sussurro para Ollie quando mamãe está ocupada na cozinha e papai lê na sala de estar. — Obrigada por trazer minha bicicleta.

— Quando é o enterro? Eu quero ir.

Eu digo a ele que não precisa, que ele nunca conheceu Mirjam. É uma coisa tola para dizer, já que também não a conheci, embora eu sinta como se conhecesse, de formas que não valem a pena explicar agora. Ollie insiste em ir e diz que vai me encontrar no cemitério amanhã de manhã.

No fim, Ollie e Willem vêm, e também a sra. Janssen. É a primeira vez que a vejo sair de sua casa. Ela se apoia na bengala enquanto caminha, e Christoffel veio com ela em um táxi, ajudando-a, oferecendo seu braço enquanto ela segue devagar sobre a grama acidentada e as pedras.

O sr. Kreuk encontrou um caixão de pinho simples para Mirjam e o trouxe até aqui no carro fúnebre. É a opção mais básica que vendemos, mas ainda custa uma semana do meu salário.

Nós ficamos ao redor da sepultura vazia enquanto o caixão é baixado para o chão. Não temos um ministro ou um rabino. Somos apenas nós seis e dois coveiros, que ficam a poucos metros debaixo de um conjunto de árvores, com as mãos apoiadas nas pás.

A sra. Janssen faz uma oração baixa, e acho que os lábios de Willem também se movem. Ollie e eu não dizemos nada. Nós ficamos de pé enquanto o caixão é baixado, e depois de dez minutos de silêncio respeitoso, os coveiros se movem atrás de nós para começar a encher de terra o buraco aberto.

# VINTE E NOVE
## *Quarta-feira*

Quando o enterro termina, o sr. Kreuk me diz para tirar alguns dias de folga, para voltar a trabalhar quando me sentir melhor, e então se afasta no carro fúnebre. A sra. Janssen parte em seguida, apoiando-se em Christoffel, enquanto se curva para entrar no táxi. Ela me pede para ir visitá-la em breve, e eu prometo que irei, embora neste momento seja difícil me imaginar fazendo isso.

Ollie e Willem estão olhando para mim enquanto ficamos parados na frente dos portões do cemitério.

— Quer que a gente leve você para casa? — sugere Willem. — Não temos aula esta tarde.

— Na verdade, não quero ir para casa. — Meus pais não sabem que hoje não é um dia normal. A ideia de inventar uma desculpa para chegar cedo e me sentar com eles, num luto velado, é insuportável. Eu deveria voltar ao trabalho, mas também não quero fazer isso. Já tive morte suficiente por hoje. — Podemos fazer outra coisa?

— O que você tem em mente? — pergunta Ollie.

— Qualquer coisa. Qualquer coisa além de ir para casa ou ficar aqui. Algo normal.

Ele lança um olhar inexpressivo para Willem. Nenhum de nós sabe mais como seria uma tarde normal, na qual não estejamos transportando crianças do Hollandsche Schouwburg, ou tentando encontrar esconderijos para *onderduikers* ou negociando contrabando. Se não houvesse guerra e fôssemos jovens normais, o que estaríamos fazendo hoje?

— E se... — Willem morde o lábio. — Que tal dar um passeio de bicicleta?

— Um passeio de *bicicleta?* — A boca de Ollie se retorce. É um dos dias mais frios do inverno. Todos nós pedalamos muito, sempre, apenas para nos deslocar, mas o clima não está propício para um passeio agradável. — Me desculpe — diz ele para mim. — Eu não queria rir.

No entanto, a sugestão me agrada, pela mesma razão que a caminhada no frio me agradou antes. Há um nível de esforço e desconforto envolvido. Não será um passeio puramente alegre. Será entorpecente, o que parece agradável.

— Isso! — Willem está se animando agora. — Podemos ir ao Ransdorp. Pedalar pelo campo. Fazer um piquenique.

Agora ele está sendo bobo de propósito. Ransdorp é uma aldeia do outro lado do rio, com fazendas e algumas pequenas lojas ladeando grandes ruas de cascalho. A ideia de ir a um destino turístico interessante é ainda mais absurda.

Mas nós vamos mesmo assim, pegando a balsa para atravessar o rio, passando pelo mesmo ponto em que encontrei Christoffel há alguns dias e lhe pedi que entregasse uma carta. Paramos e compramos pão no caminho, Willem e Ollie enfiam os pães nos bolsos de seus casacos enquanto puxo a barra do meu vestido para cima, o suficiente para que não fique preso nos aros da minha bicicleta.

Está frio, tão frio quanto eu esperava, mas o sol torna tudo suportável, e quando saímos da balsa, as pedaladas nos mantêm aquecidos. Devemos parecer estranhos: Ollie e Willem de terno escuro, e eu com o único vestido preto que tenho, pedalando numa fila única ao longo da estrada ao lado de um riacho. Sinto uma pontada na lateral do corpo por causa do esforço. Isso é bom, então eu pedalo mais rápido até ultrapassar os rapazes, primeiro a distância é curta, depois bem maior.

— Do que você está fugindo? — grita Willem atrás de mim. Seu tom é leve, mas não parece que ele esteja brincando. Estou fugindo desses últimos dias. Da visão de Mirjam na ponte, do som de um tiro na escuridão da noite, e do olhar da sra. Janssen, triste e resignado, na porta de casa. O cascalho se levanta atrás da minhas rodas.

— Diminua! — grita Ollie atrás de mim. Ele diz algo mais que não consigo ouvir.

— O quê?

— Diminua, tem...

Minha bicicleta desliza sobre uma trilha de gelo escuro, as rodas saindo de controle. Eu tento os freios, mas não há tração. Não consigo parar, e a bicicleta vai se afundando na terra enquanto voo para o chão gelado. Minhas mãos raspam na terra quando as estico para aparar minha queda. Elas doem, mas meu joelho esquerdo leva a pior. Eu o sinto bater no guidão enquanto voo, e depois caio em algo afiado e doloroso.

— Hanneke! — chama Ollie.

Perdi o ar; estou no chão, ofegante, tentando inspirar ar suficiente para responder.

— Estou bem. Estou bem — consigo dizer, erguendo a palma da mão suja para que ele saiba que eu posso cuidar de mim mesma. Devagar, me apoio nas mãos e joelhos, mas ficar de pé parece esforço demais e, por fim, deixo Ollie me ajudar a sentar em um pedaço de grama congelada. Hesitante, puxo minha saia. Meu joelho esquerdo está ensanguentado: uma grande pedra presa no meio, com pequenas partículas de cascalho ao redor.

Willem se agacha para olhar a ferida.

— Precisamos limpar isso — diz ele. — Não dá para dizer quão grave é.

Ele corre para o riacho, mergulhando seu lenço e o espremendo em cima do meu joelho, fazendo escorrer trilhas de água suja de terra. Nós três examinamos a ferida. A grande pedra não está tão funda como eu temia, mas quando Willem a remove, um novo fluxo de sangue escorre pela minha canela.

— Doeu? — pergunta ele.

— Doeu, sim — digo, e então, de forma inapropriada, dou risada, porque parece tão trivial, depois de tudo o que aconteceu, ter um joelho ralado em um acidente de bicicleta e isso ser o que dói.

Ele me lança um olhar estranho.

— Você está bem?

— Estou — digo, sufocando outra risada.

— Bem, aperte isso aí — instrui ele, me entregando o lenço. — Não parece que machucou muito. Sem contar essa pedra, o resto são só arranhões. Provavelmente vai ficar com uma cicatriz pequena. Se amarrarmos o lenço na sua perna, você acha que ainda consegue pedalar para casa?

Depois que estou enfaixada, aceito as mãos estendidas de Willem e Ollie, que me ajudam a levantar, e observo enquanto Ollie puxa minha bicicleta de volta para a estrada. Ele monta nela, dando algumas voltas para se certificar de que tudo está funcionando como deveria. Olho para o meu joelho, agora habilmente enfaixado. Dobrá-lo envia ondas de dor ao meu tornozelo, mas é uma dor administrável.

— Você tem certeza de que está tudo bem?

— Tenho. — Mas quando monto de volta na bicicleta, percebo que não tenho certeza. E não é a dor. É que algo está me incomodando e não posso dizer exatamente o quê.

— Nós não precisamos ir rápido — diz Ollie. — Se quiser, um de nós poderia ir na frente e tentar encontrar alguém de carro para levar você.

O que está me incomodando? Eu pedalo devagar, a dor é ora suave, ora aguda, dependendo de como meu joelho está dobrado. O que está me incomodando? Estou quase conseguindo identificar.

— Ou você poderia ir na garupa de um de nós e poderíamos voltar mais tarde para buscar sua bicicleta — oferece Willem.

— Eu consigo pedalar.

*Meu joelho. Meu joelho recém-ralado, que em breve terá uma cicatriz.*

Os joelhos de Mirjam. As pernas brancas e nuas que vi enquanto colocava suas meias e seus sapatos.

— Hanneke? — chama Willem. — Eu perguntei se você quer ir na frente ou atrás? Hanneke?

Judith se lembrava de quando Mirjam tinha ganhado seu belo casaco azul. Não foi apenas um presente, foi algo que ela ganhou porque rasgou outro casaco e não tinha conserto, ela ralou o joelho e ficou com uma cicatriz permanente.

Aqueles joelhos no porão do sr. Kreuk não tinham cicatrizes; eles eram lisos, brancos e redondos.

Ollie pedala na minha frente, indo de um lado para outro e olhando para trás para ter certeza de que não caí outra vez.

— Ollie — chamo. — Você pretendia fazer uma visita a Judith hoje?

Ele para.

— Por quê?

— Se você for, poderia pedir que ela contasse sobre a marca de nascença no queixo de Mirjam? Pergunte a ela... Não, é só isso. Só pedir para a ela falar sobre isso.

Agora ele e Willem estão se olhando.

— Hanneke, talvez você devesse esperar aqui com Willem enquanto ando na frente e encontro um médico — sugere Ollie.

Eu balanço a cabeça. Alguma coisa está errada, mas não é o que Ollie está pensando.

— Eu preciso voltar, agora mesmo. Se você falar com ela, venha me encontrar. Eu estarei... — Eu penso, tentando descobrir onde estarei, e onde será seguro para ele me encontrar. — Ligue para mim na casa da sra. De Vries; ela ainda tem um telefone.

— Do que você está falando? Hanneke, pare.

Minhas pernas queimam, mas eu as forço para pedalar, mais rápido, até eu passar Ollie e voltar para a estrada de cascalho em direção à balsa. Ollie e Willem ficam montados em suas bicicletas, tentando decidir se me seguem. Não posso perder tempo explicando mais.

Eu sei o que vi. Sei tudo o que vi, quando vesti Mirjam na mesa ontem. Sei que seus joelhos eram lisos.

Está ficando difícil respirar, mas não acho que isso tenha algo a ver com a dificuldade de pedalar, ou com o ar frio, ou com a minha queda.

A balsa está à vista agora. Os passageiros estão desembarcando. Meus joelhos doem, mas definitivamente não consigo me concentrar na dor. Agora, neste mundo que desmorona diante dos meus olhos, só há uma coisa em que consigo me concentrar: o corpo que vesti ontem. O corpo pelo qual chorei. Só consigo pensar nele assim agora: o corpo. Porque quem quer que eu tenha vestido, quem quer que fosse aquela pessoa, não era Mirjam Roodveldt.

# TRINTA

Como a menina na mesa poderia não ser Mirjam Roodveldt?

Havia uma garota diferente com um casaco azul-celeste saindo do Schouwburg, uma que não vi? Eu estava tentando ajudar a garota errada a fugir?

Quando chego à casa da sra. De Vries, já não tenho novas perguntas a fazer, e as mesmas continuam girando em minha mente. A sra. De Vries não atende, mas sei que Mina deve estar aqui. Depois de três batidas, finalmente digo baixinho pela porta que sou eu e que estou sozinha.

— O que há de errado? — pergunta Mina por trás da porta, enquanto a abre, apenas o suficiente para que eu passe. — Você sabe que eu não deveria abrir a porta... um vizinho poderia me ver.

— Onde está a sra. De Vries?

— Na casa da mãe dela com os meninos.

— E os Cohen?

— Tirando um cochilo na sala de visitas. O que há de errado?

Mantenho minha voz baixa, pegando o braço de Mina e a guiando de volta para o escritório do sr. De Vries, onde nos sentamos juntas apenas algumas noites atrás.

— Eu preciso ver suas fotos. As da semana passada. Por favor, não me pergunte o que há de errado — imploro, antecipando o que ela vai dizer pela forma arredondada e franzida de sua boca.

— Você... o quê?

— Do Hollandsche Schouwburg. O amigo da sra. De Vries chegou a trazer o projetor?

— Sim — responde ela, hesitante. — Ontem mesmo. Ainda não o montamos.

— Vamos fazer isso agora.

O projetor está em um estojo de transporte, perto da mesa do sr. De Vries. Enquanto apago a luz e fecho a porta, Mina o pega, preto e pesado, e o coloca sobre a mesa de modo que a lente fique virada para uma parede vazia. Quando ela liga a máquina e aperta um interruptor vermelho, aparece um quadrado branco de luz.

— Você quer ver aquela que tem Mirjam? — pergunta Mina. Eu assinto, e ela separa os slides para encontrar a imagem certa e a posiciona na abertura. O quadrado branco da luz desaparece.

No pequeno slide, mesmo com a lupa, Mirjam era pouco mais que uma mancha de céu azul no canto do quadro. Agora, na parede da sra. De Vries, ela tem vários centímetros de altura. Posso vê-la com mais clareza, mas ainda é difícil distinguir os detalhes. Ela ainda é um casaco azul, de perfil, desaparecendo do canto da imagem.

— Mina. — Aponto para a garota na foto. — Esta é Mirjam? — Estou controlada, quase sem emoção. Não quero influenciar sua resposta com meu tom de voz.

Mina mal olha para ela antes de virar para mim.

— Do que você está falando? É claro que é Mirjam. Você disse...

— Esqueça tudo o que eu disse. Eu quero que você olhe para esta foto e me diga se essa é a garota com a qual você estudou. Olhe com atenção.

Finalmente, Mina volta a olhar, apoiando-se nos cotovelos, estudando a imagem. O projetor emite um zumbido baixo e quente. Eu permaneço onde estou, tentando ficar o mais quieta possível.

— Bem? — pergunto quando sinto que não posso esperar mais.

— Sinceramente, não tenho certeza. É o casaco dela. Pelo menos, é um casaco igual ao que Mirjam usava na escola. Mas está muito longe e a cabeça não está completamente virada. Está muito desfocado para dizer. Por que você está me perguntando isso agora?

— Mina, olhe com mais atenção. Aquela garota é ou não é Mirjam?

— Eu *não sei* dizer, Hanneke. — Ela está começando a soar frustrada. — Se alguém me mostrasse essa foto e dissesse: "Algum de seus ex-colegas de turma está nessa imagem?" Eu não sei se apontaria para qualquer uma dessas pessoas. Mas se alguém dissesse: "Me mostre Mirjam Roodveldt nesta imagem", então eu apontaria para a garota no casaco azul. *Agora* você pode me dizer por que tudo isso?

— Eu não sei. Algo não está certo, mas ainda não entendi. Você pode tornar a imagem menos embaçada? Movendo o projetor para mais perto da parede ou algo assim?

Examino a imagem da esquerda para a direita, como se estivesse lendo um livro. Há os soldados. Há pessoas assustadas. Ali, um borrão à esquerda, está uma das voluntárias da creche. No canto inferior direito, está a garota que se parece com Mirjam.

O toque do telefone corta o ar, fazendo-me saltar. Pode ser Ollie. Eu disse a ele para entrar em contato comigo aqui.

— Você vai atender ao telefone? — pergunto a Mina.

— Eu não posso atender. Eu não deveria existir aqui, lembra?

Saio do cômodo, em direção à extensão do telefone que fica perto da porta da frente, e consigo pegá-lo no quarto toque. É mesmo Ollie, ligando de algum lugar com barulho no fundo.

— Hanneke, acabei de falar com nossa amiga no campo. — Ele parece formal e estranhamente controlado. — A conhecida em comum da época da escola de quem você estava tentando se lembrar? Ela não tinha uma marca de nascença no queixo.

Mantenho minha voz tão estável quanto a dele.

— Interessante — digo. — Talvez não estejamos pensando da mesma pessoa. Ela tem certeza?

— Ela tem certeza absoluta. Parece que a menina tinha uma pequena verruga no pescoço e cicatrizes no joelho, mas não uma marca de nascença. — Há uma longa pausa. — Você gostaria que eu fosse jantar esta noite? — pergunta ele, que é na verdade seu jeito de perguntar: *O que está acontecendo?*

— Obrigada por se oferecer. — Eu luto pelo mesmo controle que ele está mantendo. — Mas não. Entrarei em contato em breve.

Desligo o telefone apertando o botão na base e em seguida, ligo para a casa da sra. Janssen, meu dedo treme enquanto disco os números no mostrador, esperando em silêncio que ela ainda tenha uma linha telefônica. Está tocando.

O que estou fazendo? Uma garota está morta. Nós a enterramos esta manhã. Não importa quem ela era, foi triste, horrível e definitivo. Talvez eu deva deixar que isso permaneça definitivo. Talvez a sra. Janssen já tenha passado por coisas suficientes.

Ela atende no quarto toque, grogue, como se eu a tivesse acordado; digo a ela que sinto muito por ter tido que telefonar e que tenho uma pergunta que sei que vai parecer estranha.

— Hanneke? É você?

— Alguns amigos e eu fizemos uma aposta sobre nossa conhecida, a srta. R — digo, esperando um instante para ter certeza de que ela está me acompanhando. — A aposta era sobre ela ter uma marca de nascença no queixo. A senhora se lembra disso?

— Por que você está me perguntando isso?

Eu fecho os olhos.

— Por favor. Apenas responda. Ela tinha?

— Não me lembro. Não? Não tenho certeza. Sim? Você não pode me dizer o que está acontecendo?

— Passarei aí mais tarde — digo a ela antes de desligar. — Eu não sei quando, mas irei.

Mirjam Roodveldt não tinha uma marca de nascença, mas tinha cicatrizes no joelho. A menina da mesa do sr. Kreuk tinha uma marca de nascença, definitivamente, mas nenhuma cicatriz. A menina na despensa da sra. Janssen podia ou não ter uma marca de nascença; a sra. Janssen não se lembra de ter visto uma, mas admite que poderia ter se enganado. Agora, a garota está enterrada e é tarde demais para obter confirmação de qualquer uma das pessoas que poderiam identificá-la.

Eu estava certa o tempo todo, naquele dia em que disse a Ollie que talvez não fosse Mirjam no teatro? Ainda tenho uma chance de salvar a garota?

De volta ao escritório, Mina está sentada onde eu a deixei. Ela não me pergunta quem era ao telefone. É claro que ela já passou do ponto de esperar respostas. O slide ainda está projetado na parede. Tudo parece igual a cinco minutos atrás. Nada faz sentido. Os soldados. As pessoas assustadas. Os casacos castanhos. Os chapéus cor de lavanda.

Na terceira vez que observo, eu vejo. Algo que, de repente, parece tão óbvio que não posso acreditar que não vi antes.

— Tem uma coisa errada com esta imagem — sussurro.

— O que você quer dizer? A cor pode estar desbotada, o filme foi revelado às pressas.

— Não é isso. — Eu saio da frente, para que Mina possa ver do que estou falando. — Olhe com atenção. Com atenção mesmo. Você nota alguma coisa no rosto dessa menina?

Mina franze a testa.

— Eu já disse; está embaçada e é difícil ver o rosto dela. Mas acho que ela parece assustada. Como seria de se esperar.

— Não é a expressão. A direção. — Eu uso a ponta do meu dedo para desenhar linhas explicativas no ar. — Aqui está o soldado, à esquerda. Está vendo? Dando instruções aos prisioneiros. E, bem na frente dele, está seu parceiro.

— E?

— E todas as outras pessoas na imagem parecem ter medo *dos soldados*. Veja. Para onde este soldado está apontando? Todos os outros estão olhando na direção que ele indica. Parece que ele está dizendo a todos o caminho a seguir para o teatro.

A compreensão começa a se estampar no rosto de Mina.

— Para onde Mirjam está olhando?

O rosto de Mirjam está virado em outra direção. Ela não está prestando atenção alguma nos soldados. Seja o que for que ela está olhando, é algo distante, fora do quadro da foto. É possível que seja apenas uma coincidência, que ela estivesse olhando para os soldados, e um barulho ou um movimento a distraíram. Essa é a possibilidade mais lógica e sei disso. Mas não consigo me livrar de outro sentimento.

*É possível que os nazistas não fossem a única coisa que você temia, pessoa que se parece com Mirjam?*

## TRINTA E UM

A sra. Janssen não atende à porta quando toco. Tento mais uma vez, tão alto quanto me atrevo sem chamar atenção de mais para mim.

— Olá? Sra. Janssen, sou eu, Hanneke — digo suavemente.

— Ela saiu — diz uma voz, uma mulher de meia-idade de pé na calçada do outro lado da rua. A sra. Veenstra, a mulher cujo filho não tinha voltado do campo no dia em que Mirjam desapareceu. Ou a não-Mirjam.

— A sra. Janssen nunca sai sozinha.

— Sei disso, mas ela saiu, cerca de dez minutos atrás. Eu disse a ela que poderia buscar qualquer coisa de que precisasse, mas ela disse que tinha que ir pessoalmente.

— Ela disse aonde?

— Não, mas parecia chateada. Achei que tivesse recebido más notícias sobre um de seus filhos. Você quer esperar na minha casa até ela voltar?

— Eu vou esperar... — Estou prestes a dizer que vou esperar nos degraus da entrada quando me dou conta de que não tentei a maçaneta da porta. Eu a giro discretamente agora, e a porta se abre. Na casa ao lado, Fritzi começa a latir. — Vou esperar lá dentro. Ela sabia que eu vinha mesmo.

A sra. Veenstra parece insegura.

— Eu queria ter certeza de que viria hoje — tagarelo tentando ser agradável enquanto penso em uma desculpa que a convença de que posso estar nesta casa. — Você sabe, com o aniversário de Jan. Deve ser por isso que ela está tão chateada. Aposto que está na igreja. — Não tenho ideia de quando é o aniversário de Jan, mas duvido que a sra. Veenstra vá lembrar melhor do que eu e espero que ela não consiga sentir o quanto estou desconfortável. Há uma semana, eu estava nesta casa, lembrando-me de como me comportar em um evento social. Agora estou me lembrando de como contar mentiras e dar desculpas. — Você quer que eu dê a ela seus sentimentos também? — pergunto.

Finalmente ela volta para a própria casa, deixando-me sozinha. Do lado de dentro, a casa da sra. Janssen é silenciosa. Um relógio tiquetaqueia. Uma xícara de chá *ersatz* tomada pela metade está sobre a mesa da cozinha, ao lado de uma fatia de pão comida pela metade. Esses são os únicos sinais de atividade humana. Caminho rapidamente pelo resto da casa para ter certeza: os quartos de solteiro pertencentes aos filhos da sra. Janssen; o quarto da sra. Janssen, cheirando a perfume de rosas e algo mofado; o escritório do sr. Janssen, não utilizado desde a sua morte. Ela não está em lugar algum.

Meu joelho lateja. Ainda estou com o lenço de Willem amarrado em volta dele, e gotas vermelhas penetraram no algodão branco. Enxaguo o lenço na pia da cozinha e voltar a prendê-lo. Eu me pergunto se a sra. Janssen tem um pouco de pó de aspirina e onde o guardaria. Mamãe guarda a nossa na despensa. A porta da despensa da sra. Janssen já está entreaberta, e o trinco secreto está aberto, revelando o esconderijo por trás dos frascos de picles e rabanetes. Lá dentro, a colcha sobre a *opklapbed* está amassada, com uma leve depressão no meio. A sra. Janssen deve ter vindo aqui na noite passada.

Nenhuma busca por pó de aspirina ou a execução de outras tarefas menores será suficiente para me distrair.

A cronologia não revela nada, não importa quantas vezes eu me debruce sobre ela. Quatro semanas atrás, uma garota, que poderia ou não ser Mirjam Roodveldt, apareceu na porta da frente desta casa. Há uma semana, a mesma garota desapareceu, e a sra. Janssen me contratou para encontrá-la. Dois dias atrás, uma garota foi encontrada em uma busca e levada ao Hollandsche Schouwburg. Eu tentei ajudá-la a escapar. Ela foi baleada e morta. Essa era a mesma pessoa que bateu na porta da sra. Janssen? Ou era uma garota diferente, uma que tinha adquirido as roupas e os documentos de Mirjam durante os cinco dias em que ela desaparecera?

Isso realmente importa? Uma garota está morta.

— Olá? — Através de várias paredes, ouço a porta da frente se abrir e alguém chamar. — Olá, sra. Janssen?

Eu corro para fora da despensa, fechando a porta atrás de mim. Uma mulher jovem e loura que nunca vi antes está no salão, vestida com as roupas de uma balconista.

— Posso ajudar?

— Oh! — Ela teatralmente leva a mão ao peito. — Onde está a sra. Janssen?

— Quem é você? O que está fazendo aqui? — digo, decidindo que a melhor forma de evitar responder à sua pergunta é fazer eu mesma uma mais rude.

— Eu sou Tessa Koster. Eu trabalho... trabalhava para o sr. Janssen na loja de móveis. A porta estava entreaberta. Você é... a acompanhante da sra. Janssen? — ela adivinha.

— Sim. A sra. Janssen não está. Posso ajudá-la com alguma coisa?

— Ah, não. Eu vim para deixar algumas coisas para a sra. Janssen, mas voltarei mais tarde, quando ela estiver em casa.

Tessa Koster sorri, nervosa, e enquanto ela se dirige para a porta novamente, junto as informações. A empregada da loja de móveis. Aquela que saiu em lua de mel no dia seguinte ao ataque.

— Fotografias — digo. — Você trouxe fotografias para a sra. Janssen, da sala dos fundos do sr. Janssen.

Ela parece nervosa por eu saber disso; para ela, sou uma espiã enviada para prendê-la.

— A sra. Janssen vai voltar em breve? Eu deveria mesmo conversar com ela.

Mas já estou balançando a cabeça, parecendo tão simpática quanto consigo, porque quero que ela deixe essas fotografias comigo.

— Eu não sei quando ela vai voltar. Talvez você possa voltar amanhã? Mas você é muito corajosa de andar por aí com essas fotografias. Parecia que elas são um tanto... — baixo minha voz para um sussurro e continuo: — *ilícitas*.

— Eu vou... vou ficar bem.

— Você conheceu a família que estava escondida? — pergunto, deixando ela ver que sei mais do que ela imaginava. — A filha? Mirjam.

— Não, não conheci. Você sabia sobre isso? — Ela olha para a porta.

— Você tem certeza de que nunca os viu? Eles ficaram lá por vários meses. Você deve ter suspeitado de alguma coisa. — A sra. Koster desvia os olhos para a aliança recém-colocada em seu dedo, e pela primeira vez suspeito de uma coisa feia.

— Sra. Koster, foi você quem avisou à polícia que o sr. Janssen estava escondendo pessoas na sala dos fundos? Você o denunciou aos nazistas?

— Escute. — Os olhos dela disparam para o lado. — Eu não aprovo o que o sr. Janssen estava fazendo, mas não denunciei ninguém. Eu nem sabia disso. Cheguei para trabalhar e a invasão já tinha acontecido. As fotos estavam na sala dos fundos, cobertas de sangue, e eu levei tudo para casa para limpar, mas a sra. Janssen me escreveu uma carta dizendo que queria as fotos. Esse é todo o envolvimento que quero ter. Posso deixá-las com você? Assim não tenho que voltar.

Ela procura na bolsa de mão, cachos louros caindo em seu rosto e, por fim, pega um envelope de papel.

— Aqui. Tome.

Eu finjo considerar.

— Você tem certeza? Não vai esperar?

Ela empurra o papel na minha mão.

— Fique com elas.

Depois que a levo até a porta, carrego o pacote de fotografias de volta à cozinha. Não estou com pressa desta vez. Sou bastante precisa. Sou bastante paciente enquanto me sento à mesa, coloco o envelope bem na minha frente e me mexo com uma emoção que demoro um pouco para identificar. Medo.

A maior parte do sangue foi tirada das fotografias; restaram apenas alguns traços, fazendo com que os cantos das fotos se grudem quando as passo. Eu as coloco uma a uma na minha frente, uma fileira que se estende sobre a mesa, esta narrativa pegajosa de uma família, de vida e morte.

Aqui estão o sr. e a sra. Roodveldt, presumo, aninhando um bebê com um vestido branco, atrás de uma mesa com um bolo. Um aniversário. Há uma de alguns anos antes: o retrato da sra. Roodveldt vestida de noiva, os olhos baixos, um véu de renda cobrindo os cabelos e um pequeno buquê de lilases nas mãos.

As fotografias vão e voltam nos anos, e a família desfila pela mesa da cozinha desatada do tempo, sorrindo radiante para mim, em seus momentos mais felizes. Festas. Férias. Um novo apartamento, um novo bebê, um diferente do primeiro.

E aqui está uma com duas adolescentes com os braços ao redor uma da outra. A garota à esquerda tem cabelos encaracolados e escuros, uma fraca marca de nascença no queixo e cílios longos e exuberantes. Os olhos dela — que na verdade só vi fechados, na mesa do sr. Kreuk — são largos e expressivos.

A menina à direita é ligeiramente mais alta, também com cabelos escuros, a boca aberta em uma risada. Ela está usando uma coroa de aniversário de papel. Nunca a vi antes.

Com as mãos trêmulas, viro a foto: *Amalia e Mirjam no aniversário de 14 anos de Mirjam.*

Há tantas coisas que eu gostaria de conseguir esquecer. As partes difíceis. Os ferimentos desagradáveis, sob a pele cicatrizada, as coisas que eu gostaria que desaparecessem se as ignorasse.

A última vez que vi Elsbeth, antes de me esgueirar para dentro de sua casa. Foi alguns meses depois daquele dia no meu quarto, quando eu disse a ela que desejava que Rolf estivesse morto no lugar de Bas.

Ela voltou à minha casa. Trazia dois convites de casamento, um para mim e um para meus pais. Constrangida, ela aceitou o chá da minha mãe e respondeu a perguntas sobre o vestido e as flores da igreja. Quando minha mãe nos deixou sozinhas "para que pudéssemos botar a conversa em dia", Elsbeth se virou para mim.

— Minha mãe disse que eu deveria convidar você — disse ela, por fim. — Ela disse que casamentos consertam as coisas. Mas acho que você não vai querer ir. — Não consegui identificar a emoção em seus olhos: Esperança? Raiva? Ela queria que eu fosse ou estava deixando claro que queria que minha resposta fosse não?

— Não — respondi. — Acho que não vou.

— Tudo bem, então — disse ela. — Eu acho que isso provavelmente é um adeus.

Foi tão digno. Foi isso que fez ser tão triste. Terminar uma amizade de doze anos assim, com ela sentada na minha cozinha, com um convite de casamento na mão. Foi quase imperdoável e passei o último ano me perguntando se isso era mais ou menos imperdoável do que a pessoa com quem Elsbeth queria se casar, e qual de nós duas deveria se desculpar com a outra.

Há tantas maneiras de matar coisas, afinal. Os alemães mataram Bas com morteiros. Elsbeth e eu matamos nossa amizade com palavras.

## TRINTA E DOIS

Meu coração parece que saiu do peito.
Amalia. *Amalia.*
Amalia era a garota que Ollie trouxe para o sr. Kreuk na calada da noite. Amalia é a garota que está morta sob a terra. A garota que estive procurando todo esse tempo. Na minha mão, a fotografia da festa de aniversário está pegajosa; sem querer, deixei marcas de dedo por toda parte, tocando os rostos dessas garotas, uma morta e a outra desaparecida.

Na outra sala, ouço a porta da frente se abrir de novo, deixando entrar um assobio de ar. A sra. Janssen? Mas não ouço o barulho suave de sua bengala. Deve ser Tessa Koster outra vez.

— Estou aqui atrás — exclamo. Minha voz é um grasnado.

— Sra. Janssen? — pergunta uma voz confusa. — É Christoffel.

— Oh, Christoffel, sou eu, Hanneke. — Num reflexo, varro as fotografias da mesa, guardando-as de volta no envelope em que estavam. Acabei de enfiar o pacote sob o serviço de chá quando Christoffel entra na cozinha. Ele ainda está usando as roupas formais com as quais acompanhou a sra. Janssen ao funeral hoje mais cedo.

— Onde está a sra. Janssen? — Ele usa sua manga para limpar o suor da testa. — Quando passei aqui um tempo atrás, ela me disse que precisava que eu a levasse em algum lugar. Eu disse a ela que tinha que cumprir outra tarefa rápida e voltaria logo.

— A sra. Janssen... — Eu me interrompo. Estou tendo dificuldades para terminar minhas frases. *Amalia* estava presa no Hollandsche Schouwburg? Amalia, a melhor amiga de Mirjam? Amalia, que deveria estar em Kijkduin? Vagamente, percebo que Christoffel ainda está esperando que eu termine a frase. — A sra. Janssen já tinha saído quando cheguei aqui. Ela disse aonde queria que a levasse?

Ele arqueia as sobrancelhas.

— Ela disse que precisava ver você. Mas você está aqui. Parecia urgente; ela ficou chateada quando eu disse que não poderia ir imediatamente.

— Certo. Certo. Acho que ela e eu ficamos um pouco confusas sobre quem ia ver quem. — Droga. Eu deveria ter dito à sra. Janssen ao telefone que ficasse onde estava, não importa o que acontecesse. Mas não sei como ela teria ido me ver; a sra. Janssen não sabe onde moro. Acho que ela nem sabe meu sobrenome. Se Christoffel não estivesse aqui, eu poderia vasculhar a casa para ver se ela me deixou um bilhete em algum lugar, explicando mais.

— Parecia que ela estava realmente preocupada com alguma coisa — diz Christoffel. — Vou esperar aqui até ela voltar.

— Tenho certeza de que você tem coisas melhores a fazer, Christoffel. Posso dar algum dinheiro por seu trabalho e você volta às suas coisas, o que acha?

Mas, irritantemente obediente, ele toma o outro assento na mesa, mexendo em uma das xícaras de chá. Os minutos passam. Quando a sra. Janssen não conseguisse me encontrar, o que faria em seguida? Algo imprudente? Ela tentaria procurar o sr. Kreuk? Ou Ollie? Quanto contei a ela sobre a resistência?

— Você acha mesmo que está tudo bem se eu for embora? Tenho outro lugar para ir — admite ele.

— Claro que você pode ir. Eu vou dizer a ela que você veio. — Mesmo o arrastar da minha cadeira parece ansioso quando o incentivo a sair de seu assento.

— Onde deixei meu chapéu? — pergunta ele, olhando em torno de sua cadeira.

— Aqui — digo, exasperada, empurrando para ele o quepe cinza que ele deixou sobre a mesa.

Estamos quase fora da cozinha quando um rangido vem da despensa, um som lastimoso, de algo não lubrificado. *Verdorie*. Eu me lembrei de fechar a porta da despensa quando Tessa Koster entrou, mas acho que não tranquei a estante secreta lá dentro. Ela deve estar balançando, solta, por trás da porta fechada.

— Casas antigas fazem os sons mais estranhos — digo.

Estamos na porta da frente agora. Tudo o que tenho a fazer é empurrá-lo através dela, e então posso descobrir onde está a sra. Janssen. Vou começar com o sr. Kreuk. Aquele que nos apresentou, para início de conversa. O sr. Kreuk cuidou do enterro do marido dela.

— Na próxima vez que vier, vou trazer um pouco de óleo — diz Christoffel enquanto abro a porta para ele. — Aquela estante sempre range quando o trinco está aberto.

Ele nem percebe o que disse. Ele não percebeu nada. Foi apenas uma frase para ele. Uma série de palavras, um comentário gentil. Ele está colocando o chapéu. A porta está aberta.

Lentamente, como se eu estivesse observando minhas próprias ações em um sonho, fecho a porta de novo e ela se tranca com clique baixinho.

— Hanneke?

*Aquela estante sempre range quando o trinco está aberto.* Eu repito a frase em minha cabeça, procurando uma maneira de isso significar algo diferente do que sei que significa. *Estante.* Ele não disse a "porta da despensa". Ele disse especificamente "estante". Ele teria que saber que a estante se abre com um trinco. *Sempre.* Várias vezes. Como se ele conhecesse o funcionamento dessa estante secreta e enferrujada.

— Hanneke, achei que você tinha dito que eu podia ir. — Ele está me olhando, confuso.

— Você sabe sobre o esconderijo. — Minha voz sai num sussurro irregular. — Christoffel? — Ele começa a balançar a cabeça, mas é tarde demais. Uma luz cintilou em seus olhos. — O que você sabe sobre isso, Christoffel? — pergunto baixinho.

— Eu não sei nada. Por favor, não vamos falar sobre isso. Por favor, quero ir embora.

Ele estende a mão para a maçaneta da porta mais uma vez, mas me movo e fico na frente dela.

— Eu não posso deixar você ir. Você sabe disso.

— Hanneke, por favor, deixe isso para lá. — A voz dele é tão baixa que mal consigo entender.

Lá fora, ouço alguém vendendo um jornal noturno e o barulho de uma vassoura sobre os paralelepípedos. A vida está seguindo seu rumo e eu estou aqui com um garoto de rosto suave que está completamente sem cor.

— Christoffel, estamos só nós dois aqui. Não me importa o que você me diga, bom ou ruim, eu nunca poderei chamar a polícia ou falar com ninguém além da sra. Janssen sobre isso. Mas por favor, por favor, apenas me conte: como você soube que havia um espaço atrás da despensa?

Lá fora, a vassoura bate em algo de metal, talvez uma moeda. Christoffel olha para o polegar, para uma cutícula vermelha, mordida várias vezes, provavelmente de preocupação. Ele é uns cinco centímetros mais alto que eu, mas é desengonçado, no auge de uma recente espichada.

— Eu não sabia sobre... sobre *ela* — diz ele. — Não no início. Juro que não sabia no início. Normalmente, quando estou aqui, a sra. Janssen fica na sala comigo, e estamos falando ou fazendo barulho, e isso encobre os sons da despensa.

— Mas não o tempo todo?

— Uma vez eu estava entregando algumas coisas. A sra. Janssen não conseguia encontrar sua carteira. Ela subiu as escadas para procurar e ficou muito tempo lá em cima, e aqui embaixo tudo ficou silencioso. Então ouvi algo. Um rangido.

— Você foi ver o que era? — Isso seria típico de Christoffel, sempre solícito, ouvir uma dobradiça enferrujada e decidir investigar para consertar.

— Eu não precisei. Ouvi o rangido, e então ela saiu do armário.

Outra pessoa que a viu. Outra pessoa que sabia que ela existia. O rosto de Christoffel tem um toque de perplexidade, como se ele se lembrasse daquele momento. Como deve ter sido estranho para ele, estar parado na cozinha e ver uma garota saindo da despensa.

— Ela reconheceu minha voz — continua Christoffel. — Disse que estava apenas esperando uma oportunidade quando a sra. Janssen não estivesse por perto.

*Ela reconheceu.* É como se meu cérebro não pudesse absorver tudo o que Christoffel está dizendo de uma só vez, então ele se pega a frases soltas aqui e ali. *Reconhecer* é uma palavra interessante. Teria feito mais sentido se Christoffel tivesse dito "ouviu". Reconhecemos as coisas que já nos são familiares.

— Você a conhecia — digo, e enquanto estou formulando as palavras, decido quem "ela" realmente era. — Você conhecia Amalia.

— Como você sabia o nome dela?

— Como *você* sabia?

— Nós estudávamos juntos. Nós três, crescemos juntos. Eu, Amalia, e... — Christoffel deixa um espaço onde o nome deveria entrar, e não consigo resistir a preenchê-lo.

— E Mirjam.

— E Mirjam — sussurra ele. Então, Christoffel faz algo que eu não esperava e para a qual não estava preparada. Ele escorrega para o chão, deslizando pela parede. Ele cerra os punhos na frente de seus olhos e começa a chorar. Não apenas lágrimas silenciosas: lágrimas gordas e barulhentas, como um menininho.

Eu me ajoelho ao lado dele. Essa é uma dor que reconheço.

— Christoffel, você... Você amava Mirjam?

A garganta dele está seca; ele mal está sussurrando.

— Ela não parecia me notar dessa maneira; ela me tratava como um irmão. Supus que não gostasse de mim. No ano passado, ela me disse que não era que *não* gostava de mim, mas que Amalia gostava. Ela disse que Amalia começou a gostar de mim primeiro, e Mirjam não queria traí-la. No fundo, eu sabia o tempo todo, acho. Amalia começou a ficar nervosa perto de mim. Ela tinha aquela risada... uma risadinha meio nervosa. Mas nunca pensei nela como mais do que uma amiga.

— Você é T. Não Tobias. Você. — Christoffel ergue os olhos para mim, confuso. — Eu encontrei uma carta — explico. — Mencionava um garoto cujo nome ela abreviou como T. Era um garoto de quem ela gostava.

Essas estúpidas princesas inglesas. A carta não era de Mirjam para Amalia, uma que ela nunca teve a chance de enviar. A carta era de Amalia para Mirjam, e Mirjam a estava relendo na aula.

— Meu apelido — diz Christoffel. — É idiota. Nem me lembro como o consegui. Acho que eu devia ser T.

Outro dia, achei que os amigos de Christoffel na balsa estavam todos o chamando de sr. Descolado. É o que *Tof* significa: "Descolado." "Legal." Mas eles não o estavam chamando assim — eles o estavam chamando de Tof, seu apelido, do meio de Christoffel.

— Quantas vezes você viu Amalia na despensa?

— Apenas duas. Na segunda vez que vim, ela esperou até que a sra. Janssen tivesse saído novamente, então disse que havia uma mensagem no jornal e que ela precisava da minha ajuda para fugir.

*Het Parool.* O anúncio de três linhas nos classificados: *Elizabeth sente falta de sua Margaret, mas está feliz por passar férias em Kijkduin.*

No primeiro dia que vim aqui, a sra. Janssen me disse que havia trazido um jornal para Mirjam e depois disse a ela para ficar em silêncio porque o entregador estava chegando. A sra. Janssen nunca me falou que tinha deixado Christoffel sozinho na cozinha. Ela não achava que precisasse. Por que Mirjam anunciaria sua presença ao menino que veio entregar mantimentos?

— Você a ajudou a escapar?

— Ajudei.

— Mas eu não entendo. Ela deve ter dito a você que a sra. Janssen achava que ela era Mirjam. Por que ela iria embora sem contar à sra. Janssen que estava partindo? E como Amalia estava com os documentos de Mirjam na noite da busca?

Ele esfrega a palma das mãos em seus olhos, secando as lágrimas desajeitadamente. Eu não tenho um lenço e não sei se ia oferecer um a ele caso tivesse. Eu estou reconfortando Christoffel? Interrogando? Este garoto na minha frente tem a resposta para todas as perguntas que tenho tentado solucionar há uma semana. Ele ajudou a dar início a uma série de eventos que causaram dor e angústia, e ainda não entendo o porquê.

— Ela... ela me disse que, na noite em que o esconderijo dos Roodveldt foi descoberto, ela encontrou Mirjam na rua — conta ele. — Mirjam estava correndo para salvar sua vida e achava que seria pega em breve. Amalia a fez trocar de documentos com ela. Amalia disse que, se Mirjam tivesse documentos não judeus, poderia escapar, e Amalia poderia só ir às autoridades mais tarde e receber novos documentos. Mas os soldados estavam muito perto. Ela não teve tempo de correr para casa e estava preocupada que, com as roupas e os documentos de Mirjam, seria executada imediatamente. Então veio para a casa da sra. Janssen. Mirjam lhe disse o endereço.

— Mas quando ela chegou aqui, por que não contou a sra. Janssen quem realmente era? Por que não pediu que a sra. Janssen a ajudasse a receber novos documentos?

Ele dá de ombros irritado.

— Eu não sei. Ela só disse que não queria que a sra. Janssen soubesse.

Porque ela queria ter certeza de que Mirjam estava a salvo antes de dizer a verdade a alguém? Porque não queria que ninguém soubesse que a verdadeira Mirjam Roodveldt ainda estava lá fora, que tinha escapado e vivia escondida sob um nome diferente? Porque há algumas partes desta história que nunca farão sentido, não importa quantas perguntas eu faça?

— Para onde ela foi? — pergunto. — Depois que você ajudou Amalia a sair daqui?

— Ela ficou comigo por um tempo. Papai viaja com tanta frequência que não suspeitou que houvesse alguém no porão.

Em seu porão. Até poucos dias atrás, a garota que eu estava procurando estava vivendo na casa de um garoto que vi várias vezes.

— Por que ela saiu? — pergunto. Posso entender por que Amalia nunca foi às autoridades e disse que seus documentos tinham sido perdidos ou roubados: como ela tinha menos de dezoito anos, as autoridades teriam exigido a assinatura de seus pais, e eles já estavam fora da cidade. Posso entender por que ela quis ficar com Christoffel em vez de com a sra. Janssen, um velho amigo em vez de uma estranha que nem sabia quem ela era de verdade. O que não consigo entender é por que, depois de ter tido todo esse trabalho, ela sairia da casa dele.

— Por que ela continuava fugindo dos lugares onde estava mais segura, Christoffel? Eu só preciso que algumas dessas peças façam sentido. — Ele ainda está chorando, as lágrimas fluindo mais rápido, enquanto exijo respostas. — Por que Amalia saiu da sua casa naquela noite?

— *Eu a mandei sair* — ele finalmente grita. — Ela me contou um segredo e eu a mandei embora. Nunca quis que ela morresse. Juro que essa nunca foi minha intenção. Eu estava com tanta raiva dela. Eu disse a ela que os nazistas a tratariam melhor do que eu se a visse mais uma vez. Eu a persegui até a rua. Ela estava fugindo de mim; eu a vi dar de cara com um soldado. Quando foi pega na busca, estava fugindo de *mim*. — Sua voz é alta e aguda.

— Qual foi o segredo? O que foi que fez você se recusar a deixá-la ficar na sua casa?

— Eu não posso. Não posso. — Ele está histérico; se eu tivesse um saco de papel, o faria respirar nele. Em vez disso, dou tapinhas nas costas de seu suéter, úmido de suor. A roupa se agita enquanto ele tenta tomar ar. Ele é só alguns anos mais novo do que eu, mas agora parece um garotinho pequeno. — Não quero falar sobre isso — cospe ele, entre respirações profundas. — Por favor, não me obrigue.

— Ok. Ok. Ok — repito, porque pressioná-lo agora só vai piorar a situação.

Só mais uma coisa. Nem é algo que tenha importância no grande esquema das coisas, mas algo que preciso resolver para minha própria paz.

— Você disse que Amalia pediu para você ajudá-la a fugir no dia em que viu o anúncio no jornal. Mas você não *poderia* tê-la ajudado naquele momento. A sra. Janssen a viu mais tarde, à noite. Você encontrou uma forma de se esgueirar para dentro da casa enquanto a sra. Janssen estava na vizinha, do outro lado da rua? Foi você quem descobriu como fechar a porta dos fundos pelo lado de fora?

— Não. Ela se escondeu na casa enquanto a sra. Janssen estava na vizinha. Eu voltei no dia seguinte.

Sua linha de tempo deve estar errada. No dia seguinte, eu estava aqui. No dia seguinte, eu estava sentada na cozinha ouvindo a sra. Janssen me dizer que Mirjam já havia desaparecido.

— Você está se confundindo. Eu estava aqui naquele dia. Eu vi você entrar. Você veio buscar alguns móveis para vender para a sra. Janssen.

— Eu fiz isso. Eu peguei os móveis.

Christoffel está em silêncio. Eu estou em silêncio.

Ele está me permitindo isso, essa gentileza, a capacidade de juntar as últimas peças sozinha. Se eu não quiser, posso dizer à sra. Janssen que era Amalia na despensa e agora ela está morta, e isso será verdade, e como ela escapou não terá importância. Ou posso juntar as peças e tudo vai doer mais.

Eu tenho que juntá-las. Porque, sem querer, me lembro de como Mina me entregou alegremente uma bolsa de bebê cheia de lenha e eu a carreguei no meu ombro por mais de um quilômetro sem perceber que estava transportando uma parte importante de seu ardil. Estou me lembrando de que o carrinho na verdade era uma câmera. Estou lembrando de que Ollie não amava a mim ou a Judith; ele amava Willem. Estou me lembrando de que nada nesta guerra é o que parece e passei muito tempo sem ver o que está bem na minha frente.

Amalia saiu escondida na *opklapbed*. Christoffel a tirou da casa em seu carrinho de mão. Enquanto eu estava tentando descobrir se devia ajudar a sra. Janssen a encontrar sua *onderduiker* desaparecida, ela não estava desaparecida. Estava a poucos metros de distância.

— Ela estava esperando na *opklapbed* para que você a levasse embora. Esse era o plano o tempo todo.

Estou cansada. Ele está cansado. Ambos queremos que isso por fim acabe de vez.

— Ela esperou por horas — disse ele. — Ficou sentada no escritório enquanto a sra. Janssen dormia, mas quando ouviu a sra. Janssen acordar, ela voltou para dentro. Eu disse a ela que viria pela manhã, o mais cedo possível.

— E então você saiu. Com ela. Enquanto eu estava sentada aqui. Você sabia que eu tinha sido contratada para encontrá-la?

— Uma amiga me pediu ajuda — diz ele finalmente. — Era nisso que eu estava pensando.

Tento encontrar uma resposta. Devo contar a ele sobre o desespero da sra. Janssen quando ela percebeu que a garota tinha desaparecido da despensa? Devo contar como foi quando os joelhos de Amalia se dobraram e ela caiu no chão?

No silêncio, ele está chorando de novo.

— Shhhhh — sussurro para ele. — Shhhhh. — Porque é o que as pessoas sussurravam para mim quando eu chorava por Bas e porque, neste momento, não existem palavras.

# TRINTA E TRÊS
*Sábado*

Quando as coisas chegam ao fim de uma maneira que você não espera, de uma maneira que nunca poderia ter imaginado, elas realmente chegam ao fim? Isso significa que você deve continuar pesquisando, para obter respostas melhores, aquelas que não mantêm você acordado à noite? Ou significa que é hora de ficar em paz?

Levo dois dias para encontrar lugar em um trem para Kijkduin.

O trem vai primeiro a Den Haag, uma cidade que parece ter mais soldados alemães do que Amsterdã. Sigo para Kijkduin, um subúrbio à beira-mar, e à medida em que o trem se aproxima, o ar se torna salgado. Hoje eu sou a única pessoa a saltar nesta estação, segurando minha pequena mala, parecendo uma turista louca que escolheu passar as férias na praia no meio do inverno. Meu cabelo é chicoteado pelo vento que vem da água, e meus olhos ardem no frio da maresia. A cidade tinha se tornado uma estação de férias apenas uma década antes da invasão. Agora, há um forte perto da praia, tomado pelos alemães e usado para treinamentos.

Passo por poucas pessoas no meu caminho para a cidade, os moradores que vivem aqui o ano todo. O segundo, um jovem, me diz que ainda tenho uma longa caminhada até meu destino e me oferece uma carona. Eu subo na garupa da bicicleta enquanto ele pedala, nos conduzindo para o pequeno centro da cidade.

— Aqui estamos. — O ciclista para e inclina a cabeça para um conjunto de prédios do outro lado da rua. O do meio é de um tom verde pálido.

Agradeço e aliso minha saia. A pousada da tia de Amalia tem uma varanda pintada e uma placa alegre pendurada na frente, garantindo aos hóspedes que estão abertos durante o inverno. Eu sei o que há por trás dessa porta, ou acho que sei, pelo menos, mas ainda me sinto uma intrusa. Não enviei nenhuma mensagem antes de vir. Já lidei com muita especulação e incerteza esta semana; queria uma prova que pudesse ver. É a operadora de contrabando que existe em mim precisando de garantias e valores no mundo tangível.

Quando bato na porta, uma mulher de meia-idade responde logo. Negócios fora de temporada não são fáceis de encontrar, especialmente desde que os alemães bloquearam grande parte do litoral com barreiras contra as invasões dos Aliados.

— Você está procurando um quarto? — A mulher que presumo que seja a tia de Amalia já está estendendo a mão para pegar minha mala. — Entre. Há uma lareira no salão e vou preparar alguma coisa para você comer.

Eu a sigo para dentro e penso no que e quanto devo dizer a ela. Eu também não preparei nenhum roteiro. O que vim fazer, depois de tudo pelo que passei, parecia real demais para fingimentos.

No fim, foi isto que eu disse à sra. Janssen, quando ela voltou para casa naquele dia: disse a ela que a garota que ela me mandou procurar estava morta, mas a garota que ela queria que eu encontrasse podia não estar. Eu disse a ela que nunca poderia trazer de volta a garota que ela aprendera a amar durante várias semanas de confinamento, mas que poderia encontrar a garota cuja família havia morrido, assim como o filho e o marido da sra. Janssen tinham morrido. Mostrei-lhe a foto e disse a ela que sabia que não fazia sentido. E disse que tentaria encontrar uma forma de isso fazer sentido, mas talvez nunca conseguisse. Eu disse a ela que sentia muito.

Christoffel se recusou a dizer qualquer coisa a ela. Ele partiu antes que a sra. Janssen voltasse. E disse que não conseguia lidar com a culpa. Eu quis dizer muitas coisas a ele: como ele causou destruição. Como agira de modo impensado. Como precisava me contar o segredo de Amalia. Mas quando ele disse que estava desmoronando sob a culpa, não consegui falar nada disso. Porque entendi o que ele sentia. Porque eu tinha passado mais de dois anos e toda uma guerra me sentindo assim, certa de que minhas ações tinham causado a morte de alguém importante para mim.

— Um quarto, então? — A mulher ainda está esperando que eu responda.

— Eu estou procurando... — ainda não tenho certeza do que dizer. Devo perguntar por Amalia imediatamente? Ou devo esperar até ter um quarto e descer para jantar diante de uma lareira aconchegante? Mas acontece que não tenho que me preocupar com isso, porque, de repente, ali está ela.

Uma garota alguns anos mais nova do que eu, pequena, de traços finos, desce as escadas carregando uma braçada de roupas de cama. Em sua perna direita, visível mesmo na penumbra da luz interna, uma fina cicatriz rosa desce pelo joelho.

— Amalia — diz a tia. — Parece que teremos uma hóspede esta noite. Você pode levá-la ao quarto três? — Ela se vira para mim e pisca. — É o maior que temos, com a cama mais confortável.

Ela mudou um pouco desde a foto do seu aniversário. Seu rosto parece mais velho e seu corpo tem curvas que a menina na foto não tinha. Deixo que ela pegue minha mala, essa garota que só existia em meus sonhos ganha vida na minha frente, e eu a sigo até o segundo andar. Lá em cima, o quarto três é decorado em tons claros de azul e com conchas marinhas, e a janela está aberta alguns centímetros para que a brisa do mar possa entrar, mesmo no frio.

— Nós servimos o jantar às seis — diz ela. É a primeira vez que fala comigo. Sua voz é mais baixa do que eu esperava. — Não é pomposo, mas geralmente tem peixe fresco.

— Eu sei. — É isso que sai da minha boca. Não é um grande discurso, mas a simples declaração que esperei dias para fazer.

Ela sorri.

— Então já se hospedou aqui antes?

Eu balanço a cabeça, e seu nome sai da minha boca.

— Mirjam. Mirjam, eu sei.

O rosto de Mirjam perde a cor. Ela olha por cima do ombro, vendo se alguém ouviu o nome secreto. A porta atrás dela está fechada. As ruas do lado de fora estão vazias.

— Quem é você?

— Eu escrevi uma carta para você. Eu a dobrei em forma de estrela.

— Eu nunca recebi uma carta.

Claro, Christoffel a teria entregado para a verdadeira Amalia, não para a garota fingindo ser ela em uma pousada à beira-mar.

— Eu estava procurando por você — digo, e então percebo que, se ela nunca recebeu a carta, não sabe nada do que aconteceu e terei que contar a ela, desde o início.

Levo muito tempo para explicar tudo: Christoffel, Amalia, os nazistas, a ponte. Continuo repetindo as coisas que ela parece não entender, porque ela achava que Amalia viria visitá-la em breve. Presumiu que Amalia estivesse segura. Ela me ouve com uma expressão congelada e atordoada, seus dentes inferiores mordendo o lábio superior, um hábito que nunca imaginei para Mirjam. Passei uma semana tentando aprender tudo sobre essa garota, mas na verdade não a conheço. Tudo o que ouvi foi uma mistura dela e de Amalia. Conheci as lembranças que as pessoas tinham de cada uma delas e as juntei para formar uma pessoa, mas é alguém diferente que está de pé na minha frente.

Mirjam se afunda em uma cadeira ao lado da porta.

— Você tem certeza? — pergunta quando termino. — Você poderia estar enganada?

Eu perguntei a mesma coisa a Ollie, quando ele me contou que alguém de sobrenome Roodveldt tinha chegado ao teatro, querendo profundamente que tivesse havido um engano.

— Tenho certeza. Ela morreu porque estava se passando por você — digo. Não queria que isso soasse severo. Eu disse isso porque ainda estou tentando, desesperadamente, entender como tudo aconteceu.

Os olhos dela se enchem de lágrimas.

— Você já teve uma melhor amiga?

Assinto. Minha garganta se aperta.

— Tive. Não tenho mais.

— Então você sabe. Você sabe o que é amar alguém como a si mesma e depois a perder. — Não sei se devo deixá-la com seu sofrimento ou pressionar, mas cheguei tão longe e não posso evitar querer ir além.

— O que aconteceu naquela noite, Mirjam? Na noite em que vocês trocaram de lugar?

Ela baixa a cabeça. Ela não quer me dizer ou não quer lembrar e, por um momento, acho que não vai me responder.

— Nós só tivemos alguns minutos. Eu estava fugindo da loja de móveis. Não sabia para onde estava indo, e então Amalia estava lá, comigo, na rua. Ela já estava chorando; seus cabelos estavam soltos e a blusa dela estava desabotoada, e quando ela me viu, me abraçou tão forte que mal consegui respirar. Era antes do toque de recolher, e as ruas estavam tão cheias de pessoas voltando para casa com pressa que ninguém prestou atenção em nós. Eu disse a ela o que tinha acontecido, que minha família estava morta, e ela nem precisou pensar antes de tirar seu casaco. Ela disse que eu me tornaria ela, que havia documentos de identificação e dinheiro no bolso. Ela deveria tomar um trem naquela noite mesmo. Para vir para cá. O bilhete já estava reservado. Sua tia não a via desde criança. Então ela me disse para vir à casa de sua tia e prometeu que nunca revelaria onde eu estava ou o que havia acontecido até eu ter dito que estava segura.

— E foi só isso?

— Quase. — Ela olha para mim novamente, mas seus olhos estão mais duros agora, de alguma forma, fechados e protetores.

É o *quase* que continua me incomodando, que me incomodou durante toda a semana. Eu tive tantas ocasiões em que pensei que quase havia entendido algo apenas para perceber que não entendia nada.

— Mirjam, Amalia tinha um segredo. Ela o contou a Christoffel. Foi por isso que ele a fez sair de sua casa. Isso o deixou tão irritado que Amalia ficou com medo dele. Você sabe o que era? O que Amalia poderia ter dito a Christoffel que o teria perturbado a ponto de ele a mandar embora de um lugar onde estava segura?

Ela aperta os lábios e desvia os olhos.

— Eu não sei de nada.

— Por favor, só estou tentando entender o que aconteceu. Você não tem ideia de quanto as pessoas queriam encontrá-la. A sra. Janssen teria dado qualquer coisa para saber o que aconteceu.

Ela quer me contar. Sei que ela quer que isso termine tanto quanto eu, para que todos possamos recomeçar.

— Mirjam. Você disse que Amalia já estava chorando quando encontrou você. Por que ela já estava chorando? Por que estava fora de casa naquela noite, para início de conversa?

*Conte. Conte e vamos acabar com isso.*

Lenta e deliberadamente, Mirjam enfia a mão no bolso do vestido. Ela tira algo em forma de estrela.

— Isto estava no bolso do casaco de Amalia quando trocamos de lugar. Havia dinheiro para vir para cá. E também isto.

Pego o papel e o desdobro. Mirjam se levanta da cadeira e fica de pé junto à janela, olhando o mar.

*Querida Elizabeth,*

*Me perdoe. Me perdoe. Me perdoe, apesar de eu ter feito algo que você não deveria perdoar.*

*Estou escrevendo isto no bonde e, se eu chegar a você a tempo, não vou ter que lhe entregar isto. É só por garantia. Uma carta de garantia.*

*T e eu ficamos próximos enquanto você estava ausente. Ele ouve quando falo. Ele ri das minhas piadas. É como se ele realmente me visse, pela primeira vez, e sei que você não se importaria, porque você nunca o amou como eu, porque você sempre disse que desejava que ele sentisse por mim o que sentia por você. E achei que ele estivesse começando a retribuir meu amor. Mas não estava. Ele não estava, porque esta tarde ele olhou para mim e disse: "Você deveria usar seu cabelo como o de Mirjam. O dela é tão bonito. Quando a guerra terminar, talvez ela possa ensinar você a fazer." E pude ver em seu rosto que ele nunca vai me amar, nunca.*

*Estou contando isso porque quero que você entenda que eu estava de coração partido. Mesmo que isso não seja desculpa, quero que você entenda que eu estava de cora-*

*ção partido quando cheguei em casa e meu tio estava lá fazendo uma visita, e ele me perguntou por que eu estava tão triste. Quero que você entenda que eu não estava pensando quando disse a ele que estava triste porque o menino de quem eu gostava preferia sofrer por uma menina que tinha que se esconder em uma loja de móveis até a guerra acabar a estar comigo. Meu tio riu. Ele me disse que o menino era burro. E me pediu para contar mais sobre essa garota. Eu contei. Eu contei a ele tudo sobre você. Eu esqueci que ele havia se juntado ao NSB.*

*Esqueci mesmo? Querida Elizabeth, tenho pensado nisso desde o instante em que percebi o que havia feito, desde o momento em que corri para o bonde. Eu realmente esqueci que ele tinha se juntado ao NSB? Ou parte de mim se lembrava e sabia exatamente o que estava fazendo? Vou tentar impedir isso. Eu vou consertar, se puder. Me perdoe. Me perdoe. Me perdoe.*

— Ela delatou você — digo. — Foi por causa dela que os nazistas descobriram seu esconderijo.

Mirjam se vira para mim.

— Você não vê? Ela se arrependeu assim que se deu conta do que tinha acontecido. Foi por isso que estava na rua naquela noite. Ela estava correndo para nos avisar que havia contado. Ela esperava que ainda tivéssemos tempo de fugir.

— Só que era *tarde demais.*

Os olhos de Mirjam estão cheios de lágrimas. Não consigo nem imaginar como deve ter sido aquela noite. Duas melhores amigas se encontram na rua para dizer tantas coisas ao mesmo tempo: *eu traí você, eu te amo, quero salvá-la, me desculpe.* Por toda a Europa, centenas de milhares de pessoas estão morrendo. E aqui, na minha cidade, os nazistas mataram uma família por causa de uma cadeia de eventos que começou com amor, ciúme e uma língua nos dentes.

— Você vai querer odiar Amalia. — Mirjam baixa os olhos para suas mãos cruzadas. — Eu quis. Mais do que jamais odiei alguém. Mas ela não sabia. Preciso acreditar nisso agora. Quando ela contou ao tio, acho que não percebeu o que poderia acontecer. Ela não queria. — Mirjam me fita com olhos enormes. — Você acredita em mim quando digo isso?

— Eu acredito se você acreditar — respondo.

Não sei por que Mirjam se importaria com o que penso de Amalia. Ela nem me conhece.

Mas então me ocorre que eu me importaria se fossem meus amigos. Todos nós — Bas, Elsbeth, Ollie, eu —, eu me importaria que as pessoas entendessem que éramos imperfeitos, que tínhamos falhas e que estávamos fazendo o melhor que podíamos nessa guerra. Estávamos envolvidos em coisas que eram muito maiores do que nós mesmos. Nós não sabíamos. Não queríamos isso. Não foi nossa culpa.

Mirjam vai até a cama e se senta, e eu me sento ao lado dela, e nenhuma de nós diz nada. Apenas olhamos pela janela enquanto as ondas batem na costa.

# TRINTA E QUATRO

No fim, não passo a noite no hotel da tia de Amalia. Mirjam não me conhece bem o bastante para que eu seja um conforto para ela, e depois de um tempo, percebo que não sei o que dizer. Digo a ela que vou voltar para Amsterdã, onde ela teria um lar com a sra. Janssen se quisesse, mas, na verdade, provavelmente é melhor que ela fique aqui até a guerra acabar, com documentos seguros, escondida em um hotel sem hóspedes.

Eu ando de volta em direção à estação ferroviária e perturbo o agente da estação até que ele me consiga um lugar no próximo trem de volta a Amsterdã. A mulher no assento ao meu lado sussurra que a Batalha de Stalingrado acabou e os nazistas perderam — sua primeira rendição oficial na guerra.

— Graças a Deus — digo, o que logo percebo que é um risco: se ela for uma colaboradora, minha resposta deveria ter sido neutra ou desesperada. Mas ela não é, porque estende a mão e aperta a minha com força, uma gratidão compartilhada. E então paramos de falar, porque nenhuma de nós sabe quem poderia estar ouvindo, e ficamos em silêncio enquanto o trem se dirige para casa. Me sinto cansada. Mais do que esperaria, depois de tanta determinação. Talvez não possamos negociar com nossos sentimentos, trocar boas ações para compensar as más esperando ficar inteiros.

Quando chegar em casa, meus pais vão perguntar onde eu estive. Vou jantar com Ollie, Willem e Sanne. Vou visitar Mina quando puder. Meu coração ainda vai doer às vezes. Talvez na maioria das vezes. Acho que é possível me curar sem me sentir inteira.

Encontrei uma garota que não era a que estava procurando. Abro mão de uma amiga de quem ainda sinto falta todos os dias. Vou voltar ao trabalho. Vou melhorar. Vou melhorar lentamente. Vou encontrar todas as coisas secretas e escondidas.

※

A primeira vez que percebi que amava Bas:

Ele tinha dezesseis anos, eu tinha quinze. Não foi naquela tarde em sua casa enquanto ouvíamos rádio. Ali, foi quando ele percebeu que me amava. Na verdade, eu percebi isso na semana anterior. Foi no pátio da escola. Alguém estava dizendo como gostava de ler as últimas páginas dos livros antes, para garantir que todos terminavam bem. Bas disse que essa era a coisa mais estúpida que já tinha ouvido. Exigiu que o livro em questão fosse entregue para ele, e quando isso foi feito, ele o abriu na última página, pegou uma caneta e começou a escrever nela. Eu achei que ele ia escrever *Todos terminaram bem*, mas quando devolveu o livro, na verdade havia escrito: *Todo mundo foi destruído por um urso, foi muito triste, vamos tomar sorvete.*

Então ele pegou minha mão, me ajudou a levantar e disse:

— Talvez o urso não tenha destruído você. Ele só a arranhou um pouco.

Então fiz uma careta, e ele me beijou, e depois caminhamos para tomar sorvete, num lindo início de relacionamento, em um mundo que estava mais perto do fim do que podíamos imaginar.

# NOTA SOBRE PRECISÃO HISTÓRICA

Embora as histórias e os personagens deste livro sejam todos fictícios, os locais e acontecimentos históricos mencionados foram todos reais e aconteceram na Holanda durante a Segunda Guerra Mundial. Os Países Baixos foram invadidos em maio de 1940. Mais de dois mil militares holandeses morreram na Batalha dos Países Baixos e os ocupantes alemães começaram a impor uma série de restrições cada vez mais severas sobre a população judaica.

Cerca de cem mil judeus holandeses morreram no Holocausto, quase três quartos da população judaica, uma porcentagem muito maior do que em países vizinhos. Há muita especulação sobre o porquê disso ter acontecido: a Holanda era um país plano e edificado, sem muitas florestas ou lugares onde se esconder. Os países que cercavam a Holanda também estavam ocupados, limitando as rotas de fuga. O trabalho de resistência demorou para ser organizado — os Países Baixos ficaram neutros durante a Primeira Guerra Mundial e, portanto, os cidadãos não tinham a infraestrutura nem sabiam como criar redes clandestinas. A taxa de colaboração holandesa era comparativamente alta, e mesmo aqueles que desaprovavam a ocupação foram ludibriados por uma falsa sensação de segurança pela forma gradual com que as restrições nazistas foram impostas: o país era um sapo e a água em que estava fervia lentamente.

O Conselho Judeu, composto por líderes da comunidade, no princípio, acreditava que seu papel como ligação entre os nazistas e a população judaica melhoraria o tratamento dos judeus na Holanda. Em vez disso, muitos hoje acreditam que os atos do Conselho inadvertidamente tornaram mais fácil que os judeus fossem rastreados, perseguidos e deportados para a morte.

Houve, no entanto, atos extraordinários de heroísmo no país. Ollie, Judith e seus amigos representam uma amálgama de vários tipos diferentes de atividades da resistência, mas eles são mais diretamente inspirados no Amsterdam Student Group, uma organização de estudantes universitários que se especializou no resgate de crianças, e na maioria dos trabalhadores judeus que foram designados para o Hollandsche Schouwburg. O Schouwburg era um lugar de terror, mas também uma das mais ousadas operações de resgate de Amsterdã. Estima-se que seiscentas crianças judias foram tiradas da creche do outro lado da rua: às vezes escondidas em cestos de roupa suja, às vezes passadas pela parede do pátio para prédios vizinhos, e às vezes escoltadas em plena vista pelos trabalhadores que convenientemente "confundiam" o número de crianças de que cuidavam. Os atos de meus personagens foram inspirados por leituras ou por histórias ouvidas de muitas pessoas afiliadas ao teatro. Para citar algumas: Piet Meerburg, cofundador do Amsterdam

Student Group; Henriette Pimentel, que dirigiu a creche e morreu em Auschwitz em 1943; e Walter Süskind, que falsificava os registros de crianças enquanto dirigia o Schouwburg e morreu em 1945.

O trabalho de resistência dos fotógrafos foi real: uma rede de fotógrafos profissionais ficou oficialmente conhecida como Underground Camera em 1944. Eles arriscavam sua segurança pessoal para secretamente tirar fotografias de soldados e civis, e suas imagens são alguns dos registros mais esclarecedores sobre a vida na Holanda durante a ocupação nazista. As mulheres eram particularmente adeptas: elas escondiam câmeras em suas malas e bolsas de mão. Lydia van Nobelen-Riezouw, embora não fosse membro da Underground Camera, morava em um apartamento com vista para o pátio dos fundos do Schouwburg, e tirou fotos dos prisioneiros judeus quando reconheceu uma amiga de infância entre eles. O enredo de Mina foi inspirado nessa experiência.

O jornal *Het Parool* existiu de verdade; de fato, existe ainda hoje. Os editores arriscaram suas vidas para imprimir todas as edições: treze de seus funcionários foram executados em fevereiro de 1943, apenas alguns dias depois que se encerram os acontecimentos deste romance.

Eu sou jornalista e sempre acreditei que as histórias reais das pessoas são mais emocionantes, mais interessantes e mais dolorosas do que qualquer coisa que eu poderia inventar na ficção. Meu interesse neste projeto começou com férias em Amsterdã e visitas a vários locais relacionados ao Holocausto. Depois, fiz muitas pesquisas e tenho muitas pessoas a quem agradecer por terem me ajudado a descobrir histórias verdadeiras de Amsterdã em 1943.

Ao longo de repetidas visitas, os bibliotecários do US Holocaust Memorial Museum, em Washington, D.C., me ajudaram a encontrar pilhas de livros e DVDs sobre assuntos que iam desde os cupons de racionamento até os códigos linguísticos que os trabalhadores da resistência teriam usado ao se falarem ao telefone.

Greg Miller, do Film Rescue International, conversou pacientemente comigo várias vezes sobre o complicado processo de revelação de imagens em cores na década de 1940. Paul Moody, que dirigiu o documentário holandês *The Underground Camera*, também foi paciente em se corresponder comigo sobre o papel dos fotógrafos durante a guerra; ele recomendou o livro *De illegale camera (1940-1945)*, uma coleção de fotografias de guerra contendo muitas das imagens que descrevi e creditei a Mina. O historiador Allert Goossens, especializado em história militar, procurou em seus arquivos coisas que pudessem me ajudar a encontrar um cenário plausível, permitindo que Bas se juntasse à Marinha aos dezessete anos, idade inferior ao alistamento. Na cidade de Holland, em Michigan, a equipe da Nelis Dutch Village me alimentou com muita comida holandesa, incluindo *banketstaaf* e alcaçuz salgado, que aparecem como alguns dos deleites favoritos de Hanneke. Pat Boydens, que tem o holandês como idioma nativo e que agora mora na Virgínia, leu o manuscrito para a veracidade linguística, ajudando-me a determinar, por exemplo, que tipos de xingamento provavelmente seriam usados por uma adolescente. Laurien Vastenhout foi uma checadora de fatos meticulosa, passando um pente-fino no manuscrito para precisão histórica, e a equipe da Agência Literária Sebes & Van Gelderen também forneceu um feedback inestimável relacionado aos nomes dos personagens e à cultura holandesa.

Houve alguns momentos no livro em que me desviei dos livros de história. Alguns exemplos: fiz a creche do Schouwburg fechar em janeiro, quando na verdade ela só fechou vários meses depois. O *Het Parool* não tinha uma seção de classificados, pelo menos não no inverno de 1943, e não era, até onde sei, usado por pessoas para enviar mensagens secretas. Essas decisões, juntamente com outras rupturas com a História, foram tomadas exclusivamente por mim para fins artísticos, e espero que nenhuma delas seja imperdoável.

Hanneke Bakker não foi, definitivamente, uma pessoa real. Nem Bas e Ollie van de Kamp, Mirjam Roodveldt, ou qualquer um dos outros personagens mencionados pelo nome. Mas, como as pessoas continuam a se perguntar como um acontecimento tão gigantesco e atroz como o Holocausto pôde ter acontecido, eu quis contar uma história de pequenas traições em meio a uma grande guerra. Eu queria ilustrar as decisões que tomamos numa fração de segundo, motivados por coragem moral e covardia, e como somos todos heróis e vilões.

# AGRADECIMENTOS

Escrever é um processo solitário, porque no fim, apenas um par de mãos cabe em um laptop, e na maioria das vezes — pelo menos no meio do projeto — eu queria que fossem de qualquer outra pessoa, menos as minhas. Sou grata às pessoas que simbolicamente compartilharam o teclado para a escrita deste livro e a tornaram um trabalho de equipe.

Minha agente, Ginger Clark, leu três parágrafos de uma descrição inicial da trama e imediatamente me informou que o livro que eu descrevi deveria ser sobre adolescentes, e não sobre adultos como eu estava imaginando. Ela estava certa, como sempre está sobre a maioria das coisas.

Minha editora, Lisa Yoskowitz, foi fundamental ao sugerir tantos desdobramentos de tramas e personagens que hesito em enumerar aqui para que eu não fique parecendo uma completa idiota.

Robert Cox, meu marido, ofereceu notas detalhadas sobre vários rascunhos, e panquecas quando elas se tornaram necessárias. Eu não poderia ter pedido um leitor mais atento ou um parceiro melhor.

É assustador, e talvez um pouco presunçoso, tentar contar uma história sobre uma cultura e um tempo que não são os seus. Mas eu sabia desde o início que queria que essa história se passasse em Amsterdã, na Segunda Guerra Mundial, e queria que ela parecesse autenticamente holandesa. Conseguir as datas e a geografia corretas era uma coisa, mas conseguir a sensibilidade holandesa exigiu um nível de nuance completamente diferente. E por isso agradeço ao guia turístico em Amsterdã que me apresentou pela primeira vez à frase: "Deus fez o mundo, mas os holandeses fizeram a Holanda." Sou grata aos ciclistas da cidade que gentilmente me repreenderam quando confundi as regras da cultura da bicicleta. Agradeço às coleções inebriantes e exaustivas dos museus de Amsterdã e aos cidadãos que se preocuparam em criar sites — em inglês! — sobre assuntos que vão desde a pronúncia adequada de nomes holandeses até o destino de cada navio torpedo durante a invasão alemã.

Sou profundamente grata, em nível literário e humanístico, aos trabalhadores da resistência holandesa que mais tarde escreveram sobre suas experiências, que forneceram relatos tão ricos e texturizados sobre aquele tempo e aquele lugar. Ler as memórias de Miep Gies, Corrie ten Boom, Hanneke Ippisch e Diet Eman, entre outros, me ensinou muito sobre como foi viver durante a Segunda Guerra Mundial em Amsterdã. E por fim: muito do que o mundo sabe sobre a guerra, a cidade e a experiência humana é por causa de um livro específico, escrito em um sótão, no meio da ocupação. Sou profundamente grata à Anne.

Impressão e Acabamento:
GRÁFICA STAMPPA LTDA.